沈黙の護衛騎士と盲目の聖女

季邑えり

Eri Kimura Presents

fairy kiss

この作品はフィクションです。
実際の人物・団体・事件などに一切関係ありません。

沈黙の護衛騎士と盲目の聖女

プロローグ

深々と雪の降り積もるうっそうとした森の奥に、こぢんまりとした屋敷が建っている。景色に溶け込むような白い外壁をした建物には、一人の聖女が住んでいた。

——先見《さきみ》の聖女。

未来を詠むことのできる聖なる力を持ちながらも、存在は隠され人々の前に出ることはない。

ただ、ひっそりと息をひそめるようにして生きていた。


「お嬢様。先日お伝えしましたように十日間だけですが、臨時の護衛騎士が到着しました」

「そう、ありがとう」

ユリアナは顔にかかる長い髪を払いながら顎を上げると、執事と共にもう一人の男が部屋に入る足音を聞く。いつも座っている柔らかい座面のイスから立ち上がり、聞き慣れない重い靴音の方に顔を向けた。

窓から射《さ》し込む光が頬に当たる。男はユリアナの姿を見て、わずかに息を詰めた。

「名はレームといいますが、この者は声を出すことができません」

「まぁ」

「ですが腕は立つとの話ですから、ご安心ください。普段は呼び鈴を持たせますので、返事をする時はひとつ鳴らすようにします」

チリン、と可愛《かわい》らしい鈴の音が聞こえる。男が鳴らしたのだろう、心地よい音がする。

「わかりました。では、否という時はふたつ鳴らしてください」

再びチリン、と鈴が鳴る。

「レーム、短い間ですがよろしくお願いします。護衛といっても、こんな雪深いところに来る者もいませんが。……お父様が、心配されたのね」

ほう、と短い息を吐いたユリアナは鈴の方に顔を向けた。

「聞いていると思うけれど、私はこの通り目が見えません。片足も悪いから、護衛騎士というよりは、お世話係のようになってしまうわね」

カツン、カツンと靴音を鳴らしながら男は近づくと、窓を背にしたユリアナの前に立つ。すると、顔に当たっていた日が陰る。

——背の高い人なのね……。

感心する間もなく、男はスッと屈《かが》むとユリアナの前で片方の膝をついた。

男が跪《ひざまず》いたことを感じ、思わず条件反射のように手を差し出してしまう。

そのユリアナの細い手に触れた男は、片方の手で剣をカチャリと鳴らしながら顔を近づけた。そしてチリン、と声の代わりに鈴をひとつ鳴らす。

彼の柔らかい唇が手袋越しに触れた瞬間、ユリアナはまるで全身を熱で包まれたように感じ、身体《からだ》を小さく震わせた。

手の甲への口づけは敬愛の証《あかし》だ。騎士であれば、主人への忠誠を示すことになる。

しばらくして、ユリアナはため息交じりに声を零《こぼ》した。

「……まぁ、こんな私に誓い立てをしてくれるなんて。ほんの少しの間だけど、嬉《うれ》しいわ。ありがとう」

まるで地上に降った雪のように静かに笑ったユリアナを見て、男は一瞬くっと息を止め身体を強《こわ》張《ば》らせる。

こんなにも、雪深いところへやってきた騎士に興味を持ったユリアナは、珍しく願いを口にした。

「レーム、少しだけあなたの手に触れてもいいかしら」

「お嬢様！　いけません。淑女たるもの、異性の手を触るなどお控えください」

「もう、じいやは黙って。……今の私は、触れなければわからないのよ。レーム、お願いできるかしら」

チリン、と鳴らした男はすぐに握っていた手を離し正絹の手袋を外した。すると布一枚を介したユリアナがレームの手に触れ、両手でなぞる。

「まぁ、大きくて……硬い手だわ。剣だこもたくさん。長くて、節も大きいのね」

顔を伏せて男の手の方を向いたユリアナは、感触をそのまま口に出して確認する。手のひらを撫《な》でた瞬間、レームは手をピクリと揺らした。

「あら、くすぐったかったかしら。……ごめんなさい」

チリン、チリンと鈴が鳴る。まるで、謝るなと言っているようだ。

「……ありがとう。この手で私を守ってくれるのね」

チリン、と力強く鈴が鳴る。声を聞くことができなくても、鈴があれば意思疎通ができるようで安心する。

——騎士をしている彼の手も、こんな風に硬いのかしら。

護衛騎士の手に触れながら、ユリアナは遠い昔に見た琥珀《こはく》色の瞳を思い出した。優しく、時に鋭く見つめてくれた彼のことを。

その時、ユリアナの手首に巻いていた銀の鎖のブレスレットが揺れ、手の甲に触れた。小さな琥珀がひとつだけついている。

そのブレスレットの上に手を置くと、いかにも愛《いと》しい人に触れるようにそれを撫でた。

男は息をひそめているのか、微動だにしない。

しばらくは懐かしさに心を騒がせていたユリアナは、彼を跪かせていたことを思い出し、手を引いて男を立たせた。

すると、大きく屈強そうな身体の気配を身近に感じる。

年は自分よりふたつほど上だと聞いていた。そんなにも若い男性に会うのは久しぶりだから、つい彼を思い出して比べてしまう。けれど。

——違う。彼は、こんな身体つきをしていなかった……。

ユリアナは想《おも》いを閉じ込めるようにして、冬の景色を映す窓に顔を向けた。

一面の銀世界には光が反射して、眩《まばゆ》いばかりに輝いている。だが、ユリアナの紫の瞳がその光景を映すことはない。

目の光を失ってから二年が過ぎようとしている。けれど、ユリアナは失明するきっかけとなった出来事を後悔したことはない。

片足の機能を失った時と同じく、彼女は凛《りん》として誇りを失わなかった。

一人の男を救う代償に、彼女は目の光を失った。最愛の、琥珀色の瞳をした第二王子――レオナルド。

筋肉質でがっちりとした体躯《たいく》の護衛騎士は、記憶の中にある細身の王子とは違う。似ているのは、背の高さくらいのものだ。

もう会うこともないであろう――婚約寸前で別れてしまった彼のことを、ユリアナは未《いま》だに胸の奥にある一番大切なところに住まわせていた。

第一章

ユリアナはセイレーナ国でも屈指の権力を持つアーメント侯爵家の令嬢として生まれた。漆黒の髪と紫の瞳を持ち、国一番の美女とまで称《たた》えられた母親の美貌を受け継いでいる。

兄弟はいるが年の離れた末娘として、両親の愛情を一身に受けていた。

また彼女は侯爵令嬢として、この国に生まれた二人の王子たちと過ごす集まりに、幼い頃から出向いていた。

黄金色に輝く髪に、深い湖のように澄んだ碧《あお》い瞳を持つ聡明《そうめい》な長兄のエドワードに対し、黒みがかった茶褐色の髪に琥珀色の瞳をした、やんちゃな弟のレオナルド。

王子たちの性格は違うが兄弟仲は良く、常に一緒に行動している。

ユリアナより少し年上の彼らのために、将来の側近、婚約者候補として年の近い子どもたちが集められた。皆、高位貴族の子息や令嬢ばかりだ。

その中でもユリアナは年齢が一番低かったが、内側から輝くような美貌を持つ少女であった。

七歳になったばかりの彼女は見かけによらずお転婆で、王宮に来ては花壇に隠れ、枝ぶりの良い木にも登ろうとする。

けれど、登ったところで下りられなくなり、王子たちに見つかってしまう。そしてレオナルドにからかわれてしまった。

「ユリアナ！　こんなにも低い木なのに下りられないのか？」

——もう、レオナルド様は木登りが上手だからって！　こ、怖くなっちゃったの！

言葉にできず小さくなって震えていると、するすると登ってきたレオナルドが隣に座る。

「俺が来たからには、もう大丈夫だ。ほら、背中に摑《つか》まって。下りるぞ」

「う、うん」

ユリアナはレオナルドの背に乗り首に手を回した。彼は来た時と同じようにするすると下りていく。地上に足をつけた途端、手を広げて待っていたエドワードに抱き寄せられる。

「ユリアナ、大丈夫か？」

「エドワード様……怖かった」

正直に伝えれば、よしよしと頭を撫でられ優しくされる。顔を上げるとエドワードは太陽のように朗らかに笑っていた。

ユリアナの素直な性格を、王子たちはことさら可愛がってくれている。こんな日々がずっと続くといいなと、幼心に思っていた。

けれどとうとうある日、王宮で木に登ったことを聞いた両親からこっぴどく叱られてしまう。ユリアナはしゅんとしながら、王子たちとのいつものお茶会に来ていた。

「ユリアナ、今日は何して遊ぼうか？　追いかけっこか、かくれんぼか？」

「レオナルド様、私はもう淑女なので外では走りません！」

ぷい、と顎を上げたユリアナを見て、二人の王子たちがくつくつと笑い始める。王宮にある広大な庭園に天幕が張られ、今日は外で遊ぶことになっていた。

王族であっても子ども時代は伸び伸びと育って欲しい。王と王妃の願いのまま、彼らは自由に育っていた。

「でもユリアナが大人しくなると、つまらないな」

「あぁ、そんなのユリアナらしくないぞ」

「そんなこと言っても、もう走りません！」

頬をぷくっと膨らませ、ユリアナは悔しそうにスカートの裾を持った。本当は思いっきり身体を動かして遊びたい。

けれど、口うるさい家庭教師《ガヴァネス》からは淑女は走らず、口を開けて笑わないと教えられたばかりだ。

——私はもう、淑女なの！

可愛らしい仕草のユリアナを見て、王子たちは堪《こら》えきれず笑顔になる。殊の外ユリアナを気に入っているレオナルドは、降り注ぐ日差しの中で手を差し伸べた。

「ほら、ユリアナ。これで元気になってくれ」

「なあに？」

レオナルドは何かを渡そうとして拳を突き出した。胸の前で両手を皿のように広げたユリアナに、彼はポトリと緑の物体を置く。

「ひゃああっ！」

手のひらに置かれたものは、鮮やかな緑色をしたカエルだった。ユリアナが驚いて声を上げた途端、カエルはぴょんと跳んで芝生の上に降り立ってしまう。

「カエルさん！」

ユリアナは驚きつつも、手の中から逃げたカエルを探すようにしゃがみ込んだ。カエルとはいえ、レオナルドのくれたものだ。

それに、綺麗《きれい》な緑色をしていた。もっと見てみたいと、ユリアナは目を輝かせてカエルを探し始める。

「……お前、他の令嬢にあんなものを渡したら気絶されるぞ」

「ユリアナだから、大丈夫だっただろ？」

「悪戯《いたずら》するのも、いい加減にしておけよ」

さほど背の高さの変わらない弟の頭をぽんと叩《たた》いたエドワードは、仕方がない奴《やつ》だなと言いながら他の子弟たちの方へと歩き始めた。

レオナルドはユリアナに近寄ると、一緒になってカエルを探し始める。

「レオナルド様、せっかくくれたカエルが見つからないの」

「ああ、だったら池の方に行けば、まだ他にもいっぱいいるぞ」

「本当？　見てみたい！」

すっと立ち上がったユリアナは、レオナルドの手を取ると今にも走り出そうとして引っ張った。

「あれ、ユリアナはもう外では走らないんだよな」

「もうっ、今は特別です！　レオナルド様、早く行きましょう！」

屈託なく笑うユリアナの手に引かれるようにして、レオナルドはゆっくりと足を進める。結局、ユリアナは逸《はや》る心を止めることができなくなり――いつの間にか走り出していた。

心地よい風が吹き抜ける中、ユリアナは幸せなひと時を過ごしていく。

けれど、無邪気な子ども時代はあっという間に過ぎ去っていった。

ユリアナが十五歳になる頃には、幼い時のお転婆だった姿が嘘《うそ》のように、見かけはお淑《しと》やかな少女となっていた。

母親譲りのさらりとまっすぐに伸びた黒髪に、アメジストのように光る大きな瞳。透き通るような白い肌に、頬紅を乗せなくても常に桃色に染まる頬を持つ極上の美少女だ。

大人になる一歩手前の彼女は少女でありながら、長いまつ毛を伏せて俯《うつむ》くと、百合《ゆり》の蕾《つぼみ》が花開くような美しさがあった。

その頃も王子たちを囲む集まりは続いていたが、成人とみなされる十八歳を超える者も出てきた。デビューを終え社交界に顔を出すようになると、わざわざ時間を作る必要もない。

そのため集まりは解散となり、最後にそれぞれ得意の楽器を演奏し、皆で音楽会をすることになった。

普段は舞踏会が開催される大広間を借りて、合奏の練習を重ねていた。

エドワードはピアノを、レオナルドはバイオリンを弾き、ユリアナはフルートを担当することになった。

今日のユリアナは、白い襟のついた瞳と同じ紫色のデイドレスを着ている。

「エドワード殿下、音出しをするのでラの音をお願いします」

「わかった」

ピアノを担当するエドワードが、ポーンと鍵盤を叩く。基本の音に合わせるように各々が楽器の準備を始めると、天井の高い大広間には音が幾重にもこだました。

ユリアナはこの緊張感のある時が好きだった。

「では、始めようか」

エドワードがピアノで指揮をすると、彼に合わせ皆が一体となって音が奏でられていく。ユリアナは『鳥は空へ』という曲のソロパートを担当していた。

第一楽章が終わると、第二楽章はフルートの独奏から始まる。ユリアナは鳥になって羽ばたいていく気持ちを想像しながら、気持ち良く吹いていた。

けれど――。

「あー、ユリアナ。拍が違う、そこは勝手に伸ばすな。楽譜通りに吹くんだ」

「……ごめんなさい」

「謝らなくてもいいから、やり直して」

おおざっぱな性格に見えるが、レオナルドは音楽に関しては意外と几帳面《きちょうめん》であった。毎回、ユリアナのパートになると小さな間違いでさえ指摘してくる。

半分涙目になりながら、ユリアナは再び笛を持った。それでもレオナルドは納得がいかないのか

「後で特訓だな」と言い、次のパートに進んでしまう。

全体練習が終わると、ユリアナはため息を吐《つ》きながら俯いた。レオナルドに怒られると、いつも元気がなくなってしまう。

――レオナルド殿下に怒られるのは、いつも私ばっかり……。もっと上手にならなきゃ。

反省している彼女を見て、いたたまれなくなったエドワードが近づいてきた。

「ユリアナ嬢、君はいつも頑張っているから気にするな。私は君の伸びやかな音が好きだよ」

「でも私、いつもレオナルド殿下に怒られてしまいます」

「全く、あいつもいつまでも悪ガキじゃあるまいし、こうもユリアナ嬢を虐《いじ》めなくてもいいものを」

「いえ、私が楽譜通りに吹けないからいけないのです」

しゅんとしていると、今度はレオナルドがバイオリンを持ってやってきた。白いシャツの上に瞳の色に似た琥珀色のベストを着た彼は、ユリアナを見ると不機嫌そうな顔をする。

「ほら、小部屋で練習するぞ」

「レオナルド、お前はもう少しユリアナ嬢に優しくしろ」

「あぁ、わかっているよ。ほら、ユリアナ行くぞ」

「……うん」

レオナルドに手を差し出されたユリアナは、それをそっと握りしめる。ぶっきらぼうな物言いをするけれど、ユリアナに触れる手はいつも温かい。

皆、レオナルドはユリアナにだけ細かく注意することも、全体練習の後で個別に誘うことも、彼女にしかしないと知っている。生温かい目で見られながら、ユリアナはレオナルドに素直についていった。

――あぁ、もう！　音楽会まで何日もないのに。今日の練習で完璧に吹けないと、きっと本番でも失敗しちゃう……。

ユリアナは緊張した面持ちで大広間の隣にある小部屋に入ると、フルートを取り出した。けれど、レオナルドは練習を進めようとせず、立ったままでいる。

「あー、ユリアナ。なんだ、その……」

「あの、練習をしないのですか？」

今日に限って、どうしたのだろうと見上げると、レオナルドは顔をしかめながらユリアナを見下ろしている。エドワードも背が高いけれど、彼はそれよりも拳ひとつ分高い。

二人とも整った顔立ちの美男子だが、レオナルドはそれに加え、精悍《せいかん》さを増して男らしい。

そんな彼に見つめられ、ユリアナはトクリと胸を鳴らせてしまう。

「……殿下？」

「いや、それもそうだが……。お前は、やっぱり兄上のように優しい男が好きなのか？」

「エドワード殿下ですか？　はい、好きですけど」

首を傾《かし》げると、レオナルドは「やっぱり、そうか、そうだよな……」と額を手で押さえて呟《つぶや》いた。

「ユリアナ、残念だが兄上のことは諦めろ。もう、婚約者候補を決めている」

「はい、噂《うわさ》は聞いております」

公爵令嬢のセシリアのことだろう。エドワードが彼女を見つめる目は、他の令嬢へ向けるものと違っている。セシリアはぽっちゃりとした体形で、もの凄《すご》く美人ではないけれど、一緒にいるとほんわりと優しい気持ちになれる。

そんな彼女は、知的でともすると冷たく見られがちなエドワードの良き伴侶になるだろうと、皆思っていた。

「……ユリアナは、それでもいいのか？」

「いいも何も、嬉しいです。お相手はセシリア様ですよね？　セシリア様はとても優しくて、私のこともよく気にかけてくださいます」

「兄上のことが、好きではなかったのか？」

「好きの種類が違います。エドワード殿下は将来の王様ですし……。こう、尊いけれどちょっと遠い感じがします。強いて言えば、お兄様のような感じなのかな。線も細いし、私はもっと逞《たくま》しい人がいいです」

言葉を選びながら答えていくと、レオナルドはだんだんと表情を明るくする。

「そうか、兄のような存在か。だったら俺はどうなんだ？」

レオナルドは普段、王子として話している時は『私』と言うのに、気を緩めると『俺』を使う。今も、きっと本音で話しているのだろう。

無邪気に笑いながら問われると、ユリアナはドキッとしてしまう。

——そんなカッコいい顔で聞かれても、好きだなんて恥ずかしくて言えない……。

レオナルドは美麗なエドワードと違い、体格も良く美丈夫だ。普段はぶっきらぼうなくせに、二人きりになると時折ひとなつっこい笑顔を見せてくる。

幼い頃から、お転婆なユリアナに寄り添っていたのはレオナルドだ。もう、大好きで仕方がないけれど、気持ちを伝えることは恥ずかしくてできない。

「レオナルド殿下のことは……秘密です」

口をすぼめたユリアナを見て、レオナルドは「そうか」としか言わない。彼は黙ったまま、ベストについている内ポケットに手を伸ばし白い紙包みを取り出した。

「これ……少し早いけど、誕生日の祝いだ」

「え、殿下が用意してくれたの？」

「あぁ」

ぽん、とユリアナの手のひらに置かれた紙包みを開けると、中からはキラキラと銀色に輝く細い鎖のブレスレットが出てきた。

レオナルドの瞳の色に似た、小さな琥珀がついている。

「わぁ、凄い。これ、つけてみてもいいですか？」

「ああ、お前の腕は細いから、細い鎖の方が似合うと思って選んでみた」

「嬉しいです！　音楽会の時につけますね。わぁ、綺麗」

弾《はじ》けるような声を上げながら頬を桃色に染めたユリアナを見て、レオナルドは形の良い口元に弧を描いた。

「次は、もっと大きい石のついた……指輪をプレゼントする」

「指輪、ですか？」

セイレーナ国では、男性が女性に指輪を贈るのは愛を告白するに等しい。婚約時には、互いの瞳の色の石のついた指輪を交換することが多い。

「……指輪」

「なんだ、嫌か？」

驚きのあまりポーッとしてしまうと、レオナルドは片方の眉を上げげた。

「嫌ではありません！　ビックリしただけです」

「……嬉しいか？」

「はい、もちろんです！」

にっこりと笑ったユリアナを見て、レオナルドは途端に上機嫌になり「そうか」と答えた。そしていつものように、ユリアナの黒髪を宝物に触れるようにそっと撫でる。

「ユリアナの髪は柔らかいな」

大好きな母親と同じ色をした、まっすぐな髪。いつでも艶を保てるように、手入れを怠らず気を配っていた。最近は、レオナルドに触れられる度にくすぐったくなる。

直接的な愛の言葉はなかったけれど、ユリアナには十分だった。嬉しくて、心の中がぽわぁっと温かくなっていく。

幼い頃から傍《そば》にいてくれたレオナルドと、これからも一緒に過ごすことができる。そう、信じて疑うことはなかった。


けれど、小さな事件がアーメント侯爵家で起きてしまう。

「ユリアナ、あなたもそろそろ婚約者を決める年頃ね」

侯爵邸の庭でお茶を楽しんでいると、母親のシルフィからふと問いかけられた。

「そんな、お母様。私はまだ十五歳にもなっていません」

「まだではなくて、もうすぐ十五歳なのよ。立派な淑女は成人前に婚約者を決めて、その方にデビューのエスコートをしてもらうの。私もあなたの年齢の時には、お父様に見初められて婚約していたわ」

「でも、まだ王宮からは何も……」

「そうね、早く殿下たちに婚約者を決めていただかないと、勝手にあなたの相手を決めるわけにはいかないわよね」

エドワードは成人の儀と同時に立太子することが決定し、レオナルドも兄を支えるべく騎士団に入ることが決まった。だが、二人の王子は未だ婚約者を決めていない。

それゆえ年齢の近い高位貴族の令嬢たちは、王子に選ばれる可能性を考慮し、他の令息と婚約を結ぶことを控えている。

ユリアナは貴族院の議長に選出されたアーメント侯爵の末娘とあって、婚約者の筆頭候補だ。いつ、王家から声がかかってもおかしくはない。そのため、他家から申し込まれる話を進めるわけにはいかなかった。

「今度の音楽会で、集まりは終わるようです。なので、その時までに決めるのではないでしょうか」

「音楽会って、もうすぐね。衣装の方は大丈夫?」

「はい、瞳の色と合うように、薄紫色のシフォンドレスにしました」

「まぁ、大人っぽい色を選んだのね。でもユリアナの艶のある髪に映えるかしら」

「きっと大丈夫です。お母様も紫色のドレスがとってもお似合いなので。私は同じ髪の色ですし」

「そうね、あなたの髪はまっすぐだから、ドレスはふわりとしている方が可愛らしいわね」

ユリアナはシルフィと同じ、漆黒の髪を誇りに思っていた。性格と同じくまっすぐに伸びた髪は、毎朝丁寧にブラッシングをしている。

「それで、肝心の練習の方は進んでいるの?」

「はい。フルートでソロパートもあります」

「フルートとなると、手も注目されるわね。ユリアナ、あなたの爪を見せてくれる？」

柔らかく微笑《ほほえ》んだシルフィは何気なく彼女の手を握った。その瞬間、鮮やかな映像がユリアナの目の前に広がる。

「え、何これ……」

映像の中ではシルフィが部屋の中で刺繍《ししゅう》をしていた。次の瞬間、何かに驚いたのか、手のひらに針を深く刺してしまう。

シルフィが手に持っていた布が一気に赤く染まっていった。

カタカタと肩を震わせ、ユリアナはシルフィの手をぎゅっと握りしめる。

「ユリアナッ、どうしたの？」

娘の異様な状態に気がついたシルフィは、すぐに傍に寄って支えるように抱きしめる。するとユリアナは、恐る恐る母親を見上げた。

「お母様、刺繍。……小鳥の意匠の刺繍をされていますか？」

「え、小鳥ですって？　なぜあなたがそれを」

「今すぐ、それを止《や》めてください。お母様が怪我《けが》をされてしまう」

「怪我？　私が怪我をするの？」

「はい」

顔を青ざめたまま、小さく頷《うなず》く。それは近い未来に確実に起こる出来事だと、不思議なことにユリアナは確信していた。

詳細を告げると、シルフィはユリアナへの誕生日プレゼントとして、ハンカチに小鳥を刺繍していたことを告げた。

「お母様、お願いします。それは止めてください」

「そうね、ユリアナがそう言うのなら、刺繍は止めて他のものにするわね」

シルフィの返事を聞いてホッとするけれど、どうして未来のことを予知するような映像を見たのかわからない。そんな魔法のような力を持つのは、神殿にいる聖女しかいない。

――聖女の力だなんて、まさか。

そんな稀有《けう》な力を自分が持っているとは、想像もつかない。

セイレーナ国では聖典と共に聖女信仰の盛んな国である。国内では時折、不思議な力を持つ女児が生まれることがあった。

遠くの景色を見る遠視や、人の死を予知する者。現神殿長は万能薬を作ることで知られている。様々な力が発現する条件も、強さも回数も、代償のあるなしも人によって違うため、不思議な力の詳細はあまり知られていない。

だが、その力は神によって与えられた『奇跡の力』と呼ばれ、女児は『聖女』として人々に尊ばれる。なぜなら神殿に認められた聖女は、その奇跡の力を通じて人々に信仰を伝える大切な存在となるからだ。

民衆の信仰心の篤《あつ》いセイレーナ国では、聖女は生涯を神殿に捧《ささ》げ、結婚はおろか家族とも距離を取った生活となる。

たとえ、年端もいかぬ子どもであっても神殿が引き取ることが常だった。

――聖女は、幼い頃から神殿に仕えているから……私は、きっと違うわ。奇跡の力を持ち、人々から敬われたとしても神殿に拘束される聖女にはなりたくない。大好きな家族と一緒に過ごし、できれば大好きな王子様と結婚したい。

ユリアナはありふれた日常の中に幸せを見出《みいだ》す、穏やかな生活を望んでいた。

だが聖女となると、そうした幸せから遠のいてしまう。ユリアナの胸に何とも言えない不安が灯《とも》るけれど、そんなことはないはずだ、と頭を振った。

シルフィも何かを感じ取っているようだが、黙ったままだ。

その後ユリアナは部屋で休むようにと伝えられた。言われた通りに本を読みながら自室でくつろいでいたところ、日が傾いた頃に急に右の足先に鋭い痛みを感じる。

「い、痛いっ！」

突き刺すような痛みと同時に、白い室内履きがだんだんと赤く染まっていく。あまりの激痛に、ユリアナは大きな声を出して人を呼んだ。

「助けて、誰か！　痛いの！」

ユリアナの悲鳴を聞いた侍女が慌てて部屋に入ると、状況を見てシルフィを呼びに行く。階段を駆け上がってきたのか、シルフィは息を切らすようにして駆け寄りユリアナの足先を確認した。

すると右足の小指の爪が割れている。

「どうしたの？　何か当ててしまったの？」

「何も、何もしていなかったのに急に痛くなったの。どうして？　お母様」

説明を聞いたシルフィははっとして口元に手を当てた。眉根を寄せつつ、ユリアナにきつい口調で命じる。

「ユリアナ、このことを決して他の方に言ってはいけません。いいですか、後でお父様と相談するまで、漏らしてはいけません」

「……はい」

シルフィは不安げな表情を浮かべるユリアナの目をじっと見つめた。

「あなたは私たちの……とても大切な娘なの。いいわね、そのことを覚えておくのよ」

「は、はい。お母様」

シルフィに静かに、けれど強い口調で言われ、ユリアナは頷くことしかできなかった。


その夜、貴族院の議長としての仕事を終えた父親のセオドアは、シルフィと共にユリアナの部屋へやってきた。人払いをしたところで、重い口を開く。

「ユリアナ、お前の話を聞いた。その力は、聖女の持つ先見の力と思われる」

「……先見？」

ユリアナは初めて聞く言葉に、眉根を寄せた。

「聖女の力はいろいろあるが……先見は、未来視ともいう。予知する力だ」

「そんな、まさか」

「お前は先見をして、シルフィが怪我をする未来を変えたのだろう。そして、その代償としてお前の身体が傷ついた」

セオドアに低い声で説明されても、すぐに理解は追いつかない。

母親に触れた途端、自分は未来を視ていたというのか。そして力の代償として自分の身体の一部、今回は足の爪が割れたというのか。

「私に聖女の力が？　本当に？」

驚くユリアナに向かって、セオドアは真剣な顔つきで頷いた。

「奇跡の力とみて、間違いないだろう」

そっと包帯を巻いた足の先に触れると、まだピリッとした痛みが残っている。けれど、シルフィは怪我も何もしていない。

先見したあの映像の通りにシルフィが怪我をするよりは、軽い怪我だ。これであれば、自分が代わりに傷ついて良かったとさえ思えてくる。

けれど、それが聖女の力と言われても、受け止めるには重すぎる。部屋には息苦しい沈黙が訪れた。

しばらくすると、セオドアは小さな声でユリアナに問いかけた。

「……お前は神殿に行きたいか？」

「神殿、ですか？」

「あぁ。神殿に行き奇跡の力かどうか調べることもできる。だが、聖女と認定されてしまえば……そのまま神殿に留《とど》まることになる。お前がそれを望むのであれば、連れていくこともできるが」

「嫌です、私」

ユリアナはセオドアの言葉を遮る勢いで、きっぱりと拒絶した。

信仰がないわけではない。だが、神殿に閉じ込められる生活なんて、我慢できる気がしない。さらに聖女となると、神に仕えるために結婚することは叶《かな》わなくなる。

――そんなの、嫌。私、レオナルド殿下のことが……好きなのに。

まだ誰にも口にしたことのない、大切な想い。

幼い頃からレオナルドは傍にいて、いつもユリアナと一緒に笑って過ごしていた。

最近は素っ気ない態度を取られ、悲しくなることもあるけれど、やっぱり彼が婚約者を決めるまでは諦めたくない。

口をギュッと引き結んだ娘を見て、セオドアは重い息を吐いた。

「わかった。私もお前を神殿などに奪われたくはない」

セオドアの言葉を聞いて安心する一方で、不安が胸をかすめる。この国では聖女は神聖視され、特別な存在だ。

それを隠すようなことを、侯爵である父が許すのだろうか。

「本当にいいのですか？　神殿に行かなくても」

「ああ。お前はきっと、先見をした未来を変えると、身体の一部を代償として失うのだろう。……私の祖母の姉が、お前と同じ力を持っていた」

「ひいおばあ様の、お姉様？」

「あぁ、彼女の先見の力は神殿によって利用され尽くして……短命だったと聞く。ユリアナ、この意味がわかるか？」

親戚にいた先代の先見の聖女。その人の話を聞き、ユリアナの背筋に冷たいものが通り過ぎていく。短命であった理由は、先見をして未来を変えていたからなのだろう。

その彼女と同じことが、自分にも起きる可能性がある。

「はい、もし私の力が本当に聖女の力だったら、私の命を削ることになる」

「そうだ。彼らはお前に先見をさせ、代償があろうとも死ぬまで利用するだろう。そうだな、今後は神殿も、王宮にも行くことは止めなさい。成人するまで、社交界に出ることもない。その後は……結婚すればそれでいい」

考え込むように俯いた父親に、ユリアナは眉尻を下げて懇願した。

「お父様、お願いします。音楽会だけは……それまでは王宮に行かせてください。それに今、急に私が抜けてしまうと、何事かと噂されてしまいます」

「音楽会か。……厄介だな。だが、確かに詮索されるよりは出ておく方がいいか。ユリアナ、音楽会に行くことは許すが、その後はもう王宮へ行く必要はない」

「お父様！」

「ユリアナ、お前の先見は条件がわからない上に、何が代償となるかもわからない。だから先見した内容を誰にも伝えてはいけない。将来が変わると、いいか。お前は何かを失うことになる。今日は足の爪だけで済んだが、次はどうなるか」

父の伯祖母《おおおば》の聖女は先見をする度に、身体の機能を犠牲とした。最後は声を出すこともできず、内臓を代償としたのか崩れ落ちるように亡くなったという。

「お父様、神殿はともかく、なぜ王家にも秘密にしなければいけないのですか？」

「当たり前だ。お前の力を知った途端、利用されるに決まっている。……お前を政治権力の道具にしたくはない。ユリアナを心から愛してくれる、信頼できる男を探すから、その者のところに嫁げばいい」

「でも！」

セオドアは口答えは許さないとばかりに頭を左右に振った。

「成人するまでの辛抱だ、ユリアナ。十八歳までその力を隠して結婚すれば、先見の力は消えるに違いない」

聖女の力は、身体が成熟した後に純潔を失えば消えてしまう。故に聖女は結婚することが許されていない。

誰もが知る聖女の力の条件だった。

「……わかりました」

侯爵令嬢だから、父の命じる相手と結婚しなければいけない。そのことは覚悟している。

ただその相手がレオナルドであればと願ったけれど、セオドアの様子を見る限りでは、それも難しいように思える。

――でも、この力のことを秘密にしておけば、大丈夫よね。

音楽会までには、王子たちの婚約についてきっと動きがあるだろう。エドワードはひとつ年上の公爵令嬢と婚約するのではないかと噂されていた。

そしてレオナルドの相手は――ユリアナではないかと噂されていた。

セイレーナ国は周辺国と違い、国王中心の絶対王政ではない。

地方を治める貴族から成る貴族院と、民衆の信心を扱う神殿、そして外交と軍事を司《つかさど》る王家がそれぞれ同等の権利を持っている。

対外的には王家が国の代表となっているが、三つの権力は分立し、互いに協力や監視をしながら国を治めていた。

貴族院の議長、神殿長、そして国王による合議制という独特の政治体制は先進的であり、国を豊かなものとしていた。

だが、指導力のある君主がいないことから、兵力が相対的に弱いと思われる節があり、そのため隣国による侵略行為が続き、辺境では気の抜けない状況が続いている。

それでも都では平和な日々が緩やかに流れていく中で、ユリアナは音楽会の当日を迎えていた。

瞳と同じ紫色のふわりとしたシフォンドレスを着たユリアナは、普段は下ろしている髪を半分上げ、編み込むようにしてまとめている。

真珠のネックレスが白い肌に映え、清楚《せいそ》な雰囲気を醸し出していた。右腕にはレオナルドからもらったブレスレットをつけ、爪を桃色に染めている。

春のうららかな日差しの中、フルートを持って王宮の回廊を歩く。

王宮に到着したら、レオナルドの控え室に来るように言われている。本番を前に、彼にフルートの練習の成果を聞かせるためだった。

普段より大人びた姿のユリアナが部屋へ入ると、レオナルドはゴクリと喉を鳴らして立ち上がる。

そして彼女に近づき、耳元で囁《ささや》いた。

「ユリアナ、今日は……凄く綺麗だ」

「殿下にそんなことを言われるなんて。……初めてです」

「っ、ごめん。前から思っていたけど、今日は特に綺麗だ」

最近ぐっと背の伸びたレオナルドは、細身の身体に合わせて仕立てられた白の豪奢《ごうしゃ》なフロックコートを着ている。同色のクラバットにはアメジストの宝石のついたピンが使われ、正装をまとった姿は普段以上に大人びて美しい。

——私のこと綺麗って言うけど、殿下は私の何倍も素敵だわ。

普段はつけていない香水を使っているのか、香りのよい柑橘《かんきつ》系の匂いがする。爽やかな彼らしい、清涼感のある匂いに思わずトクリと胸を高鳴らせた。

「さぁ、音楽会の前にユリアナの音を聞かせて欲しい」

青年になったばかりのレオナルドは、耳元を赤く染めつつユリアナに手を伸ばした。カエルを渡したかつての少年は、照れくさそうにしながら細い手に触れると——その瞬間。

「っ」

ユリアナは鮮明な映像を見てしまう。

王家の紋章のついた馬車が、武装した集団に囲まれていた。黒い装束を着た者たちは、顔を覆うようにしていて何者かわからない。

首領らしき者が「この中に第二王子がいるはずだ、引きずり出せ」と言っている。

馬車の中には喪服を着たレオナルドがいて、驚いた顔をしていた。そして武装集団に手足を縛られると、連れ去られていく。彼を攫《さら》うことが狙いだったのか、集団はすぐに引き上げていった。

シルフィが怪我をした時の映像と同じく、近い未来を予知する内容だ。

「あ、ああっ……！」

――どうして、殿下がっ……！

武装集団に連れ去られるレオナルド。その後の姿は見ていないが、無事に済むとは思えない。首領と思われる男は「抵抗するなら殺しておけ」と言っていた。

ドクン、と心臓がひと際強く鼓動する。

このまま何も言わなければ、現実となる未来。レオナルドが襲われる未来。

――そんなのは、だめ……！

「ユリアナ、どうした、大丈夫か？」

いきなりうずくまるユリアナを心配したレオナルドは、同じように腰を屈め彼女の手を取った。するとユリアナは目を潤ませ、声を絞り出すようにして彼に訴える。

「レオナルド殿下、明日は出かけるのをお止めください」

「……それは、どうして？」

「殿下の馬車が襲われます。……殿下が、誘拐されてしまいます」

「なぜ明日だと？」

「殿下は喪服を着ていました。確か、祖父であられる先王様の命日ではありませんか？」

王子は一瞬息を呑《の》んで、ユリアナをじっと見つめた。琥珀色の瞳が紫の瞳に真実かどうかを問いかけている。

「なぜ、ユリアナがそれを予言できる」

「……っ、私には先見の力があるから」

ユリアナは項垂《うなだ》れるようにして下を向いた。先見をしたことは決して他言するなと、きつく言われている。それも、王族に悟らせてはいけないと父は言っていた。

それでも、伝えずにはいられなかった。

今ここで教えなければ、彼は誘拐されてしまう。……そんなことには、なって欲しくない。

「先見？　先見とは、未来視のことか？　それは……その力は聖女の力だろう」

「……はい」

胸を詰まらせながらユリアナは頷いた。

「お父様から、決して口外してはいけないと言われました。……神殿にも、伝えていません」

「ではなぜ、今、私に伝えた？」

涙を瞳いっぱいに溜《た》めていたユリアナは、眦《まなじり》からポロリと雫《しずく》を落とし声を震わせる。

「殿下を失いたくは……ないからです」

レオナルドはユリアナの告白にも近い想いを受け止めると、ギリ、と奥歯を嚙《か》みしめる。聡明な二人には、ユリアナの力を表明することによって起こりうる将来が見えていた。

聖女は神殿に囲われ、生涯その純潔を守ることが課せられる。万が一でも純潔を奪えば、相手の男は重い刑に処されるほどだ。

「ユリアナは、聖女になりたくないのだな？」

「それよりも、殿下。殿下の安全を確保してください」

「それはそうだが、明日の墓参りは王家の一員として欠かすことのできない行事だ」

それでも、と首を振るユリアナを安心させるように、レオナルドはそっと彼女の肩に手を置いた。

「護衛を増やして、私も応戦できるように心がけておこう。大丈夫だ、襲撃があるかもと匂わせて

おけば騎士たちも気合が入る。そう簡単に攫われることはない」

「っ、殿下」

「幸い、ユリアナの予言を聞いたのは私一人だけだ。聖女になりたくなければ、そのままでいれば良い。……聖女になると、私の婚約者に指名できなくなってしまう」

耳元を赤く染めたレオナルドは、ぷいと顔をユリアナから背けた。

「……殿下！」

「明日、無事に戻ってきたら、アーメント侯爵に婚約の申し入れをする。それで良いか？」

涙を流すユリアナにそっと手布を差し出して、レオナルドは立ち上がった。

こくん、と小さく頷いたユリアナを見ると、満足したように口角を上げる。

不安は残るけれど、喜びが先行する。

――私がレオナルド殿下の、婚約者になれるの？　本当に？

涙でくしゃっとした顔を手布で拭きながらも、嬉しくてたまらない。明日、無事に帰ってきて、そして父に会いに来てくれる。

――先見をして良かった。お父様もきっと、レオナルド殿下であれば許してくれるに違いないわ。

だが、この時のレオナルドは知らなかった。

先見の力を使い、未来を変えた瞬間にユリアナは代償を払わなければいけないことを。身体の一部の機能を失うことを知らなかった。

ユリアナも、幼さの故に自分の行いが何を意味するのか、十分にわかっていなかった。爪を失うほどの痛みであれば、我慢できると思っていた。

涙を拭き終えたユリアナは、レオナルドに手を引かれて立ち上がると目を細めて微笑んだ。彼の琥珀色の瞳を見ていると、不安は瞬く間に消えてしまう。

音楽会の本番となり、大勢の前でユリアナはフルートを持って立った。

鳥をテーマにした曲を奏でたユリアナは、聴衆から盛大な拍手をもらう。十二人による合奏では息を合わせた演奏がなされ、王宮は華やかな雰囲気になっていた。

最後を飾るようにエドワードがピアノの独奏をした後、彼は堂々とした姿で一人の令嬢を呼び寄せた。

「私、エドワード・ニスカヴァーラはセシリア嬢を、生涯愛し抜くことをここに誓う。どうか、私と結婚して欲しい」

会の終わりに皆の前でプロポーズをしたエドワードは、喜びで泣き崩れるセシリアを抱き留める。するると会場全体が拍手と喜びで包まれた。

ユリアナは目の前で繰り広げられた求婚に手を叩きながら、胸を高鳴らせる。

——なんて素敵なの！　セシリア様、とっても幸せそう……。

明日、レオナルドは侯爵邸にやってくると言っていた。武装集団を恐れることなく、彼はきっと撃退するだろう。

そして次は、自分がプロポーズを受ける番に違いない。

ユリアナは期待でいっぱいに膨らんだ胸に手を当てて祈った。明日、無事に彼に会えますようにと。

しかし、残酷にも――ユリアナの祈りは叶えられなかった。

翌日、都の隅にある王家の墓所へ向かう王子たちの乗った馬車に、黒装束の集団が襲いかかった。

けれど襲撃予告をレオナルドから知らされ、準備を整えていた騎士たちは冷静に対応する。

「第二王子だ、濃い髪の王子を捕まえろ!」

不思議なことに、彼らは長子であるエドワードではなく、第二王子のレオナルドを目的としていた。

だが、その計画は果たされることなく、全員が倒される。

そうしてレオナルドが暴漢を撃退した時刻に、ユリアナは左足にかつてない痛みを覚えた。

「いやぁあっ、お母様!」

それはちょうど、邸宅の庭をシルフィと歩いている時だった。

いきなり左足に力が入らなくなり、うずくまる。立てなくなった娘を見たシルフィは、ユリアナを隠すように部屋へ連れていく。

すぐに口の堅い主治医を呼ぶが、彼は診察を終えると首を横に振った。

「残念ながら、ユリアナ様の左足を癒す手段はございません」

ユリアナは先見の代償として、左足の膝下からの感覚を失ってしまった。痛みが消えると共に、触れても何も感じない。力を入れることもできなかった。

「そんな……どうして」

痛みすら感じなくなった左足をさすりながら、ユリアナは呆然《ぼうぜん》とする。自分が先見したことをレオナルドに伝えたからだ。

でも前回は足の爪が割れるだけで、時間が経《た》てば自然と治っていた。

――どうしよう、足が元通りにならなかったら……。

未来を変えた代償に、左足の感覚を失《な》くすとは思いもしなかった。

でも代償を払ったということは、襲撃され攫われる未来が変わったことでもある。レオナルドには無事であって欲しい。

ユリアナは部屋の中でひっそりと、手を組んで祈り続けていた。


娘の足のことを聞き、急いで屋敷に帰ってきたセオドアは、妻を伴ってユリアナの部屋へ向かう。

「これは……。シルフィ、ユリアナはいつ、足の感覚を失くした？」

「正午頃です」

時刻を聞いたセオドアは、ぐっと拳を握りしめる。正午は、レオナルドたちが襲撃された時刻だった。貴族院の議長として報告を受けたセオドアは、そのことにすぐ思い至る。

「ユリアナッ、お前はなんということを……！　先見をして未来を変えたのか」

唇を震わせ、セオドアは怒りを露《あら》わにする。昂《たかぶ》る父親を前にしても、ユリアナは気丈に受け答えた。

「そうです、お父様。レオナルド殿下が襲撃されることを先見して、お伝えしました」

「お前はっ……それだけは、してはいけないと言ったのに」

それでも、何としても彼を守りたかった。ユリアナはぐっと目に力を込めてセオドアを見つめ返す。

「お父様、私は殿下を守りたかったのです。彼は、レオナルド殿下は……ご無事でしょうか」

「ああ。怪我ひとつなく宮殿にいる」

「……良かった」

ホッとしたのもつかの間、セオドアは厳しい声を出した。

「我が家に来たいと申されたが、丁重に断っておいた」

「そんな、お父様っ」

ユリアナは思わず非難の声を上げてしまう。当主であるセオドアに歯向かうことなど、許される行為ではない。それでも、どうにかして説得したかった。

「お前の足が動かなくなったと聞き、もしかするとと思っていたが……殿下の訪問を断って正解だった」

「お父様、お願いします。私、レオナルド殿下のためにこの足を失っても、後悔なんてしていません。どうか、彼に会わせてください」

動かない左足に怯《おび》えつつも、ユリアナは必死になって訴えた。

「殿下が……私を選んでくれるって。聖女になんて、ならなくてもいいって、言ってくれました」

彼は、レオナルドはこの力を秘密にしてくれると言っていた。

長年、一緒に育んできた愛を信じたいから、どうか、彼からの求婚を受け入れて欲しいと説得するけれど――。

「バカなことをっ！　ユリアナ。まだ今なら、お前の足のことと殿下の襲撃事件を結びつける者はいないだろう。だが、次があればそうはいかない。いいか、お前は成人となるまで森の屋敷に住みなさい」

「お父様っ、お願い！　レオナルド殿下に会わせて……」

「それはならん。今のお前が殿下と接点を持てば、神殿に嗅ぎつけられる。そうなると、聖女であることがわかってしまう」

セオドアはユリアナが何を言おうと、頑《かたく》なに許すことはなかった。

王家からレオナルドの訪問を伝える先触れが来るが、それを断り追い返してしまう。翌日も、その翌日も同じだった。

結局、レオナルドはセオドアの反対にあい、ユリアナを訪ねることは叶わなかった。王族とはいえ、貴族院の議長であるアーメント侯爵に逆らう権力はない。


捕らえられた襲撃犯は、尋問を受ける前に全員が牢《ろう》の中で死亡してしまう。どうやら、何者かに毒を仕込まれていたようだった。

毒の種類は特定できず、襲撃犯を毒殺するように手引きした者の目途も立たなかった。ただ、彼らの着ていた服の作りから、隣国の関与が疑われる。

だが、なぜレオナルドだけが狙われたのか。その謎を解くことはできずにいた。

王子襲撃事件の裏側で、ユリアナ・アーメント侯爵令嬢は婚約者候補からひっそりと辞退した。王家には不注意により片足を怪我したことが、その理由として伝えられる。

そして彼女は、社交界にデビューすることはなかった。

漆黒の髪を持つ可憐《かれん》な令嬢は、存在を消したかのように森の奥にある屋敷に住むようになる。

片足の機能を失い、杖《つえ》をついて歩く生活になると、活発だった少女は自然と内向きになり物思いにふけることが多くなった。

父に止められ、手紙すらレオナルドとやり取りすることができない。

それでも、胸の中には琥珀色の瞳をした王子が残り続けていた。

燻《くすぶ》り続ける熾火《おきび》のように、ユリアナの心の奥には消えない恋心がいつまでも存在していた。

第二章

十八歳で目が見えなくなると、ユリアナの世界は一変した。それまで当たり前にできたことができなくなる。初めの頃は受け入れる余裕もなく、泣いてばかりいた。

それでも十五歳の頃から住んでいる森の屋敷であれば、部屋のつくりも物の在りかも把握できていた。

三年間の記憶を頼りに、見ることができずとも風景を思い浮かべることで補ってきた。

杖は片足を支えるだけでなく、目の代わりとなった。視覚に頼れない分、他の感覚が鋭くなっていく。

セオドアはユリアナの傍に手を引くための世話人を置こうとしたが、人がいるといつ先見をしてしまうかわからない。過去の経験から、人との素肌の触れ合いが先見の条件と思われたが、それ以上のことは調べることも、試すこともできなかった。

もし先見をすると、その内容が不幸なことであればユリアナは未来を変えたくなるだろう。そしてそれには代償が伴う。何が代償となるのか予測できない以上、危険を避けるために極力人との接触を減らしていた。

手袋をはめてなるべく周囲に人を置かず、一人で動けるようにユリアナは訓練を重ねた。

おかげで目が見えなくても、自分一人でできることは多かった。着替えも簡易なコルセットであれば、自分で着られるようになる。

服の置き場所も、以前と変えていない。服の色がわかるように、目印として首元などに刺繍をしている。簡単な化粧も自分で施せるようになった。

それでも、できないこともたくさんある。

「レーム、少し寒いから、暖炉に火を入れてくれる？」

チリン、と鈴が鳴るのと同時に、彼が動き始めた気配がする。

さすがに火を扱う時は人に頼んでいる。以前、自分で火をおこそうとして灰を被《かぶ》ってしまい、執事に怒られてしまった。

それ以来、無理をしすぎないで人に頼ることも、大切だと思っている。

しばらくして、パチパチと薪に火がつき始めた音が聞こえてきた。火の当たる方へ顔を向けると、レームは薪が燃え広がらないように位置を変えているようだ。

「ありがとう。……今日は冷えるわね」

チリンと鈴を鳴らした彼はそのまま静かに立っている。

——本当に、声が出せないのね……。

ユリアナは目が見えなくても、人の気配や息遣いなどを察知する感覚は鋭くなっていた。静かな屋敷にいれば、音だけで様々なことを判断できる。

きっと、目の前には赤々と火が燃えているのだろう。少し熱すぎるくらいの熱が顔に刺さる。

「レーム、あなたはいつから声を出せないの？　生まれた頃から？」

チリン、チリンと二回鳴る。そうすると、彼は後天的に話せなくなったということだ。

「……そうなの。私と同じなのね。私の目も、二年前から見えないの。あなたは？　そうね、何年前から話せないのか、鈴を鳴らしてくれる？」

たくさん鳴るかと思いきや、意外なことに鈴は一度も鳴らなかった。

――え、それって……？

「まぁ、レーム。あなたは最近、声を出せなくなったの？」

チリンと鈴が鳴る。

彼は声を失ってから一年も経っていないようだ。予想外の答えに思わず小さく息を呑み込む。

ユリアナは自分が目の光を失った直後のことを思い出すと、胸がギュッと掴まれたように痛くなる。

「そう……。それはまだ辛《つら》いわね。それでもいつか……受け入れることが、できるといいわね。私も時間がかかったけれど……今はこうして、過ごせているわ」

盲目となったことは、時間と共に受け入れられるようになった。

もう二度とこの目に彼を映すことはできなくても、心の中にはいつでもレオナルドの姿を想い浮かべることができる。ユリアナは自分の心だけは自由だからと、彼を想い続けることを許していた。

最後に彼を見たのは、ほんのわずかな時間。

胸に輝く勲章をつけ、金の肩章のある青い騎士服を着ていた。焦げ茶色の髪を後ろに撫でつけ、精悍で大人びた顔をしていた。

緩やかに微笑んだ彼は、穏やかでありながら鈍く光る銀のように鋭い視線でユリアナを見つめていた。

――まだ、大丈夫。私は殿下の瞳を思い出すことができる。

そうして右手にある、小さな琥珀のついたブレスレットにそっと触れる。

日々薄れていく記憶の中で、彼の姿だけは忘れたくなかった。それでも二年という月日はユリアナから鮮明な記憶を少しずつ奪っていく。

レオナルドを思い出すことで、ユリアナは胸の痛みをやり過ごしていた。これまでも、辛いことがある度に彼の姿を思い出すことで乗り越えてきた。

もう、二度と会えないとしても。

再びその姿を見ることは叶わなくても。

ユリアナは一途にレオナルドを想い続けていた。

部屋が温まるとユリアナは、立ち上がって棚から箱を取り出した。そこには銀色に輝くフルートが入っている。幼い頃から使っている楽器だ。

「今から練習をするから、窓を開けてくれる？」

チリンと鈴が鳴ると同時に、レームは窓辺に行き大きな窓を全開にした。冷たい空気を含んだ風が一気に入り込んできて、思わずユリアナはぶるりと震えてしまう。

「ああ、窓を開けるのは少しで良かったの。きちんと伝えないでごめんなさい」

慌てた様子で彼が窓を閉めた途端に、部屋の中の風が止んだ。立ちすくむユリアナの耳に、レームは着ていた上着を脱いだのか、衣擦《きぬず》れの音が届く。

そしてユリアナの肩に、普段着ることのない重い上着がかけられた。彼の温もりの残る大きな上着だ。

「わぁ、あったかい。レームは温かいのね。私は最近、手先が冷えるようになってしまったの。動かないからかな」

素直に喜んだユリアナは、上着を肩にかけたままフルートの動きを確認する。

「……ありがとう。少しだけ、上着を貸してくれる？」

チリン、と彼は鈴をひとつ鳴らした。

レームの上着からは、普段嗅ぎ慣れない清涼感のある匂いがする。以前、これと似たような香りを嗅いだような気がするけれど思い出せない。

温《ぬく》もりだけでなく、この香りにもう少し包まれていたくなり、悪いと思いつつも上着をそのままにしてフルートに口を近づけた。

息を思いきり吸い込んで、ユリアナはいつもの通りに『鳥は空へ』を吹く。伸びやかなメロディは窓を震わせ、音が反響する。

幼少時に王宮で過ごした仲間たちと一緒に奏でた曲。目の光を失っても、ユリアナは音楽を失うことはなかった。

爽やかな音色に、少しだけ悲哀の色を乗せるようなアレンジをしている。あの頃のように、純真な気持ちで曲を吹くことはできない。

それでも、この曲を吹くといつでも幸せな時代を思い出し、鳥が空を飛ぶように心が飛んでいく。王宮の上を旋回するように飛んでいた鷲《わし》のように、心だけは自由に飛ぶことができる。ただ、もう羽を休めるために、琥珀色の瞳をした王子に留まることができないだけ。

あの頃見た薄い色の空を思い出しながら、ユリアナはフルートを吹いた。

まっすぐな音色は雪に吸収されてしまうけれど、それでもいい。あの頃の自分に近づけるだけで十分だった。

彼からもらった銀の鎖のブレスレットを身につけながら、ユリアナは音楽を奏でる。

レームは傍に立つと物音も立てず、フルートの音を静かに聴いていた。


護衛騎士が来てから三日もすると、その存在に次第に慣れていく。

自分は目が見えず、彼は声を出せない。誰にも言えない傷をわかり合えたようで、ユリアナは次第に心を開き、少しだけ甘えるようになった。

「そろそろ、雪うさぎが出てくる頃だと思うの。外に行きたいから、ついてきてくれる？　じいやは心配してばかりで、庭に行くのを許してくれないの」

ユリアナは動かない片足の代わりに杖をつき、部屋の片隅にかけてある厚手の外套《がいとう》を取ろうと手を伸ばす。目の光を失いながらも、住み慣れた部屋の中であれば、どこに何があるのか十分にわかっている。

杖を使えば、ゆっくりではあるが人並みに歩くこともできた。

階段を上るのは少し力を使うけれど、かえって運動になるからと私室はずっと、二階の日当たりの良い部屋にしている。

レームはわざとらしく足音を立てつつ先回りをして外套を取ると、ユリアナの手にそれを渡した。

「あら、気が利くのね。ありがとう、でも次からはこんなことをしなくても大丈夫よ。自分のことは自分でするようにしているから」

チリン、と返事の代わりに鈴を鳴らした彼は、ユリアナが慣れた仕草で外套に腕を通すのを見ていた。

ポケットに入っている厚手の手袋を取り出して手にはめる。外套についているフードを被ると、下ろしている髪がすっぽりと隠れた。

「後をついてきてくれる？　外を歩くのはちょっと慣れなくて。でも、新雪を踏むのが楽しみだわ」

レームはチリンと鈴を鳴らし、取っ手を引いてドアを開けた。

颯爽《さっそう》と歩き出したユリアナは、彼がついてくる気配を感じ取りながら進んでいく。

カツン、カツンと前を確認するように杖を使って歩き、玄関の前に立つと重厚な扉を開けてもらう。

「お願い、レーム。ここだけは、私では開けられないの」

ギィ、と軋《きし》んだ音を立てて扉が開かれる。目の前には白一面の雪景色が広がっていた。

目で見ることはできなくても、冷たい新鮮な空気が頬に触れる。しんと音のない世界からは、微《かす》かに森の匂いがした。

「うさぎちゃん、庭に入り込んでいないかしら」

ソワソワと童女のように喜んだユリアナは、右足を踏み出すとサクリと音を立てて雪を踏みしめる。すると、雪の重さと冷たさが長靴を通じて足先に伝わってきた。

——わぁ、面白い……。

新雪を踏むのはやっぱり楽しい。サクッ、サクッと足を動かすごとに音がする。

レームはユリアナが微笑む横顔を見て目を細めると、少しだけ口角を上げた。庭に出て歩く彼女が転ばないように、常に後ろに付き従っていた。

「ふぅ、さすがに疲れたわね。そろそろ近くにベンチがあると思うけど」

チリン、と鈴が鳴る。ユリアナの前方に回った彼は、手を差し出して彼女の腕を摑んだ。

「こっち、ってこと?」

チリン、と心地よい音が響く。摑まれた手から彼の優しさが伝わってきた。

「ありがとう、助かるわ」

レームはベンチの上に積もった雪を払うと、濡《ぬ》れた座面の上に自身の上着を置いた。ユリアナは座ってからそのことに気がついたが、彼は何も言わず鈴も鳴らさない。ささやかな気遣いに心が温まる。

疲れた足を休めながら、風の流れていく音や小鳥のさえずりなど、自然のもたらす音が心地よく耳に響く。それらはふさぎ込みそうになる心を癒していた。

ユリアナは小鳥の鳴き声を追いかけるように、空を見上げた。

「ねぇ、レーム。私、小鳥の家を作って庭の木に取りつけたいの。以前、巣となるような家を作れば、自然に鳥が寄ってくるって聞いたことがあるわ」

チリン、とレームは鈴を鳴らす。ユリアナの願うことにはたいてい、鈴をひとつだけ鳴らしている。

「ああ、でも私も作るから、教えてくれなきゃだめよ。色も塗って鮮やかにすれば、きっと鳥さんも見つけやすいと思うの」

かつてお転婆だった頃のように、ユリアナは思い立った途端に急に立ち上がる。そしてレームの腕を引っ張った。

「庭の裏手で薪割《まきわ》りをしていたと思うわ。きっと板もあるんじゃないかしら。レーム、場所はわかる？」

チリン、と鳴らした彼はゆっくりと歩き始める。ユリアナもレームの腕を掴みながら、慣れない雪の上を一緒に歩き始めた。

庭の裏手に行き、そこにいた下男に板を用意させると、ユリアナは自分でそれを切りたいと伝える。

さすがに刃物を扱うのは危ないと、レームは鈴をチリン、チリンと二度鳴らした。

「どうして？　レームが後ろから支えてくれれば、私にだってできると思うの。確か、のこぎりって引いて切るんでしょ？」

彼は長いため息を吐き、チリンと鈴を鳴らす。どうやら、ユリアナの我儘《わがまま》に付き合ってくれるようだ。

動かないように板を固定して、レームはユリアナの後ろに回った。がっちりとした太い腕で、細くてたおやかな腕を持つとのこぎりを握らせる。

男の身体を背中に感じ、慣れない距離にドキリとした。

――お、男の人の身体って、大きいのね。

レームは後ろから覆い被さるようにして、ユリアナを支えている。驚きつつものこぎりを持つ手に力を込め、ユリアナは声をかけた。

「これを、こうやって引くのね」

鈴の代わりに、頭に当たる彼の顎が傾いた。うん、ということだろう。

「えっと、こう？」

ユリアナが力を込めると、レームも一緒になって力を入れてのこぎりを引く。

何度か往復したところで、カタン、という音がして力が一気に抜けてしまう。どうやら板を無事に切れたようだ。

「切れたの？　私が、切ったの？」

嬉しくなり落ちた板を拾おうとして、伸ばした手をレームがそっと止める。傍にいる下男が「お嬢様、尖《とが》っているところもあるから、危ないのでお待ちくだせぇ」と言った。

そのうち、板を拾い上げたレームが確認したのか、ユリアナの手にそっと握らせる。手袋を外して触れると、木の一面がざらざらとしていた。のこぎりで切ったところだろうか。

「これ、これが屋根になるの？　それとも、土台の部分？　どっちでもいいわね、凄いわ。私にもできたのね」

無邪気に喜んだユリアナは、すぐ後ろにいるレームの方を振り向いて微笑んだ。その瞬間、彼は金縛りにあったかのように体を強張らせ、息を止めた。

「あら、どうしたの？」

そっと腕に触れると、服の下に硬い皮膚を感じる。初めての感触に、手のひらを使って彼の腕を確かめた。

触り始めると面白くなり、ユリアナはぺたぺたとレームの身体に触れていく。予想した通り、屈強で筋肉質な身体だ。

「まぁ、レームはとても強そうね。私と違って、肌がとても硬いわ」

腕はユリアナの倍もありそうなほど太く逞しい。今まで、ユリアナの近くにはこれほどの筋肉を持つ男性などいなかった。

「レームなら私を担いで、どこまでも歩いていけそうね」

ほどなくレームはチリンと鈴を鳴らす。その鈴の音はユリアナの心を溶かすように、柔らかく響き渡る。だがユリアナの手が触れている間、レームは身体を動かすことができなかった。

彼に協力してもらい、小鳥の小屋を作ったユリアナは、取りつけるまでは自分の部屋に飾ることにした。触れると切りたての木の匂いが手に移り、そこだけ爽やかな空気となる。——森の匂いがする。

小屋に触れていると、中に小さな塊があることに気がついた。

「あら、こんなところに……何かしら」

楕円のように丸く、膨らんだ箇所がある。ちょっとだけでっぱりがあり、先が尖っていた。どうやらそれは、手で彫られた木の小鳥のようだ。

昨日は何もなかったのに、今朝は小鳥がいる。驚いたユリアナはレームを呼んだ。

「レーム、もしかしてこれを彫ったのはあなたなの？」

チリン、とまるで誇らしげに高い音の鈴が鳴る。

「鳥小屋といい、この彫刻といい、レームってとっても器用なのね！」

嬉しそうに笑ったユリアナは、いかにも宝物を扱うように木の小鳥を撫で始めた。

「……私、こんなにも嬉しい気持ちになれるなんて、思わなかったわ。ありがとう、レーム」

目の光を失ってから、鳥を思うことが増えていた。

自由に羽ばたくことができたら、どれほど楽しいことだろう。……鳥であれば、あの人の傍にもすぐに行くことができるのに。

ユリアナはいつものように少しだけ窓を開けてもらうと、冷たい空気を吸い込みながら思い出す。

閉じている瞼《まぶた》の裏側にはいつも——最後に見たレオナルドの面影を映し出していた。

◇　◇　◇

二年前の冬、まだ目が見えていた頃。ユリアナは十八歳を前にして、アーメント侯爵令嬢として国王に謁見することとなった。高位貴族の子息や令嬢は、成長すると国王へ挨拶をすることが習慣となっている。いくら片足が不自由であっても、欠かすことのできない儀礼だ。

通常であれば舞踏会のデビュー時に挨拶を済ませるが、ユリアナにはその機会がなかった。踊ることのできない足で舞踏会に行くのは辛すぎる。事情を汲《く》んだ王室が、特別に拝謁の場を設けてくれることになった。

三年も森の屋敷に閉じこもっていたユリアナは、久しぶりに訪れる都の喧騒《けんそう》に疲れつつも、ひと目でいいから成長したレオナルドの姿を見たいと願っていた。

かつては婚約直前まで進んだけれど、ユリアナが左足の力を失ってから顔を合わせたことはない。レオナルドはひと足先に成人しているはずだ。そして今は、騎士団に入ったと執事から聞いている。長兄であるエドワードが外交を担い、弟であるレオナルドが先頭に立って騎士団を掌握する。相変わらず仲の良い王子たちは、力を合わせて国を支えるために精力的に働いていると、新聞を読むことで知っていた。

――レオナルド殿下は、どんな姿に成長されたのかな……。

ユリアナの記憶の中では、三年前の姿で止まっている。黒みがかった茶褐色の髪に、琥珀色の瞳。涼やかな顔立ちをした彼は、まだ少年から青年になりたての細くて青い果実のようであった。

父の意向もあり、レオナルドから手紙のひとつも受け取ることはなく、また彼に渡すこともできない。

日々、届かないと知っていても彼に宛てて書いた手紙を、想いと共に積もらせていた。

これまで神殿からの接触は特になく、このまま力を隠して結婚してしまえばいいとセオドアから言われている。

――身体が成熟し、成人した聖女が純潔を失えば、奇跡の力を失う。

だから、十八歳となる日を待っていた。

――人並みに歩くことができれば、王子妃として認められるかもしれない。彼がもし、私と同じ気持ちでいてくれるなら……。

これまで、森の奥に引きこもっていても必死になって歩く練習をしてきた。王子妃として認められるために、マナーや外国語の勉強も続けている。

レオナルドはまだ婚約者を決めていない。騎士団に所属していたから、そんな暇はなかったのかもしれない。けれど、もしかすると彼は待っていてくれたのかもしれない。

ユリアナが成人するこの時を。

自分の日常は執事を通じて全てセオドアへ報告されているから、父はユリアナの想いを知っているに違いない。

そして、結婚してしまえばいいと言いながら、相手についていつまでも明言を避けているのは、少しは王子妃となれる可能性があるからかもしれない。

――今日、ひと目でも見ることができたら……。

レオナルドに会うことが叶えば、この想いを伝えよう。はしたないかもしれないけれど、燻り続ける想いを伝えなければ、もう先へは進めない。

カツン、カツンと杖を使いながら、ユリアナは石畳の上を歩いていく。この三年間、練習を繰り返したことで杖を使えばゆっくりと歩くことはできる。

ドレスを着て王宮へ足を踏み入れることも久しぶりだった。かつては何度も訪れ、駆け回った広い庭園。あの頃と同じように、高い空には鳥たちが羽ばたいている。

――懐かしい、私はまたここに来ることができた。殿下との思い出のたくさんある、この場所に。

感慨に浸りつつも、ユリアナは杖を使いながらゆっくりと歩いていく。

普段と違いふんだんにチュールレースを使ったドレスは、幾重にも襞《ひだ》が重ねられている。ユリアナの豊かな黒髪と清楚な雰囲気に合わせて作られた薄紫色のドレス。未婚女性の証として、肩から腕はむきだしとなったデザインをしている。

シルフィからもらった真珠の首飾りと、質素だけれどかつてレオナルドからもらった琥珀のついたブレスレット。

誰もが惹《ひ》きつけられるほど美しく育ったユリアナは、初めて鳥かごから羽ばたいた小鳥のように心を浮き立たせながら、王座を前にして膝をついた。

頭を垂れている間に、王族が謁見の部屋に入ってくる足音が聞こえる。複数あるうちのひとつはレオナルドであろうか。

彼がここに来るかどうかは、知らされていない。

「久しいな、アーメント侯爵令嬢。顔を上げよ、発言を許す」

「はい、陛下におかれましてはご機嫌麗しく。今回は拝謁する機会を授けてくださり、身に余る僥《ぎょう》倖《こう》でございます」

ゆっくりと顔を上げたユリアナは、目の前に鎮座する王を眺め、その隣にいる王妃を目に留めた。

だが、レオナルドらしき王子の姿はそこにはない。一瞬落胆してしまうが、王の前とあって失礼のないように乾いた微笑みを顔に乗せる。

「そなたは……一層美しさに磨きがかかったようだな。ところで片足が不自由と聞いたが、杖があれば常人と同じく歩行はできるのか？」

「はい、左足の膝から下の感覚がありませんが、この杖があれば問題ありません」

「……そうか。実は私の息子の一人が、どうしてもそなたの杖になりたいと申しておる」

「え？」

思いがけない言葉がかけられ、ユリアナの頭は一瞬にして真っ白となる。

誰が、なぜ杖になると言っているのか。もしかして、彼なのだろうか。いや、彼であって欲しい。自分にとって最愛の――。

答えは添えられた熱い手によってすぐに与えられた。後方から近づいた彼は、ユリアナの隣に添うようにして立っている。

「レオナルド殿下っ」

彼はユリアナの杖を持つ白い腕を優しく支えると、ゆっくりと立ち上がらせた。

視線のすぐ先には、青の騎士服を着て男ぶりを増したレオナルドが背筋を伸ばして立っている。彼の大きな手がしっかりとユリアナの手首を握りしめ、華奢《きゃしゃ》な身体を支えていた。

懐かしい、柑橘系の爽やかな匂いがして、ユリアナの胸はドクンとひと際大きく鼓動した。

――なんて、なんて素敵な男性になっているの……！

トクトクと胸が高鳴る。まさか、彼に再びこの手を取ってもらえるなんて――。

「ユリアナ嬢、あなたを支える杖となるべく、生涯、隣にいる権利が欲しい」

「殿下、本当に……」

琥珀色の瞳が射貫《いぬ》くようにしてユリアナの紫の瞳を見つめている。熱を孕《はら》んだ瞳は明らかに恋情を含んでいた。

かつてより低い声に心が打ち震える。そんなユリアナの頭の中に、ひとつの残酷な映像が広がっていく。

一本の火矢が放たれ、レオナルドに命中し彼は絶命するように呻《うめ》きながら倒れていく。場所はこの王宮で、時は――。

「危ないっ、殿下、避《よ》けてください！」

「待てっ、どういうことだ？」

考えるより早くユリアナはレオナルドに思いきり身体をぶつけると、二人はその場に倒れ込んだ。

ユリアナを抱きかかえるように横になるレオナルドの頭上を、ヒュン、と一本の火矢が走っていく。

だが火矢は誰にも掠《かす》ることなくカツンと床に突き刺さった。

その瞬間、ユリアナは悲痛な叫び声を上げ両目に手を当ててうずくまる。

「あああっ！」

「ユリアナッ！」

レオナルドの目の前で苦しみ悶《もだ》えたユリアナは、その場で意識を手放した。眦からは赤い筋が流れている。

「ユリアナッ、ユリアナッ！」

レオナルドは彼女を抱きしめると共に、火矢の放たれた方を向いた。すると黒い影が走っていくのが目に入り、鋭い声で叫ぶ。

「衛兵っ！　支柱の陰に隠れた者を生きたまま捕らえるんだ！」

命じるのと同時に、二本目の火矢が放たれた。

帯剣していたレオナルドはそれを簡単に弾き返す。三年間、ユリアナに会うことの叶わぬ期間に

彼は己を鍛え抜いていた。

「無駄なことをっ！」

ユリアナをそっと横たわらせると、レオナルドは衛兵から弓矢を引き取りすぐに矢をつがえる。狙いを定め、弓を引いて放つと矢はヒュンッと空気を切り裂いて飛んでいく。

人影がゆらりと揺れたかと思った途端、ばたりと音を立てて倒れ込んだ。レオナルドの放った矢は、襲撃犯の肩を貫通していた。

「その者を捕らえ地下牢へ連れていけ、すぐに私が尋問する」

怒りを瞳に宿らせたレオナルドは、弓矢をその場に置くとすぐにユリアナのところへ駆け寄った。

「ユリアナッ、頼むから目を開けてくれ……！」

レオナルドの必死な呼びかけにもかかわらず、ユリアナは何も応えない。目を閉じたまま、レオナルドによって王宮の医務室へと運ばれていった。


しばらくすると、目が覚めた彼女を王宮の医務官が診察した。痛みはもう既に引いていたが、目を開いても暗闇しか見えない。

呆然としながらもユリアナは声を絞り出した。

「先生、私の目は……治り、ますか？」

「残念ながら、今の医学では治療の施しようがありません」

「……」

寝台の上に横たわりながら、ユリアナは言葉を失った。先見した未来を変えた代償だ。レオナルドの命を救う代わりに、両目の光を失った。

――もう目が、見えない……。

目の前の暗闇は、ユリアナの未来までも黒く塗りつぶす。突然のことに何も考えることができなくなり、ユリアナはただ、そこにいることしかできなかった。

彼女の目からは光が代償として失われ――それは決して戻ることはなかった。

◇◇◇

後日、王宮にあるアーメント侯爵の執務室を尋ねたレオナルドは、部屋に入るなりセオドアににじり寄った。

「話を聞きました。ユリアナの……ユリアナ嬢の目が見えなくなったと。侯爵、それは本当ですか？」

セオドアは突然やってきたレオナルドに驚きつつも、机を挟んで立ち上がる。

「その通りです、殿下。ユリアナの両目の感覚はもう、生きていません」

レオナルドはやりきれないとばかりに両方の拳を握りしめ、俯くと奥歯をギリッと噛みしめた。

「どうして、どうしてユリアナばかりが……っ」

原因はわかっている。彼女は自分が火矢で襲われることを先見した。その未来を変えた代償で、目の光を失った。

代償で失われたものは、医療では取り戻すことはできない。ユリアナは片足だけでなく、両目も失ってしまった。もう、あの美しい紫色の瞳が自分を映すことはない。

レオナルドは覚悟を決めると、キッと顔を上げた。

「侯爵、私は彼女を愛しています。どうか……！　どうか彼女を娶《めと》ることを許してください！」

「殿下、娘はもう十分殿下に尽くしております。もう、これ以上の犠牲を求めないでください」

「だが、私は……！」

「ユリアナは、片足と目の光を殿下に捧げたのです。どうか、娘の守った御身を大切にしてください」

レオナルドの願いは盲目となった娘には荷が重すぎると、セオドアから断られてしまう。どれだけ彼が求めようとも、盲目の令嬢が王族に嫁ぐことは許されない。

さらに、今回の襲撃は多くの者が目撃していたため、ユリアナの先見の力と代償のことが神殿に伝わってしまった。

神殿から派遣された使者は、ユリアナを調べ既に聖女と認定している。

こうなると、もはやアーメント侯爵だけでは彼女の結婚について決めることができない。ユリアナは神殿に所属する聖女となり、役目を果たすために神に仕える必要があった。

説明を終えたセオドアは短く息を吐くと、レオナルドを諭すように伝える。

「もしユリアナを想ってくださるなら、どうか神殿長の要求を呑まずに済むよう、お力添えを陛下に頼んでください。それだけで……後はもう、ユリアナのことはお忘れください」

「侯爵！」

セオドアは盲目であることを理由に、神殿長の執拗《しつよう》な要求を跳ねのけようとしていた。レオナルドは自分の無力さを感じ、それ以上何も言うことができなかった。

後日、貴族院の議長としての権力を行使し、かつ王家の支持を得たセオドアは、老齢の神殿長であるシャレール・ビレオと会談する。そして人々にユリアナを『先見の聖女』として公表することを了承した。だがその代わりに、神殿に連れていく要求を取り下げさせる。

こうしてユリアナは、再び住み慣れた森の屋敷に移ることが許された。

けれど――レオナルドとユリアナの想いはまたしても叶うことはなかった。

同じ頃、レオナルドの執拗な尋問により、襲撃犯は隣国から送られたことが判明する。

密《ひそ》かに王宮に入り込み、武力の要となる彼を狙っていたという。また三年前のレオナルドの誘拐未遂事件に絡んでいたことも明らかになった。

セイレーナ国内の者が彼を手引きしたと自白したが、それが誰かを確かめる前に、襲撃犯は牢の中で冷たくなっていた。

身体からは毒物が検出される。その毒は三年前にもレオナルドを襲った者が毒殺された時と同じもので、それまでセイレーナでは確認されたことのないものだった。

レオナルドはユリアナの両目と片足を間接的に奪うことになった隣国を許すことはなく、また隣国も暗殺未遂事件への関与を認めなかった。

だが、これをきっかけにセイレーナ国騎士団は、隣国との戦争に向かって大きく舵《かじ》を切ることになる。

彼は騎士団を率いると隣国との国境へと赴き、戦いの中に身を投じたのだった。

第三章

レームが来てから四日目の朝。起き上がり身支度をした後で鳥小屋に触れる。すると、小屋の前に新しい塊が置いてあった。

「増えてる……」

手に持ってみると、ふたつの細長い耳がピンと立っている。しっぽと思われるところには、小さな球がちょこんとついていた。

「うさぎかなぁ」

小屋を作る様子から器用だとは思ったけれど、こんなにも可愛らしい動物を彫れるなんて。小鳥に続いてうさぎが置いてある。明日も何か増えるだろうか。

――明日が楽しみになるなんて……。

単調な毎日に届いた、小さな贈り物。それがユリアナにとって大きな喜びとなっていく。

――後で彫っているところを教えてもらおうかな。道具を触らせてくれたらいいけれど。

そうしていつものように彼が来るのを待っていると、コンコンと扉を叩く音がする。

「はーい、レームかしら。どうぞ、入って」

ユリアナが明るい声を出して返事をすると、ギイッと音を立てて扉が開かれた。

「レーム？」

チリン、と音がする。ホッとしたユリアナは彼と一緒にかぐわしい紅茶の香りがすることに気がついた。

「まぁ、モーニング・ティーを持ってきてくれたのね。いただくわ」

窓際に置いてあるテーブルに向かい、イスに座る。レームはカチャカチャと音を立てながらティーカップに紅茶を注ぐと、カチャリと再び音を立ててユリアナの目の前に置いた。

ユリアナは用意されたカップを持ち、香りを楽しんでから口に含む。

「レーム。この紅茶は、なかなか……」

渋い。正直言って、苦味が出すぎている。

執事の真似《まね》をしようとしても、音を立ててばかりの彼はきっと慣れていないのだろう。必死になって淹《い》れてくれたに違いない。

護衛騎士の男がキッチンで紅茶を用意する姿を想像すると、なんだか面白い。きっと、料理人たちも戸惑ったことだろう。

「美味《おい》しいわ。ありがとう」

彼の優しさに、お礼を伝えるとチリンチリンと二回鳴った。どういたしまして、ということだろうか。考えながらも、ユリアナは再びカップに口をつける。

ユリアナが一瞬眉根を寄せたのを見て、彼が悔しそうにしていたことは――さすがに気がつかなかった。

以前はユリアナ付きの若い侍女が一人いたけれど、今はもういない。

寂しさを紛らわすためにつけられた侍女が髪を梳《す》いた時、調理中に彼女が顔に火傷《やけど》をすることを先見した。

ユリアナは一瞬迷ったけれど、世話になっている未婚の彼女の顔に、火傷の痕が残るのはしのびない。

代償があるとしても構わないと思い、火傷に注意してねと告げておく。すると、侍女は調理場に立つことなく、火傷をしなかった。

不思議なことに、その時の代償はわからなかった。けれど、気がつかないだけで身体の内側のどこかを失っているのだろう。

ユリアナはもう二度と、先見をしてもその未来を変える行動をしないように言われている。結局、侍女の先見の件は執事にわかってしまい、彼女は役目を外されてしまう。

もう、身近な人をつくりたくなかった。その人の何かを先見すると、きっと未来を変えたくなる。変えてしまうと、代償として身体の一部が失われる。

既にレオナルドのために片足と両目を犠牲にしているから、これ以上代償を払うとユリアナの命までもが危なくなる。そのために聖女でありながらも、人々の前に立つことなく森の奥に隠れるように住んでいる。

守られた、鳥かごの生活。

窮屈に感じるけれど、他の生き方を選択できるだけの力をユリアナは持っていない。この屋敷の中であれば自由に動くことはできるが、他の場所ではそうはいかない。

選ぶことができるとしたら、都にある神殿に行くことだろう。でも、そうすると命を削ることになりかねない。

第二王子の暗殺未遂事件をきっかけにして、ユリアナの先見の力は神殿に把握されている。それ以来、神殿長は聖女《ユリアナ》を欲していた。

けれど、父はそれを許さず権力を使って阻止している。

王家も第二王子《レオナルド》を救ったことで温情をくれたのか、ユリアナを神殿に連れていくことはない。

森の奥で、ただ生きているだけの聖女。

先見をすることのないように、気遣われた生活。

森に住まいながら、ユリアナは最後に見たレオナルドを想うことで、思い出の中に生きることを決めていた。

もう、盲目となった自分が王族の彼と結婚できるとは思えない。そもそも、聖女と認定されたからには、結婚することは叶わない。

ユリアナはざわめいた気持ちを落ち着かせるように深呼吸をした。


いつものようにフルートを吹いていたユリアナの横で、レームがおもむろにピアノで主旋律を弾き始めた。

「まぁ、レーム！　あなた、ピアノを弾くことができるの？」

フルートから口を離し、ユリアナは驚きの声を上げた。チリン、と鈴が返事をする。

「鳥は空へ、って曲も知っているのね。それなら、楽譜を読むことができる？」

彼の鈴がひとつ鳴る。それはユリアナの心を喜びでかき鳴らした。

「凄いわ！」

平民であればよほど裕福な家庭の子でない限り、ピアノを習うことはない。本当に彼は何者なのだろう、もしかすると貴族出身なのかもしれない。

驚きつつも、楽譜を読めるとあってユリアナは嬉しくなる。

目が見えなくなり、新しい曲を覚えたくても楽譜を読むことができない。そのことが密かに寂しかったから、彼に新しい曲を弾いて欲しいと頼んだけれど——。

「レーム、ありがとう」

演奏が終わったところで、ユリアナは手を叩いて彼を褒めた。

けれど正直なところ、苦笑いしかできなかった。彼はピアノを弾くことはできたが、正しいリズムで指が動いていない。

きっと、久しぶりすぎたのだろう。初日に触れた時、彼は剣だこのある手をしていた。硬い皮膚に覆われた大きな手。

ピアノに触れるよりも、剣や槍《やり》などの武器ばかりに触れていたせいで指が思うように動かないことに焦っているようだった。

それでも、新しい曲を耳で覚えるためには、片手で弾いてくれるだけで十分だ。

「ねぇ、レーム。あなたがいるうちに覚えたい曲があるの。主旋律だけでいいから、後で弾いてくれる？」

問いかけると、チリンと鈴が鳴る。嬉しくなったユリアナは、今度は心からの笑顔を彼に向けていた。そして、その楽譜を渡したのだった。

護衛騎士が来てから五日目。

「今朝の動物は……これは、リス？」

鳥小屋の前に置かれた小さな動物。小鳥、うさぎに続いて今日はリスが増えている。どうやら一日一個ずつ増えていくようだ。

「いつ彫っているのかしら」

器用な人だと思ったけれど、うさぎの耳や膨らんだリスのほっぺた。毛の流れも触れるとわかるほど、細やかな彫刻ができるとは思わなかった。

昼間はユリアナにつきっきりなので、きっと夜に作業をしているのだろう。

「きちんと寝ているのかしら」

彼がどういった条件で働いているのか、細かなことは聞いていない。ただ、臨時で十日間しかいないことは知っている。声を出せない、沈黙を貫く彼のことが次第に気になってきた。

――レームの声は、どんな声だったのかな……。

きっと、低い声に違いない。歌わせたらバスのように、低音を響かせる声で朗々と歌っていただろう。

「聞きたかったな、彼の声」

寝室の隣の部屋に行くと、置いてあるピアノの鍵盤の低い音をポーンと鳴らす。

できることなら、ユリアナが馴染《なじ》むことのできた彼にずっと傍にいて欲しい。でも、臨時で来たのは理由があるからに決まっている。

あれだけの体つきをしているからには、騎士としても優れているのだろう。執事も腕の立つ方だと言っていた。

声を出せなくなったのは最近のことだというから、何か事情があるに違いない。

ユリアナはレームが世話好きなことを思い出すと、ふふっと笑ってしまう。本人としては頑張っているのかもしれないが、昨日の朝、お茶を淹れる時など失敗しているからだ。

世話好きといえば、レオナルドも幼いユリアナの世話をよくしてくれた。

――レオナルド殿下の声は、どんな感じだったかな。

思い出そうとしても、声変わりをする前の彼の声しか覚えていない。思春期に入った途端にぶっきらぼうになり、あまり話してくれなくなった。

――ここかな、いやもうちょっと高かったかな。

ポーン、ポーンと鍵盤を押してみるけれど、どれも違うように感じる。

そうしていると、音楽を始める時間になる。

部屋にやってきたレームは、すぐにピアノを弾き始めた。だが昨日とは打って変わって、滑らかな指使いになっている。

――うそっ、凄く上手になっている……！

「ね、もしかして夜中にずっと練習していたの？」

昨夜、どこかで囁くような音がしていたのは、客室にあるピアノの音だったのだろうか。レームは鈴の代わりに高い音の鍵盤をひとつポーンと鳴らす。

「ね、レームってもしかすると、負けず嫌いだったりする？」

それには答えたくないのか、何も聞こえてこない。む、と思ったところで聞き方を変えてみることにした。

「私が喜ぶと思ったから？」

今度はチリン、といつものように鈴が鳴る。

「……ありがとう。とっても嬉しいわ。良かったら、その……フルートの伴奏をしてくれる？」

チリン、と鳴った後にイスに座り直し、彼は『鳥は空へ』の旋律を滑らかに弾き始めた。

「この曲も練習したの？　凄い、凄く嬉しい！　ありがとう！」

ユリアナはご機嫌になってフルートを取り出すと、早速音慣らしのために息を吹き込む。

美しい音色が管から伸びていく。

ユリアナはピアノのリードに合わせた。いつもの『鳥は空へ』が音を増すと、これまでにないほどの高揚を感じる。

最後の音がポーンと弾かれ、静寂が戻ってきた。

「……」

いつにもましてお喋《しゃべ》りになっていたユリアナも、余韻を味わうかのように黙っている。

思いがけなく、ピアノとフルートのデュオの演奏ができた。二人の音楽を聴く者はいないけれど、十分だった。

「……レーム、ありがとう」

込み上げてくる涙を抑えるようにして、ユリアナはお礼を伝えた。ありがとう、それ以上のことを伝えたいのに、それを言い表せる言葉が出てこない。

「きっと、忘れないわ」

音楽を通じて、彼と心を通わせられた。ピアノのリードで始まったけれど、最後はユリアナの心のままに吹くリズムに合わせてくれていた。

こんなにも気持ちの良い演奏ができるとは、思いもしなかった。

チリン、と鳴った優しい鈴の音を、ユリアナは生涯忘れないでおこうと心に決めたけれど――。

――ちょっと、全然優しくないんだけど……。

新曲の練習をしようと始めたまでは良かった。でも、レームの指導は厳しかった。

拍の取り方から呼吸を入れるところ、音階をちょっとでも間違えると鈴がチリンチリンと二回鳴る。

――負けず嫌いというよりは、完璧主義に近いのかな……。

どうやら音楽のことになると、変なスイッチが入ってしまうようだ。さっきは気持ち良く演奏できたのに、新しい曲の指導はスパルタだった。

「もうっ、レーム。休憩したい！」

だが、鈴はそれを許さないとばかりにチリンチリンと二回鳴る。むっ、と口をすぼめてみるけれど、もう一度とばかりに始まりの音がポーンと叩かれる。

「わかったわ、でも今日はこれで最後にする」

レームがふっと笑ったのか、空気がふわりと揺れる。チリン、と一回鳴ったのを聞いて、ユリアナはフルートを持って覚えたばかりの曲を吹き始めた。

途中でつっかえながらも、おぼろげな記憶の中の曲を吹く。

一度だけでも、宮廷楽団が奏でる演奏を聞いてみたかった。今は叶わなくても、自分が吹くことによって味わうことができる。

——結婚行進曲。

結婚式で花嫁が歩く時に演奏されることの多い曲だ。ほんの数年前までは、当たり前のように自分の結婚式でも聞けると思っていた。

けれど、そんな日はきっと来ない。

「ねぇレーム、この曲は王太子殿下の結婚式でも、流れたのよね？」

相槌《あいづち》のように、チリンと鳴る。

「結婚式の記事を読んだの。セシリア様、きっと綺麗だったろうなぁ……。私、エドワード殿下がプロポーズした時のこと、今でも忘れられないの。とっても素敵だったのよ！　私もあんな風にプロポーズされたかったな」

答えるのが難しいのか、鈴が鳴らない。

しばらくすると、ユリアナはフルートを片付けるためにクロスを取り出して拭き始める。手入れを怠るとすぐに音が鈍くなってしまうからだ。

「レーム、また明日も練習するわ。あなたがいなくなるまでに完璧にしておきたい」

彼はその声を聞くと、ようやく動くことを思い出したのか片手を上げ、チリン、と小さく鈴を鳴らす。

二人の間には、見えない絆《きずな》が結ばれようとしていたけれど——それが長く続かないことも、お互いにわかっていた。

そして、護衛騎士が来てから七日目の夜。

――眠れないな……。まだ、真夜中よね。

ごろん、と寝台の上で横になるけれど、今夜は目が冴《さ》えて眠れない。何かあったのか、遠くで番犬が吠《ほ》えている。

最近は少なくなっていたが、以前はよく聞こえてきた。翌朝に聞いてもどうしてなのか、誰も教えてくれない。だから、気にしないことにしている。

暗闇の中で生きているからか、諦めることに慣れてしまった。

自分さえひっそりと生きていれば、誰も傷つくことはない。先見の力を使うことはなくとも、生きてさえいればいい。

――でも、それにも疲れちゃったな……。

単調な日々はユリアナの生きる気力を少しずつ奪っていた。自分の状況を知れば知るほど、森の屋敷から出られなくなる。

雪は彼女の身体だけでなく、心も冷やしていた。

だがそれを、声のない護衛騎士が変えてくれた。

レームが傍にいる日々は、とても充実している。フルートを特訓して新しい曲を練習した。鳥小屋も完成させることができた。雪が降っていても、毎日庭を散歩している。

ユリアナでも気がつかないうちに諦めていたことを、レームはひとつひとつ叶えてくれた。

このままレームが傍にいれば……もしかすると、何かが始まるかもしれない。でも、彼が仕えるのもあと少し。

十日を過ぎたら早朝に、屋敷を出ると執事が言っていた。

――でも、どうしてお父様は彼を許したのかしら……。

あれだけユリアナの身辺に気をつけているセオドアが、十日間だけとはいえ若い男を傍につけた。一体、何を考えているのだろう。

ユリアナの周囲にいるのは、皆年を取った者ばかりだ。

神殿に攫われるのを防ぐために、周辺に兵士を配置していると聞いたことはあるけれど、ユリアナは彼らの気配を感じ取ったことはない。きっと、屋敷の外側にいるのだろう。

――まさか、お父様は彼に……。

彼に純潔を奪ってもらえば、この聖女の力を失くすことができる。力さえ失くなれば、神殿からも解放されて自由になれる。

もう、捨てることができるなら聖女の力を失くしたい。

天からの祝福だというけれど、もはや自分にとっては呪いにしか思えない。先見をし、未来を変えると自分の身体の一部を失うことは恐怖でしかない。

力を消すために自分の純潔を奪って欲しい。……けれど、彼に罪を負わせたくない。

それに身体を許す相手に思い描くことができるのは、一人しかいない。

「レオナルド殿下……」

ひっそりと呟いても、もう会うことも声を交わすこともできない。暗闇の中にいるユリアナには、夢を見ることしかできない。

どれだけ心を許した護衛騎士でも、ユリアナの心の奥にある柔らかいところに触れるのは難しく、そこにずっといるレオナルドを手放すことはできそうにない。

どうにもならない想いを胸にして、ユリアナは寝返りを打って枕に顔を埋《うず》める。忘れられない男《ひと》をただ、ユリアナは瞼の裏に思い描いていた。


護衛騎士が来てから九日目。

明日が終われば、レームはここを去ってしまう。

鳥小屋の前はずいぶんと賑《にぎ》やかになっている。小鳥にうさぎにリス、羊と亀、昨日置かれたものはよくわからない動物だ。毛並みが細かいからかなり毛むくじゃらな感じはするけれど、全体が球になっていて、目のところだけくぼんでいる。

執事にも見てもらい、これが何か聞いてみたものの、彼もわからないと言っていた。

そして今朝は馬が置かれている。細部まで筋肉が彫られた、精悍な馬だ。

「そういえばレームは、馬を連れてきていたわね」

時折、自分の馬を世話するためにユリアナの傍を離れると執事から聞いていた。とても大切にしている黒毛の馬らしい。

そのことを思い出しながら、今日も日課のひとつとなった散歩の途中、ユリアナは彼の腕を引っ張った。

「ねぇ、レーム。今日は馬小屋まで行きたいわ。あなたの馬を紹介してくれる?」

チリン、と鳴ったのを聞いてユリアナはホッとする。森の奥から鳥が飛んできて、二人の上を旋回するように飛んでいた。

散歩を終えたユリアナは執事を探して声をかけた。

「じいや、今から湖のほとりに行きたいわ。レームに頼んでみてもいい？」

「そんな、冬の湖など！　お嬢様が凍えてしまいます」

「そんな長い時間いるわけではないわ。彼の馬は大きかったし、二人で乗っても大丈夫じゃないかしら」

「ですが……」

「お願い、レームがいる間しかないの。これ以上、我儘を言わないから」

懇願するユリアナを見て、執事は意見を変えるしかなかった。

「わかりました。レーム殿、お嬢様を連れて湖畔まで馬を出すことをお願いできますか？」

チリン、と鈴が鳴り終わると同時に、レオナルドは馬小屋の方へ駆けだしていった。ユリアナはかけてあった外套を着ると、革の手袋をはめる。

同時に大判のストールを首に巻きつけ、なるべく肌が出ないように気をつけた。

杖をついてゆっくりと歩いていく。長い期間、屋敷の門の外に出ていない。馬に乗るのも久しぶりだ。

ユリアナは雪に足を取られながらも、前を向いて進んでいく。その先には、護衛騎士が漆黒の毛色をした大きな馬を引いて待っていた。

「レーム、道はわかる？　そんなに遠くないはずだけど」

チリン、と鈴が鳴る。レオナルドに引き上げてもらい、横座りになって馬に乗ると、力強い腕が胴に回る。

決して落とさない、という意思を感じる腕に手を添えて、ユリアナは久しぶりに馬上の揺れを楽しんでいた。

冷たい空気が肌に刺さる。

けれど同時に、新鮮な森の匂いに包まれている。時折雪が、枝からパサリと落ちる音が聞こえる中、彼はゆっくりと馬を歩かせた。

「ありがとう、私、門の外にはなかなか出してもらえなくて……。でも、レームがいたから願いがまたひとつ叶ったわ」

元々お転婆な少女だったせいか、目が見えなくとも外の世界に触れていたい。

先見をする条件がはっきりとわからないため、人との接点は少なくしている。そのことも不満なのに、いつまで経っても神殿の追及が止むことはない。

何かの拍子に攫われてしまえば、神殿の中から出ることは叶わないだろう。

どちらにしても閉じ込められる生活なら、今の方が好きな音楽もできるし、先見を強要させられる不安はない。

ブルル、と馬の吐く息が白く流れていく。ようやく湖畔にたどり着いたのか、レームは馬の歩みを止めた。

前方から冷たく強い風が吹きつけてくる。時折、風が鳴いているようにヒュウッと寂しい音を立てていた。

「こんなにも立派な馬なのに、今日は駆けることができなくて、ごめんね」

そっと馬のたてがみを撫でると、ブルッと首を振って返事をする。

その振動に思わずよろけてしまったユリアナだが、レームが腕にぐっと力を込めるとすぐに引き寄せられる。

力強い、男の腕だ。

ユリアナがこれまで感じたことのない、男の力だ。

暗闇の中にいてもこの腕が守ってくれたら、どこにでも行けるような気がする。この腕があれば、自分も羽ばたけるのかもしれない。

でも、それは望んではいけない未来だ。有能な彼をこの地に引き留めてはいけない。

「ねぇ、レーム。馬から下りて、少し歩いてもいい？」

優しい鈴の音が、チリンと鳴った。


昨夜も雪が音を立てずに降り積もり、辺りは一面の雪景色だった。動かなくなった左足に積もった雪がまとわりつく。

だけど不思議と寒さは感じない。光を見ることはできなくても、雪に反射する日差しの温もりがじわりと頬に伝わってくる。

今日は足が重かったのでレームの腕を掴み、彼を杖代わりにして歩いた。

湖畔の近くまで来ると、風の冷たさが変わる。

「レーム、どう？　湖は凍っている？」

チリン、と鈴が鳴る。

「以前、まだ目が見える時によくここに来ていたの。夏になると太陽の光が湖面に反射して、キラキラしていたわ。でもまだ冬だから、鈍い色をしているわね」

再びチリンと音がする。

「あっ、白くて足が細長い鳥が見える？　とても綺麗な鳥だったわ」

すると話し声を聞いたためか、バサバサッと複数の鳥が飛び立つ羽音がする。驚かせてしまったのかもしれない。

きっと、白い鳥たちが一斉に飛び立っていく姿も美しいだろう。

レームは今、かつて自分が見た風景を目の前にしている。

「私の代わりに、あなたにこの美しい景色を見て欲しかったの」

ユリアナは隣にいる彼に声を絞るようにして囁いた。

「これからも綺麗な風景を見て過ごしてね。あなたは自由で、……どこまでも羽ばたけるのだから」

レームがひくりと息を呑んだ。

彼はユリアナと違い、明後日《あさって》には森を出ていく身だ。だからこそ、気持ち良く送り出したかった。

「レームはここにいて、退屈していない？　今の季節は特に、森と雪しかないから」

チリン、チリンと鳴る。

否、という返事にユリアナはホッとひと息吐いた。

「それなら良かったわ。私のお父様はとっても心配性だから、私の周囲に若い人を置かないの。皆、じいやくらいの年齢だわ。庭師もそうだし、調理人も。だから、レームのような若い男性に会うのも久しぶりで。お父様がよく、許してくれたわね」

レームは隣に立ち、いつでも腕を差し出せる体勢になっている。

まるで、ユリアナの杖そのものだ。

――そういえば、レオナルド殿下は私の杖になりたいって言っていたみたいだけど……。こういうことかしら。

そうだとしたら、酔狂なことだ。国の第二王子を杖代わりにする令嬢なんて、聞いたことがない。

そして今、屈強な男をそうしていると思うと、自然に笑いが込み上げてくる。

「ふふっ、レーム。少しだけ、顔を触ってもいい？」

見えないけれど、触れてみたい。

チリンと鳴った鈴の音を確認すると、ユリアナは手を伸ばした。同時に彼も跪いたので、すぐ頬に触れることができる。

「まぁ、高い鼻。それに……滑らかな肌をしている。レームって、かなりの美男子なのね」

男らしい眉に、すっと鼻筋の通った高い鼻梁《びりょう》。広い額に固く結ばれた唇。人差し指で彼の唇をなぞると、少しかさついている。

「レーム、唇が乾いているわ。少し動かないでいてね」

ユリアナは人差し指をレームの唇にそっと当てた。なぜか今、そうしたくなり指の先で彼の唇をなぞる。

「声を取り戻せると、いいわね」

自分の柔らかい唇と違い、彼の唇は薄く少し震えていた。

レームがどうして声を失うことになったのかはわからない。けれど、もしまだ治る可能性があるならば癒されて欲しい。

彼は自分と違い、声が出せずともこの先の世界は広がっている。

「私の目も足ももう、治ることはないって言われているけど。レームはまだ、治る可能性があるの？でも、声が出せなくても、こんなにも器用で優秀なあなたなら、きっとどんな道でも開けるわね」

彼の頬に両方の手を当て、ユリアナは瞼を閉じて心の中で祝福を祈る。

たった十日間だけの護衛騎士なのに、彼はユリアナの心に寄り添い支えてくれた。自分は何も返すことができないけれど、祝福を祈ることぐらいはさせて欲しい。

ユリアナは祈り終えると、レームの頬に触れながら、彼がどことなくレオナルドと似ているような気持ちになる。背の高さも、顔のつくりが整っていることも。

そんなことはないと思いつつも、普段は秘している胸の内を伝えたくなる。

「レームも聞いているかもしれないけど、私の足と目はね、エドワード殿下の弟の、レオナルド殿下を守るためのものだったの。凄いでしょ、こんなひ弱な私なのに、王子様を守ったのよ。それも二回も」

レームはピクリと身体を揺らす。

「でも、時を戻すことができて、もう一度同じ場面に立ったら、どうするかな……って、思わないでもないのよ」

顔を俯かせながら、ユリアナは話を続けた。

「でも、やっぱり身体が動いちゃうだろうな……だって、レオナルド殿下を失うよりはいいと思うの。でも、もしエドワード殿下だったら、きっと怖くて動けないだろうな。だから私も大概よね」

独り言のように呟くと、その声さえも雪に吸われるように消えていく。

「私にとってレオナルド殿下は、やっぱり特別なの。……もしかすると、私自身よりも」

ユリアナはゆっくりと顔を上げ、目前にいるレームに顔を向けた。

「それに私、目とか足とか失ったけど、これは誇りなの。殿下を守ることができたんだから」

自分の想いを口にしたけれど、レームは微動だにしない。

もしかしたら、憐《あわ》れに思っているのだろうか。

そんな風に思われることが嫌で、周囲に人を置かないようにしているのに。

——少し、話しすぎちゃったかしら。

声を出せないから、人から憐れまれることも、時として苦痛になることを知っているはずだ。

それでもやはり、身体のことは繊細だから、彼も反応できないのだろう。

ユリアナが緩くなりがちな口を閉じると、重い空気がその場を支配する。

「……レーム？」

しばらくすると、指の先に水滴がついたように感じる。レームが瞬きをする度に、雫が当たり手袋が湿っていく。ユリアナは手袋を自分の頬に当てると、やはり濡れている。

彼は静かに涙を流していた。

「泣いている、の？」

大きな手がユリアナの両手に添えられると、そっと頬からはがされる。そのままレームはユリアナの両手を握りしめていた。

二人の間に言葉はないけれど、ユリアナは彼の感情を受け取っていた。

――この涙は、憐れみではない。悲しみでもない。

きっと、ユリアナの優しさを受け止めた彼の……愛にも似た、優しさだ。

「レーム……ありがとう。でも、もう大丈夫よ。あなたが、思い出させてくれたから。私に……生きることを」

ユリアナが「もう、帰ろう」と小さく囁くと、レオナルドは立ち上がって腕を差し出した。

そして馬に跨《またが》り、手綱を引いて屋敷へ帰る方向へ向きを変える。

いつまでも冷たい風を浴びているわけにはいかないと、ユリアナは口を閉じたまま馬上で揺られていた。


寝る前にユリアナは、寝室にある棚の上に置いた鳥小屋の周辺を手で探る。すると、ひとつだけ大きい熊の彫刻が置いてあることに気がついた。

口のところで魚を咥《くわ》えながら、立ち上がっているようだ。触れているだけで、獰猛《どうもう》な様子が伝わってくる。

「これはまた……凄いわね」

可愛らしい熊をお願いしておけば良かった。でも、この実物に近いような熊も凄く彼らしい。

もう寝る前だからと、習慣でつけている手袋を外し、彫刻に触れる。やはり素手で触る方が繊細な彫りがわかりやすい。

そして熊の隣に、ドレスを着た人形を置いた。まっすぐな黒髪に紫の目をした、ユリアナを模した人形だ。

幼い頃の誕生日に、父親から贈られたものだった。

「クマと人形って、凄い組み合わせね」

でも、自分とレームもこんな風に見えるのかもしれない。華奢な体型のユリアナに、体つきのしっかりした彼。

さすがに熊のように大きくはないと思うけれど、見えないから何ともわからない。

くすくすと笑っていると、昼間のことを思い出す。彼の馬はとても大きくて、毛並みが良かった。きっと大切にされているのだろう。ブルッと鼻息が荒かったけれど、レームの手綱に従ってユリアナのためにゆっくりと歩いてくれた。

――彼は本当に戦う人なのね……。

でなければ、あんなにも大きくて強そうな馬を持っているわけがない。

この仕事が終われば、元の部隊に戻るのだろうか。声を出せなくても、兵士として戦えるのだろうか。

――私のために泣いてくれた、優しい人なのに。

それでもユリアナにはどうにもできない。ひとつだけ浅く息を吐くと、寝台に向かおうとして身体の向きを変えた。すると、プツッと鎖の切れる感触がする。

「えっ」

右手にはいつも、レオナルドのくれた銀のブレスレットをつけている。手袋を取る時にも、間違って外れないように注意していた。けれど、今その右手首にあるはずの鎖がどこにもない。

「え、どうして？　どこにいったの？」

慌てたユリアナはしゃがみ込むと、床に落ちた鎖を探して手をついた。

——ないっ、私の琥珀がないっ！

あれだけは失くしたくない。レオナルドのくれた、たったひとつのブレスレット。あれを失うことは、まるで彼との思い出を全て失う気がしてしまう。

「ないっ、ないっ！」

顔色を変えたユリアナは、大きな声を出した。すると部屋の外に控えていたレームがチリンと鈴を鳴らしながら近づいてくる。

ユリアナは四つん這《ば》いになって床に手をついていた。

「レーム？　お願い、ブレスレットが切れたの。私の琥珀が、彼がくれた鎖がなくなったの！　お願い……あれは、あれだけは探し出して」

伝えながらもユリアナは必死になって床のあちこちに触れる。探したくても、どこに落ちたのか検討もつかない。

あれはレオナルドのくれた、彼の代わりの琥珀だ。

彼なのだ。

失くしてしまえば、もう、彼との絆も切れてしまうのに。

「どこ、どこにあるの？」

闇雲に床に触れてもどこにも見当たらない。小さな琥珀を探し出すことは、盲目のユリアナには不可能なことに思われた。

「う、ううっ……」

涙が目尻に溜まる。泣いても解決しないのに、悲しみと失くしてしまった情けなさで目が濡れる。胸を詰まらせながら、動転したユリアナは目の前にある机に気づくことなくぶつかった。

「あっ」

ガタン、と大きな音がする。そのままユリアナはうずくまってしまった。

頬が冷たい床に触れ、土埃《つちぼこり》の匂いがした。情けない恰好《かっこう》をしている。こんな自分が侯爵令嬢だなんて、誰かに見られたら笑われてしまう。

でも、手をついて起き上がろうとしても、腕に力が入らない。

ユリアナはくぐもった声を出して項垂れた。

近くでチリンと鈴の音がする。跪いたレームが腕を伸ばし、ユリアナを起き上がらせようと肩に触れ、身体を引き寄せた。

チリン、チリンと鈴が鳴っている。

顔を上げなくては、心配をかけてしまう。でも——。

涙に濡れた頬が彼の首筋に触れ、その手を摑んだ瞬間、ユリアナは大きく目を見開いた。

——ああ！

ぱあっとユリアナの目の前に映像が広がっていく。たくさんの日の光を受けて輝く、茶褐色の髪をなびかせたレオナルドが笑っている。

――まさか！　彼は！

ドクッと全身の血が激流のように身体を巡る。時が止まったかのように、音が消えた。

ユリアナの見た映像にはレオナルドが映っていた。

今、目の前に広がった映像は間違いなく先見した未来。それも、素肌が触れてしまった彼の未来に違いない。

それが意味するのは、レームは、声の出せない護衛騎士は、レオナルドということだ。

――レオナルド殿下が……ここにいる？

なぜ、どうして彼が自分の傍にいるのだろう。

かつてのレオナルドはすらりとした背の高い青年だった。騎士団に入りかなりの武功を立てたと聞いているけれど、こんなにも体つきが変わるものだろうか。

疑問と共に心臓がドクッ、ドクッと音を立てる。

頭の中には「どうして」という問いが渦巻いた。

自分は聖女であっても、森の奥に引っ込んでいる存在だ。王子がわざわざ正体を隠して仕えることなど、ありえない。

そうして考えている間も、レーム……いや、レオナルドはユリアナを抱き寄せ背中を抱え込む。

ユリアナが動かなくなったのは、ブレスレットを失くしたショックからだと思っているのだろう。

チリン、と鈴が鳴る。

頬が厚い胸板に触れている。筋肉質の力強い腕が、ユリアナを守るように支えていた。

トクトクと彼の心臓の鳴る音が耳に届く。かつて嗅いだことのある、清涼感のある香りを吸い込むと、ユリアナの頭がスッと冷めていく。

……本当にレームは、レオナルド殿下だろうか。

だがレオナルドであれば紅茶を淹れるのが下手だったことも、楽譜が読めることも、指導が厳しいことも納得できる。

負けず嫌いで完璧主義なのも……理解できる。

ユリアナは抱え込まれた腕をギュッと握りしめた。すると心配するように、レオナルドはチリン、チリンと鈴を鳴らした。

息を呑んだユリアナは何も言えなくなり、先見した映像を振り返る。

彼の後方には司祭服を着た人がいて、目の前には白い髪の女性が向き合って立っていた。

後ろ姿のため、彼女の顔は見えないけれど服装からすると、きっと、結婚式の光景で……彼の妻となる女性だろう。

——殿下はとても、幸せそうだったわ。

自分とは違う、光を受けて白く輝く髪の女性を嬉しそうに見つめていた。心臓をキュッと摑まれたような痛みを覚えながらも、ユリアナは心から安心して小さく呟く。

「っ、……良かった」

レオナルドの未来が幸せで良かった。

かつてのように、危険な未来を視なくて良かった。

心から満足した相手と結婚する未来で良かった。

この先見の内容は決して変えたくはない。

――彼には何としても幸せになって欲しい。

たとえその相手が、自分ではなくても。

ユリアナは呆然と震えながら、レオナルドの腕を掴み続ける。俯いて閉じた目から、涙が途切れず流れ落ちていく。

――もう、彼は私のものじゃない……。

震えながら静かに泣いていると、レオナルドの大きく温かい手が、ユリアナの背中をゆっくりと撫でた。

動く度に鈴がチリンと鳴る。

ひくっとしゃくりあげるごとにチリンと鳴る。

その夜、ユリアナが泣き止むまで、チリン、チリンと鈴は鳴っていた。

琥珀のついたブレスレットを探す気持ちは、いつの間にか消え失せていた。


しばらくするとユリアナは、寝台の上で目を覚ました。どうやら眠っていたようだ。

服も着替えていないから、レオナルドが運んでくれたのかもしれない。それはそれで恥ずかしいけれど、思いきり泣いたことでずいぶんとスッキリしている。

まだ深夜なのか、夜の鳥がホー、ホーと遠くで鳴いていた。

暗闇が広がっている窓の方に顔を向けながら、ユリアナは先見したことを思い出す。

――レームは、レオナルド殿下だった……。

でも、どうしてここにいるのだろう。

レオナルドが来た理由を知りたいけれど、声を出さずレームという護衛騎士に扮《ふん》しているのは、ユリアナに正体を明かさないためだろう。きっと何か事情があるに違いない。

ユリアナは短く息をほうと吐いた。

——贖罪《しょくざい》、なのかもしれない。

二年前、王宮で会った時に彼は「杖になりたい」と言っていた。それを、十日間だけでも行うことでユリアナの犠牲に報いたいのだろうか。

——そうとしか思えない……。

危険な状況に陥ったことは何らレオナルドの罪ではないけれど、彼のために自分が犠牲になったことは否めない。きっと、良心の呵責《かしゃく》があったのだろう。

そうすると、このまま知らない振りをして、レオナルドをレームとして扱った方がいいのだろうか。その方が、彼のためになるのだろうか。

起き上がったユリアナは、寝台の上で膝を抱えるようにして座ったけれど、すぐには答えが出てこない。

頭を膝に乗せて考える。

先見の映像の中にいた、白い髪の女性。あれは一体誰だろう。レオナルドの妻となる人ならば、きっと高位貴族の令嬢に違いない。でも、あれほど艶のある美しい白銀の髪をした人は、幼い頃に一緒だった仲間にはいない。

——彼は誰と結婚するのかな……。

羨ましい。

彼の隣に立てる女性が羨ましい。

彼の愛を受け取り、そして愛を返すことのできる女性が羨ましい。

黒髪の自分ではない、白銀の髪の女性。

もしかすると、自分が知らないだけでもう、婚約をしているのかもしれない。でも、そうであれば今、ユリアナの近くに来て仕えることは、その人に対して不誠実なようにも感じる。

——どうして、レオナルド殿下は私のところに来たのだろう……。

そういえば湖畔で、レオナルドが特別だと伝えていた。あれでは本人に向かって告白したようなものだ。

恥ずかしい。

——でも、今さらかな……。

彼からもらった琥珀のブレスレットを今でも大切に身につけていた。失くしてしまった時は、慌てふためいてしまった。それら全て、ユリアナがレオナルドをまだ好きなことを物語っている。

ユリアナは耳に残る鈴の音を思い出した。チリン、チリンと高い音が自分を慰めるように鳴っていた。

——心配、したよね……。

あの鈴は、彼の声の代わりだ。きっと、本当は声をかけたかったに違いない。それでも、何も言わず沈黙を貫いていた。

きっと、レオナルドと過ごせるのは明日しかない。明日の一日だけが、彼と共にいられる最後の日になる。

ユリアナは猫のように背を丸め、膝を抱えて考え込む。暗闇の先を、目を閉じて見つめていた。

窓から入り込む朝日が顔を照らすまで、そのままの姿勢でいた。


十日目。護衛騎士がいる最後の日の朝、ユリアナはひとつの結論にたどり着いた。

――このまま、レオナルド殿下をレームとして扱おう。

それが彼の意志なら尊重したい。それにもしかすると、父からの条件なのかもしれない。今日一日を過ぎれば、護衛騎士レームとしての役割を全うして彼は都に帰る。

それがきっと、正しいことに違いない。

そう思いながら支度を終えたところで、扉をノックする音が聞こえる。

「レーム？」

声をかけると、日課になったモーニング・ティーを載せたワゴンを押しながら入ってきた。彼はもはや護衛騎士というよりも、まるで執事のようにユリアナに仕えている。

昨日は彼の腕の中で泣きはらしてしまった。もう気持ちは落ち着いたけれど、恥ずかしさが先に立つ。

それに彼はただの護衛騎士ではない。最愛の第二王子《レオナルド》だ。

ユリアナは緊張で喉を震わせながらも声をかけた。

「レーム、夕べはその……ありがとう。あなたが寝台まで運んでくれたの？」

するといつものように、チリンと鈴が鳴る。彼がどういった気持ちでいるのか、鈴の音だけではわからない。けれど、普段と同じように過ごす方がいいのだろう。

ユリアナは気持ちを切り替えた。

「ありがとう、世話になったわね。さ、今朝の紅茶はどうかしら」

戸惑いを隠すように、ユリアナは意図的に明るい声を出す。

するとレオナルドは、慣れた手つきでティーカップに紅茶を注ぐ。彼が初めて淹れてくれた時と比べると、格段に上手になっている。もう、茶器を扱う時に音を立てることもない。

テーブルの上に、いつものように紅茶が置かれる。

ティーカップに手を伸ばして口にすると、平気な振りをしながら傍《かたわ》らに立つレオナルドに問いかけた。

「明日、帰るの？」

チリン、と鈴が鳴る。彼が屋敷にいられるのは、今日で最後だ。

二口目の紅茶を飲みながら、ユリアナはレオナルドが自分に仕える姿を想像した。今の彼はレームとして、ユリアナの命じることを全て行ってくれる。それを思うと、ユリアナの中で普段抑え込んでいた気持ちが湧き上がってきた。

――今日で最後なら……。

一日だけでも、彼に思いっきり甘えて過ごしてみたい。やりたくてもできなかったことを、してみたい。幼い頃のように、彼と過ごしてみたかった。

「ねぇ、レーム。今日が最後だから……あなたに甘えてもいいかしら？」

これまでもかなり我儘を言っているのに、彼は動じることはない。まるでユリアナの全ての望みを叶えようとするように、チリンと鈴を一度だけ鳴らす。

ホッとしたユリアナは、明るい声を出した。

「だったら私、一度でいいから野外で演奏してみたいの。バイオリンが確か倉庫にあったけれど、レームは弾けるかしら？」

レオナルドであれば、問題なくバイオリンを弾けるだろう。久しぶりだとしても『鳥は空へ』なら演奏できるに違いない。

チリン、と鳴る鈴を聞いたユリアナは、さっと立ち上がると外套を取りに行く。

「時間がもったいないわ、早速庭に行きましょう！」

気持ちを外に向けたユリアナは、水を得た魚のように生き生きとした顔になった。


結局、執事や使用人などを庭に集め、演奏を聞いてもらう。フルートとバイオリンが一緒に演奏するのを聞くのは皆、初めてだ。

「お嬢様、寒くありませんか？」

「大丈夫よ、じいやは心配しすぎなのよ」

緑色の外套を着たユリアナは、まるで森の精のようないで立ちだった。

銀色のフルートを持ち、空気が流れていくように音を奏でると、伸びやかな音色が深い緑色をした木立の間を通り抜けていく。

バイオリンの弓の張り具合を調整したレームが、弦の音を出す。

大空の下で『鳥は空へ』を演奏する。

――あぁ、やっぱり彼はレオナルド殿下なのね。

いくら久しぶりに弾いたとしても、バイオリンの癖は変わっていない。

ビブラートの長さや、ピッチの速さ。スタッカートの入れ具合もかつてと変わりない。一番近くで彼のバイオリンを聞いてきたからこそ、彼の音がわかる。

ユリアナは改めてレームがレオナルドであることを確信した。

すると彼の奏でるリードで始まったデュオに、いつの間にか森にいる白い小鳥たちが近づいてチュンチュンと鳴き始めた。

深緑の葉をつけた木に白い鳥たちが留まってさえずり、そこだけまるで切り取られた絵のように幻想的な風景となっている。

——凄い、小鳥たちとのアンサンブルだわ……！

ユリアナはこれまでとは違う高揚感を味わった。伸びやかな音が森に響く。今は、今だけはあの時のように明るい音でフルートを吹くことができた。

「……お嬢様！」

演奏が終わると、執事の涙ぐんだ声が聞こえる。美しい、心の洗われるような演奏だったと、使用人たちが口々に言っている。

——これで、彼の心も少しは軽くなってくれるといいのだけど……。

自分は少しも彼を恨めしく思ったことはない。犠牲になったつもりもない。

だから、贖罪など必要ない。

もう、自分のことから自由になって、この鳥のように羽ばたいて欲しい。彼には、それが許されているのだから。

ユリアナは自分の心の中に、未だレオナルドを強く求める気持ちがあることを認めていた。それでも、彼には何も伝えないことを決めた。

気持ちを伝えると、彼を自分に縛りつけることになりかねない。彼にはもう、妻となる白銀の髪の女性がいるのだから、何も言わない。ただ、感謝の言葉を伝えるだけだ。

「レーム、一緒に演奏してくれてありがとう。今日のことは、忘れないわ」

小鳥たちに愛され冬の日差しを浴びたユリアナは、まるで森に住む妖精のように輝いている。雪に光が反射して、そこだけ輝きが集まっていた。

庭にいる誰もが、ユリアナの美しさを目に焼きつける。

目の光を失った聖女は、内なる光を失うことはなかった。彼女こそが真の聖女だと、誰もが思い賞賛の言葉を述べるのだった。

演奏会が終わると、ユリアナはいつものように庭を散歩し始めた。

この屋敷で、レオナルドと一緒に歩くことを想像して、左足のリハビリを頑張っていた。あの頃に願ったことがようやく叶う。彼が隣にいる最後の散歩だ。

それに護衛騎士がいなくなれば、次はいつ外を歩くことができるかわからない。なるべく足取りを覚え、一人でも散歩ができるようになりたかった。

「ええと、ここにひとつ段差があるのよね」

チリン、と鈴が鳴る。杖を使い辺りを注意深く探すけれど、雪に埋もれた段差はわかりにくい。

「ああ、レーム。だめよ、手を出さないで。一人で歩けるようになりたいの」

腕を引こうとする彼の手を払い、ユリアナは一歩前に踏み出した。すると、目の前にある段差をするっと踏み外してしまう。

「きゃあっ」

気がついた時には雪にうずもれる覚悟をした。倒れたとしても、きっとそれほど痛くないだろう。だが――。

「レーム？」

ユリアナの倒れた先には、頑丈な身体をしたレームが先に倒れ込んでいた。彼の腕に抱きかかえられるように、ユリアナは倒れている。

「レーム、レーム？　大丈夫？　ごめんなさい、段差がわからなくて、私――」

声をかけるけれど、肝心の彼からの返事がない。どこか頭を打ってしまったのだろうか、でも抱える腕の力はそのままだから意識を失っているようにも思えない。

心配になったユリアナは彼の頰に手を添えると、ぺし、と叩いてみる。乾いた空気が彼の口から漏れている。

けれど、痛みで唸《うな》っている感じはしない。ユリアナは確認するために、彼の顔を手袋に包まれた細い手でなぞった。

「レーム？」

雪の中に倒れながら、レオナルドは笑いを堪えるように口元を押さえ始めた。

――笑ってる！

なんてことだろう、人がこんなにも心配しているのに。

彼が笑いを止めないためにユリアナは、再びぺちぺちと細い手で頬を叩いた。

「ちょっと！　レームっ！」

すると今度は全身で笑い始めたのか、腹筋が小刻みに動いている。外套を着ているとはいえ、身体を密着させていることに気がついたユリアナは、バッと顔を赤らめた。

「もうっ、レームったら……」

くつくつと声を上げずに笑い続ける彼に引き込まれるように、ユリアナも自然に口元に弧を描いた。

雪の中に倒れ込んで、男性を下敷きにしている。侯爵令嬢としても、聖女としてもありえない体勢だ。

チリン、チリンとうるさいほどに鈴が鳴っている。レオナルドはユリアナを抱えるようにして笑うと、しばらく動くことはなかった。

――どうしよう……。

まさか、彼にこんな風に抱えられるなんて……。

もう、触れ合うこともないと思っていた彼を、昔のように軽快に笑っている彼を、下敷きにしている。ひとしきり笑いが収まっても、ユリアナは力を抜いて彼の上に横たわっていた。

――殿下が、ここにいる。

思わず顔を胸元に当てると、分厚い外套の下にある彼の鼓動が聞こえてくるようだ。ユリアナはそっと彼の胸の上に手を置いた。

昨夜は泣いてしまったけれど……今は、心地いい。

——こんなことできるのも、きっと最後……。

ユリアナは顎を上げてレオナルドを見上げる。すぐ近くに彼の顔があるのか、息遣いを感じた。今なら、言えるかもしれない。

「ねぇ、レーム。……雪に埋もれながらキスをすると、幸せになるって聞いたことがあるわ。あなたに……ちょっとだけ、してもいい？」

そんな話を聞いたことはないけど、何もなくて彼にキスをねだることは恥ずかしかった。でも、幼い頃から夢見ていた、王子様とのキス。一度でいいから、してみたい。

ユリアナは頬が赤くなっているのを感じていると、彼の硬い手が顎にかかる。

鈴の音が聞こえる前に、レオナルドの手で顔を持ち上げられ、厚い唇がユリアナの唇に触れた。

一瞬の触れ合いだった。

「あ……私、初めてなの。……こんな感じなのね」

手袋をつけたままの指を唇に押し当てる。レオナルドの唇は軽くしか触れなかった。羽のような感触だったのは、彼なりの気遣いなのかもしれない。

ユリアナはキュッと唇を引き結ぶ。

何も聞いていないが、もう心に想う女性がいるのかもしれない。白銀の髪をした女性を、既に恋人にしている可能性もある。

「ごめんなさい、もしかして恋人がいたのかしら、そしたら申し訳なかっ、あっ」

謝ろうとした瞬間に、顎にかかった手でもう一度顔を上げられた。

言い終わる前に唇をふさがれる。

今度は強く押し当てられ、さらに何度も角度を変えて口づけられた。

「……っ、ふっ……あ」

先ほどの羽のようなキスとは全く違い、彼の熱さえも移されるようなキス。

次第に深くなる口づけに息が上がる。彼は上唇を食《は》んだかと思うと、すぐに下唇を吸った。

圧倒的な質感に驚きながらも、ユリアナは彼の初めてともいえる情熱の発露に胸が熱くなっていく。

「あっ……っ、んんっ、んっ」

ぬるりとした彼の舌先が口の中に入ってくる。

初めて知る感触に思わず顔を離そうとすると、いつの間にか身体に巻きついていた腕がユリアナの後頭部を押さえていた。

――逃げられない。

彼の緩い束縛に胸が高鳴る。

彼に求められている。

ユリアナは初めて与えられる男の熱によって甘い疼《うず》きを感じ、思わず口を開いてしまう。

するとレオナルドの舌先がぐっと入り込み、ユリアナの口内を蹂躙《じゅうりん》した。

くちゅ、くちゅっと聞いたことのない水音が響き、思わず舌を使って彼の舌を押しのけると、反対に口内に吸い上げられる。

「ん、んんっ、……んーっ」

逃げるようにして絡めていた舌を外して、ユリアナは大きく息を吸い込んだ。

「はっ、……はぁっ、はぁっ」

荒れた呼吸を整えているユリアナを、レオナルドはこれまでになく強く抱きしめる。

キスがこんなにも濃厚なものとは知らなかった。後ろ髪を整えるように撫でている彼の優しい手つきに、思わず愛されていると誤解しそうになる。

——どうして？　どうしてこんな激しいキスを……！

レオナルドの息遣いを耳元で感じる。彼には将来の妻となる女性が他にいるのに、どうして自分に熱烈なキスをしたのだろう。

——少しでも、私のことを……好きだと、思ってくれている？

ユリアナがそうであるように、レオナルドにとっても自分は初恋の相手だ。婚約したいとまで伝えてくれた仲だった。

だから、自分と同じように、今日が二人で会える最後の日だと思っているのかも、しれない。

「レーム、……恋人とか、婚約者とかは……いないのね」

チリン、チリンと強く二回鳴る。今はいない、ということだろう。

——良かった。それなら、彼にお願いしてもいいだろうか……。

ユリアナは唇をギュッと閉じると、手をついて身体を起き上がらせた。雪を払いながら、どこか吹っ切れたような顔をしてレオナルドに話しかける。

「ねぇ、レーム。明日の朝、帰ってしまうのよね」

レオナルドはチリン、と一回だけ鈴を鳴らした。

「だったら今夜は、送別会をしましょう。とっておきのワインを出して飲みましょうよ！」

チリン、と鳴る音を聞いてユリアナはほっとする。

口づけの感触は未だ残っている。

熱い舌先を思い浮かべてしまい、ユリアナは頬に熱が集まるのを感じていた。


今夜はレオナルドが滞在する最後の夜だ。

ユリアナは屋敷にある中でも特に豊潤な香りの赤ワインを用意した。夕食時に時折嗜《たしな》むため、高級なものを揃《そろ》えている。夕食後に私室に移り寝衣に着替えると、既に月明かりが部屋に届く時刻となっていた。

ソファーに座ったタイミングで、レオナルドがワインの栓を開ける音が部屋に響く。

――今夜しか、ない。

ゴクリと唾を飲み込んで、ユリアナはワイングラスを手に持った。

「レーム、あなたの送別会だから、あなたも飲むのよ」

護衛騎士として仕えている彼に、動揺を悟らせたくない。居丈高に伝えたユリアナは、グラスを掲げて彼に告げる。

「十日間、ありがとう。あなたのこと、忘れないわ」

そして口をつけてゴクリと飲む。

カッと喉が焼けるように熱い。

これから彼に命じることを思うと、酔わないではいられない。ユリアナは昼間、レオナルドにきつく抱きしめられながら口づけの先を想像した。

――どうかしてる、けど……彼なら。

未婚で、婚約者もいない。彼であれば……自分の純潔を奪い、この呪いのような力から解放してくれないだろうか。

「もう少し、飲みたいの」

グラスを彼のいる方に差し出すと、レオナルドは再びワインを注いでくれた。

「あなたも飲んでる？」

問いかければ、チリンと鈴が鳴る。

グラスに入ったワインに空気を含ませるように揺らすと、ユリアナは一気に飲み干した。

大人になったレオナルドと、二人でお酒を飲むことを楽しみにしていた時もあった。最後の夜に、それを叶えることができたのは皮肉にも感じる。

ユリアナもレオナルドも黙ったまま、ワイングラスを空にしていく。嗜む程度にしか飲んだことのないアルコールが、ユリアナを大胆にさせていった。

レオナルドは将来、自分ではない人を妻とするから、今夜が最初で最後の機会になる。だからこそ言わなくては。彼に今夜、抱いて欲しいと伝えなければ。

覚悟を決めていたけれど、いざ、その時になると勇気が出ない。グラスを持つ手が、心なしか小刻みに震えている。

ユリアナはグラスの中に、何も残っていないことを確認すると、カツン、とテーブルに置いた。

頼めるのは今夜しかない。

ユリアナはドクドクと脈打ち始めた胸に手を当てる。こんなことを頼むなんて恥ずかしい、けれど今夜を逃せばもう機会はない。

あれほど濃厚なキスをしてくれるなら、求めてくれるなら。その先をねだることを、許して欲しい。

「ねぇ、レーム。……もう私、この力はいらないの」

ワインを飲んで酔いの回ったユリアナは、とうとう本音を小さな声で漏らした。

聖女であることに怯える暮らしは、もう終わりにしたい。ユリアナは立ち上がると上着を脱ぎ始めた。

「この力を散らすこと。あなたなら……あなたにしか、頼めないの」

ガタンッと音を立てレオナルドが立ち上がった。

強い視線を感じる。

何を、どう彼に伝えればいいのかわからない。ユリアナは男性を誘う言葉など知らず、でも彼に罪悪感を持たせたくなかった。

だから、そのためには自分が命じ、レオナルドは単に命令に従ったことにすればいい。

ユリアナは大きく息を吸い込むと、かつてないほどに冷たい声を出した。

「レーム、あなたの主人として命じます。私を、今夜抱いてください。そして、明日になったらそのことを全て忘れて」

固い意志を、まっすぐな想いを込めた言葉だった。

その行為の結果を知りながら、それでもユリアナは捨てたかった。

それだけではない、長年の恋に区切りをつけたかった。いや、どんな理由があったとしても……

彼に抱いて欲しかった。初めてを捧げたかった。

しばらくの沈黙の後、鈴が一度だけチリンと鳴った。そしてまた沈黙が訪れる。

——鈴の音は、一度。

二度ではないことに、ホッとして胸を撫で下ろす。

「……ありがとう」

互いの気持ちが変わらないうちに、震える手で寝衣の紐《ひも》を解き、ユリアナは全てを脱いでいく。窓から月の明かりが差し込み、白い肌はほのかに輝いている。ぱさりと衣を床に落とし、両端を紐で留めていた下着を脱いだ。

窓からの冷たい空気を感じ、ふるりと肌が粟立《あわだ》った。

白い手で豊満な胸を隠すようにして立つと、完成された美は余すことなく神々しさを放っている。

レオナルドがゴクリと喉を鳴らした。

同時に彼も素早く全ての衣を脱いでいくと、床の上に服がぱさり、ぱさりと置かれる音がする。

裸になったユリアナの身体が、急に震えだした。覚悟できていると思ったのに、いざとなると足が動かない。そのことに気づいたレオナルドは、ユリアナに近寄ると優しく肩に触れた。

「レ……レーム」

彼はユリアナを寝台にゆっくりと倒すと、上に覆い被さった。逞しい身体に組み敷かれるが、体重をかけないように抱きしめられる。すると、ようやく震えが収まった。

素肌に触れる彼の硬い皮膚が熱くて、切なくて、苦しくなる。まるで触れると消えてしまう泡に見立てたかのように、ユリアナを柔らかく包み込んだ。

レオナルドの少しかさついた唇が、羽のように濡れた唇に触れる。音を立てず、窺《うかが》うように口角に口づけ、頬にも唇を当てる。もどかしくなるほどの口づけ。

彼に背負わせてしまう罪を考えると、胸が苦しくなる。でも、重なった身体を離すことはできない。

硬い肌が豊満な胸を押しつぶすように触れている。ゆっくりと腰を撫でる彼の手のひらが熱い。

初めての触れ合いに、ユリアナの心は震えていた。

「レーム……」

彼の本当の名前を呼ぶことはできない。この胸に秘めてきた想いを伝えるわけにはいかない。自分には許されないことが多すぎる。

けれど。

──あぁ！

レオナルドの息が耳に吹きかかると、ユリアナは熱い疼きを感じて足を彼の身体に絡ませる。

「お願い、もっと……私を抱いて」

溢《あふ》れ出す気持ちを吐露した途端、舌で蹂躙するように口づけられる。

細い手が骨太の指で押さえつけられ、身体全体で彼の重さを感じた。

「んっ、ふぅっ、……っ、はぁっ」

自分でも知らない甘い声が漏れてしまう。

するとレオナルドは理性の切れた獣のように息を弾ませ、ユリアナの口内を犯すように舐《な》め、吸い上げた。

「あぁっ、……んんっ、はぁっ」

まさか、彼がこんなにも激しく、情熱的に自分に触れてくるとは思っていなかった。

ふっ、ふっと荒い息遣いがしたかと思うと、耳朶《みみたぶ》を食んでくる。くちゅ、くちゅっと水音が響くと同時に、彼の硬い手が胸に触れていた。

大きな手に余る乳房の先端は既にしこって硬く勃《た》ち上がっている。下からすくうように揉《も》みしだきながら、赤く膨らんだ先端をふたつの指できゅっと摘ままれた。

「はあっ、……、ああっ、あっ」

こんな風に、彼に抱いてもらえる日が来るとは思っていなかった。

結婚を夢見ていた少女時代、そして全てを諦めてからの日々。ずっと胸の奥に住んでいた彼が、今、自分に覆い被さり柔らかな肌に触れて昂っている。

片手は敷布に縫いつけられるように、指を絡めて押さえつけられていた。

——あぁ、指先から私の想いが伝わればいいのに……。

この恋を伝えたい。けれどそれは、レームがレオナルドだと気づいていることを伝えてしまう。

それだけはできない。

レオナルドは逃げ惑う小さな舌を誘い出し、搦《から》めとるように口づけた。片手で乳房を揉みしだかれ、柔らかな乳肉が指の間から零れ落ちる。

その感触を確かめるように、彼は何度も形が変わるほどに揉んでいた。

「んんっ、ん、……んっ、んっ」

ユリアナは今はもう、神殿の認める聖女だ。それも先見という貴重な力を持っている。その純潔を散らすことは、禁忌に触れるに等しい。

それをわかっていながら、彼に罪を負わせようとしている。

——私は、聖女なんかじゃない。清くも、聖でもない、ただの……自分勝手な女《エゴイスト》だ。

執事も使用人たちも、皆、ユリアナは真の聖女だと言って褒めていた。鳥までもが祝福するように鳴いていた。

でも、そんな存在ではないことは、自分が一番よく知っている。そして……レオナルドも気がついているだろう。

この行為が何を意味するのか、彼が知らないとは思えない。聖女の力を奪うことが、どれだけ罪深いことか知りながら、彼は今自分を抱こうとしている。

レオナルドの鍛え抜かれた肌がユリアナの柔らかい肌に触れている。

逞しい胸に自分の乳房を押し当てると、乳首が擦れて刺激となり、ユリアナの胸を突くように快楽が身体を這う。

彼の勃ち上がった硬い滾《たぎ》りが太ももに擦《こす》りつけられた。

——あぁ、嬉しい、でも……。

力を失うことがユリアナを守る最善の方法だとしても、父でさえ神殿に逆らい聖女の力を奪う、その手段を取れなかった。

なのに、今、レオナルドにそれを実行させようとしている。

——許して、殿下。あなたの罪は全て私が引き受けるから……どうか……！

どうか最後まで抱いて欲しい。太ももに触れる硬く熱い楔《くさび》を自分の中に打ち込んで欲しい。

彼のくぐもった息遣いを聞きながら、ユリアナは腕を伸ばして背中に触れる。ここにも、深い傷痕が残っていた。

レオナルドは顔を胸の上に移動させ、ユリアナの白く柔らかい肌の上に華を散らすように吸いついた。チリ、と痕が刻まれ小さな痛みが肌の上に落ちる。

ユリアナは胸を愛撫《あいぶ》されながら彼の頭を両手で撫でた。柔らかい髪をしている。

――あぁ、このまま彼の熱を感じていたい……。

今、この時が最後の触れ合いだとわかっている。これ以上彼を求めることができないことも、先見をして知っている。

けれど、それでも彼を愛しく思う気持ちを止めることはできない。

滾りに滾った剛直を太ももに当てながら、レオナルドは熱い息をユリアナの肌に吹きかけた。彼の興奮が伝わり、ユリアナは一段と喘《あえ》ぎ声を高くして背を反らす。

――もう、あなたの楔で私を貫いて。

何度もレオナルドと口に出して叫びそうになるのを堪えながら、ユリアナは彼の愛撫を享受した。きめ細かな肌を何度も大きな手で撫でられ、唇がありとあらゆるところを這っていく。

敏感な箇所に触れられる度にビクリと身体を震わせた。

レオナルドは誰も触れたことのないユリアナの秘豆に指の腹を当てると捏《こ》ねるように触れ、軽く扱《しご》く。

溢れる愛蜜をすくいとり、襞の上の突起に塗りつける。ふたつの指で挟みくにくにと練られた途端、ユリアナは高く弾けるように背中をしならせ敷布にしがみつく。

「や、あぁ、こんなにも……、あぁっ……」

快感を得て息が上がり、ユリアナが胸を大きく上下させると、レオナルドはふたつの指を秘裂の奥に入れ、ざらつく箇所をくっと押し上げた。

すると鋭い快感が身体の奥から這い上がってくる。

「あああっ、そこ、だめぇっ」

口を半開きにして嬌声《きょうせい》を上げながら、乳房をふるりと揺らすユリアナの痴態に、レオナルドの男根が素直に反応してぐぐっと石のように硬くなる。

ユリアナの細い手を取ると、レオナルドは自身の滾りに触れさせた。これが、今から先見の聖女を貫き全てを終わらせる楔となる。

先端から滴る透明な液体で濡らした男根を、ユリアナは優しく手で包み声を漏らした。

「これ、こんなにも太いなんて……」

怯えを見せた彼女に、レオナルドは大丈夫だと言わんばかりにこめかみに口づけると、髪を優しく撫でつけ、顔中に唇を落としていった。

——あぁ、もう、私の呪いを断ち切って……。

息を乱しながらも覚悟を決めたユリアナは、自分の手で楔の先端を蜜口に沿わせた。レオナルドは待ちきれないとばかりに、腰を進めて先端をつぷりと挿入する。

「もう……お願い。ひと息に……してくれて、いいから」

息も絶え絶えといった様子で、ユリアナは懇願した。

その声に応えようとして、彼女の腰を持つとレオナルドはずんっと楔を押し込んだ。

「はっ、あああっ」

顎を天上に向けるように顔をのけ反らせてユリアナは叫ぶ。そして息を止めたかのようにピクリと大きく身体を震わせた。

――い、痛いっ、けどっ……！

彼から与えられた痛みが全身にいきわたる。まるで身体の中心を鉄杭《てつくい》で打たれたような衝撃に襲われた。

けれど、この痛みが自分の呪いを断ち切る楔だから……硬くて重い楔が今は愛おしい。

もっと、この熱で自分の身体をレオナルドの色に塗り替えて欲しい。

身体に彼の形を刻みつけて欲しい。

――今だけは、あなたは私のものだから……。

レオナルドは興奮の頂点にいるかのように低く呻きながら息を吐いた。

昂りを馴染ませるようにゆっくりと腰を回し、形を確かめるように小刻みに先端を揺らしている。

楔にまとわりつく襞がうごめき、それから逃れるようにしてゆっくりと男根が引き抜かれた。だがユリアナの膣《ちつ》は逃さないとばかりに吸いついて彼を離さない。

抜ける直前で再び押し込められると、待ちわびていたとばかりに再び締めつける。

「……、っ、くっ」

何度か抽送しただけで、レオナルドはあまりの快感にくぐもった唸り声を上げていた。

雫がぽとりとユリアナの頬に落ちる。彼の汗か――涙か。律動に合わせるように身体を揺らしながら、ユリアナは彼の熱を呆然として受け止めていた。

――こんなにも、激しいなんてっ……。

もう、どうにかなってしまいそうだ。

ふっ、ふっと獣のような息を吐いたレオナルドが、離さないとばかりにユリアナのくびれた胴を持ち腰を打ちつけてくる。

肉と肉のぶつかり合う乾いた音が部屋に響く。先端に最奥を突かれる度に、ユリアナは痛みではない快感のかけらを拾い始めていた。

「あっ……、ああっ、あっ、あっ」

だんだんと登り上がるように快感が迫ってくる。

ついに身体を支配するような大きな波に呑み込まれると同時に、レオナルドの楔はユリアナの中で震えながらどくどくっと欲望を吐き出した。

レオナルドはふるりと身体を震わせつつ、残滓《ざんし》を余さないように腰を二度三度と押し込める。

ユリアナは精を受けた直後に身体を固めると、息を大きく吸い込んで震えを逃すように力を緩めた。

レオナルドの大きな身体がのしかかるように覆い被さり――沈黙の後、息を整えたユリアナはそっと囁いた。

「終わったのね……」

ユリアナが目尻から涙を一筋零すと、雫は頬を伝い耳にかかる。

――これで、終わり。もう、終わりなんだ……。

レオナルドはユリアナを抱きしめながら、流れていく涙をすくうようにしてこめかみに口づけた。

彼の汗ばんだ身体から立ち上る熱が、ユリアナを包んでいる。初めて嗅ぐ雄の匂いに身体がまだ、敏感に反応している。

ユリアナは彼の背中に回した腕に力を込めた。

重くのしかかる彼の身体が愛しくてたまらない。

──離したくない。でも、放さないといけない……。

細く長い息を吐いたユリアナは、そっとレオナルドの頰に触れた。この手の先の熱が、愛を伝えてくれることを願いながら。

──この夜が明けなければいいのに。

「……レーム、もう」

もう、いいから。そう伝える前に口づけられたユリアナは、言葉を吞み込んでしまう。身体の中に入ったままの楔は再び硬さを取り戻していた。

頰は柔らかく両手で挟まれながらも、打ち込まれる楔の律動は全く優しくない。

「あっ、ああっ」

もう、聖女の力を失うための抽送ではない。

再び始まった接合に、ユリアナはほのかに喜びを感じていた。ここからは命令でも、なんでもない。ただの雄となった男と、聖女を脱ぎ捨てた女だった。

──こんなにも、求めてくれるなんて……。

初めて、そして最後となる熱に浮かれ、ユリアナははしたないと思いつつも嬌声を響かせる。

さっきとはまた違って、彼が一段と深く自分の中に入り込んでいた。

「はっ……だめ、そこはっ……」

ユリアナの中の一番奥に、レオナルドがいる。

求め続けた彼がいる。

二人にとって唯一の夜、寝台が軋む音が響いていた。

ユリアナは最後まで想いを告げることなく、彼を抱きしめる両腕に力を込める。何度目かの白濁を受け止めると、最後はゆっくりと意識を失っていた。

第四章

――疲れさせてしまったか……。

レオナルドは横たわるユリアナの髪をひと筋手に取ると、そっと口づけた。長年、想い焦がれていた彼女を腕の中に閉じ込めるように抱きしめる。

――このまま、ユリアナを攫ってしまおうか……。

どこか、遠くの国へ。

ユリアナが聖女であることなど、誰も知らない国へ。

レオナルドが王子であることを気づかれない国へ。

二人で生きていくだけなら、なんとかなるだろう。だが――。

ユリアナは片足を動かせず、両目の光を失っている。この屋敷内であれば、かつての記憶をもとに自由に動けるだろうが、違う場所に行けば不自由しかない。

これまで侯爵令嬢として人々に仕えてもらってきた彼女が、慣れない場所で生きていくのは……盲目ならなおさら辛いだろう。

「ユリアナ……」

幼い頃は、可愛らしい少女の一人としか見ていなかった。

だが成長するにつれ、サナギが蝶《ちょう》になるようにユリアナは美しさを増していく。

意地悪な態度を取ってしまうこともあったが、それでも自分に飾りのない笑顔を見せてくれるユリアナのことを、意識するようになっていた。

あれは彼女が十歳くらいの頃だったろうか。思春期に入り、ひとつ上の優秀な兄と比べられるのが癪《しゃく》に障ることが多くなっていた。

そんな時だった。

「ねぇ、レオナルド様はどうしてそんなに、怖い顔をしているの？」

「は？　関係ないだろ」

「関係なくないよ。レオナルド様は王子様なんだよ」

「……王子だから、兄さんと同じじゃないといけないのかよ」

むしゃくしゃしていた気持ちを、ついユリアナにぶつけてしまった。言った後で後悔するが、言葉はもう取り消せない。

「なんで？　レオナルド様がエドワード様と同じになるの？　全然違うじゃない」

「王子らしくしろ、エドワード殿下を見習えって、お前も本当はそう思っているんだろ？」

誰にもぶつけることのできない気持ちを、ユリアナに吐き出していた。

冷静沈着、眉目秀麗、秀才と名高いエドワードに比べ、体格はいいけれど落ち着きがない、乱暴な言葉遣いをする劣った弟と見られていた。

そのことが辛かった。

「私は……レオナルド様と一緒の方が楽しいよ。小さな頃から遊んでくれて、今もこうしてお喋りしてくれるし。エドワード様は優しいけど、時々何を考えているのかわからなくて。でも、レオナルド様は怖い顔をしていても怖くない」

「……怖くないのか？　俺が」

「うん。レオナルド様は私の王子様だから、怖くないよ」

ユリアナは花がほころぶようにふわりと笑った。その笑顔に、思わずドキッとする。だが、その頃はあまのじゃくを胸の中に飼っていた。

「俺はお前の王子様になった記憶はない」

「じゃあ、今日から私だけの王子様になってくれる？」

「ユリアナが俺だけのものになるなら、なってやらんこともない」

冗談半分で言うと、真剣な顔つきになったユリアナがハッキリとした声で答えた。

「いいよ。私、レオナルド様のものになる」

桃色のドレスを着て、頬を同じ色に染めた美少女が純真な眼差《まなざ》しで見つめてくる。その時に気がついた。

――この娘が欲しい。俺の、俺だけのものにしたい。

ほの昏《ぐら》い独占欲。

自分の中に、こんな感情があるのを初めて知った。それでもまだ幼いユリアナに何かしたかったわけではない。ただ、彼女の未来は自分と一緒がいいと思った。

「わかった。それなら俺も、お前だけの王子様になるよ」

本気で答えた言葉を、ユリアナがどこまで覚えているかはわからなかった。

だがその日から、ユリアナはレオナルドにとって唯一の存在となり、気がついた時にはエドワードへの劣等感は消えていた。

ユリアナの視線の先にいるのはいつも、レオナルドだったからだ。

他の誰でもない、自分だけを見つめる少女の存在に、自然と自己肯定感が満たされていく。

そうして彼女を近くで感じながら過ごしていると、ユリアナは淑女として健やかに育っていく。

「私ね、やっとダンスを習い始めたの！　ステップは難しいけど、とっても面白くて。デビューの時は、一緒に踊ってね？」

頬を染めたユリアナの笑顔は、レオナルドの心を鷲掴みにする。

「わかった」

返事をすると、ユリアナは頬を染めて聞いてきた。

「レオナルド様が、デビューの時にエスコートしてくれる？」

「……ああ、そうだな」

十六歳になると、舞踏会で王族に挨拶をするのが慣例だ。そして婚約者か近い者がパートナーとなり、エスコートをする。ファーストダンスの相手をするのも、その者だ。

頷きながらも、そうするためには自分の立場を確実なものとしておきたい。

――早く、他の者に取られる前に彼女を婚約者として指名しなくては。

そう思っていたけれど、エドワードを差し置いて、自分が先に決めることはできなかった。

焦りから時折、自分と違って優しい兄の方に惹かれているのではないかと、小さな嫉妬をしてしまうこともあった。だが、エドワードはセシリアを指名した。

ようやく、次は自分の番だと思ったところで——ユリアナはレオナルドを守り、片足を犠牲にしてしまった。

代償があることを知らなかったとはいえ、自分のためにあれほど元気だったユリアナが走れなくなったのは、あまりにも衝撃的だった。もう、ファーストダンスを踊ることもできない。

歩くにも、杖が必要になると聞く。

——だったら俺が、ユリアナを支える杖になる。

決心は固かった。だが、足の悪いユリアナが外交の一翼を担う王子妃と認められるには大きな壁があった。彼女が片足を失ったのは、自分を守るためだと公表できれば良かったが、それをすれば聖女であることが神殿にばれてしまう。

それだけは避けたかった。

神殿に嗅ぎつかれないために、アーメント侯爵からは接触を禁じられる。だが、将来の伴侶にしたいのはユリアナだけだ。

周囲に自分の希望を認めてもらうために、王子として何ができるのかを考えた。王族の担う外交は物腰の柔らかいエドワードの方が適任だ。

そうであれば、身体を動かすことが得意な自分は、騎士団に入り兵を掌握する方に全力を注ぐべきだろう。軍事を束ねるのも王族としての役割のひとつだ。王宮を離れ、鍛錬を重ねて三年後。ようやく国王とアーメント侯爵からユリアナに求婚する許可を得られた。

彼女を王子妃にと望むことを、叶えるだけの武功を立てていたからだ。

だが、二年前のあの日。

彼女に想いを告げ、承諾してくれれば婚約する段取りをつけていたのに、あの日の襲撃が全てを壊した。

火矢で狙われた自分を、初恋の少女は身を挺《てい》して庇《かば》ってくれた。その功績をもとに彼女を妻として迎えたかったが、大きな問題が立ちはだかる。

先見した未来を変えた代償として、ユリアナは目の光を失っていた。盲目となった者が、王族の妻になることは許されない。さらには神殿が先見の聖女として認めてしまった。聖女は力を保つために純潔を守る必要がある。——結婚はできない。

神殿はユリアナを囲い込もうと圧力をかけてきたが、貴族院の議長であるアーメント侯爵は、彼女を守るために森の奥に閉じ込めた。


レオナルドは襲撃犯を縛り上げ口を割らせた。三年前と、今回と、どちらの襲撃も隣国による攻撃と判明する。国内にも隣国に手引きをした者がいた。

その者たちもいつか必ず見つけ出し、罪を贖《あがな》わせると誓いつつ、レオナルドは国境で起きていた戦いに率先して身を投じた。

隣国との戦いで勝利をもぎ取るために、冷酷さを増し怒りのままに戦った。王子であれば前線で戦う必要はなかったのにもかかわらず、自ら大剣を振るい敵を容赦なく屠《ほふ》る。そのうち彼は、狂戦士と呼ばれ恐れられるようになった。

レオナルドは、自分を守るために片足と両目を失ったユリアナの敵討ちを果たし、都へ凱旋《がいせん》した。気がついた時には、最後に会ってから二年の月日が経っていた。

隣国との戦いで勝利に貢献したレオナルドは、セイレーナ国王とアーメント侯爵を前にして嘆願した。

「レオナルド、そなたの働きは見事であった。話があると言うが、何だ、申してみよ」

「……陛下。アーメント侯爵令嬢との婚姻をお許しください」

「それは……彼女は、ユリアナ嬢は神殿に属する聖女だ。私の一存では認めることはできぬ。もう諦めろと言ったはずだ」

「ですが、彼女は私のために犠牲を払っているのです！　どうか、一度だけでも彼女に会わせてください」

「そうは言うが……。アーメント侯爵、そなたはどう思う？」

そうですね、と腕を組んで考え始めた侯爵は、レオナルドを一瞥《いちべつ》すると静かに語りだした。

「娘のユリアナも、もう十九歳となり今は静かに暮らしています。神殿も最近は大人しくなってきたのか、抗議の類も控えめになってきた。殿下、あなたであれば……」

「では、彼女のもとに行ってもいいのか？」

レオナルドは逸る心を抑えることなくセオドアににじり寄るが、それをセイレーナ国王が片手を上げて止める。

「レオナルド、いい加減にするんだ。お前が打ち負かした隣国から、皇女を娶らせたいと打診が来ている。もう、返事を待たせることはできん」

「その話は断ったはずです。私はそんなことのために、隣国を攻めたのではない」

「それはわかっておる。だが、向こうも敗戦国として人質を出したいのだ」

国王は呆《あき》れた顔をしつつも、侯爵の方を向いた。

「だが、アーメント侯爵が許すのであれば。ユリアナ嬢のもとに行き、最後の別れをしてこい。そして戻ってきた時には王子として皇女を娶れ。それが私の出す条件だ」

「陛下！」

ユリアナとの結婚が簡単でないことはわかっている。だが、それでも願い続ければいつか、彼女の手を取ることが許されると夢を見ていた。

レオナルドは歯を食いしばる。セイレーナ国王の言葉に従い、隣国の皇女を娶ることが、この国の王子としての責務だとわかっている。だが。

――もう、ユリアナのことは諦めないといけないのか……。

人々の模範となるべき王族である自分が、聖女を妻に望んだとしても叶うものではない。

――それは痛いほどわかっている。

項垂れるレオナルドのもとに、アーメント侯爵が近寄ってくる。射貫くようにレオナルドを見つめながら、侯爵は静かに問いかけた。

「殿下は以前、娘の杖になりたいと言われましたが、その気持ちは今もお持ちですか？」

「もちろんです。私はユリアナ嬢の杖となり、彼女を守りたいと備えてきました」

足の悪い彼女を支え、目の見えないユリアナの杖となりたい。

先見の聖女である彼女を諦めない神殿の脅威から守るために、身体を虐め抜いて鍛え上げてきた。

この二年で、体つきはだいぶ変わっている。

さらに身体の不自由な者をどうすれば世話できるのか、傷病軍人のいる施設で学びもしてきた。

レオナルドは目に力を入れると、ゆっくりと侯爵を見返した。だが、彼は冷ややかな瞳のまま言い放つ。

「では、私からも条件を課したいと思います。正体を明かさず、声を出さないでください。ユリアナのことを思えば、このまま静かに暮らして欲しい。レオナルド殿下とわかってしまえば、あの娘も落ち着かないでしょう。声を出さない生活をして、少しは娘の苦労を体験してください。それを守っていただけるのでしたら、十日間。……どうか娘の杖となってください」

「アーメント侯爵！　……許してもらえるのか？」

「十日間だけです。それだけあれば、娘の状況を知り、互いに思い残すこともないでしょう」

そうして行くことが許された十日間。

それは彼女を諦めるための十日間だった。だが——。

レオナルドはユリアナの眦に口づけながら、レームとして再会した時の彼女の姿を思い返した。

久しぶりに会うことのできた彼女は、静謐《せいひつ》さをまとい美しさを増していた。幼い頃のお転婆だった姿が嘘のように、長いまつ毛を震わせて俯く姿は神々しくさえある。

身体が自然に動き、ユリアナの前に跪いて己の全てを捧げると忠誠を誓った——レオナルドにとって、それは必然の行いだった。

彼女に守られた命を、彼女に返したい。

だが、そんな単純な願いも王子という地位にいると簡単ではなかった。

そんな中、ようやく認められた十日間。傍でユリアナを見ることができると思うと、愛しさで心が震えてしまう。

声を出さないことが条件のため、鈴だけが頼りだった。どうなることかと思っていたが、意外とお喋りな彼女とは意思疎通ができた。

チリン、チリンと鈴を鳴らして対話する。五年ぶりに一緒に過ごす彼女の見かけは女らしさを増したけれど、変わらない部分も多い。

フルートの吹き方は相変わらず気まぐれで、楽譜通りではない。雪がどれだけ降っていても、外の空気を吸いたいからと散歩をねだる。

幼い頃を共に過ごしたユリアナだった。

自分が恋をしたユリアナだ。彼女がいる。

折れそうなほどに細い手首に、以前渡した琥珀のついたブレスレットをつけていた。まるでレオナルドへの想いを未だに失っていないかのごとく、大切にしている。

令嬢としての未来や、多くのものを失っていても、心の底から溢れる笑顔の輝きは変わっていない。いや、むしろ純粋さを増していた。

「ねぇ、レーム。私、小鳥の家を作って庭の木に取りつけたいの」

突然何を言い出すのかと思えば、小鳥を飼いたいようだった。この屋敷は森に囲まれているから、毎日どこかで鳥が鳴いている。

近くでその鳴き声を聞きたいと、可愛らしい我儘を言う。叶えずにはいられない。

のこぎりを自分で持って、板を切りたいと言った時は驚いたが、何事も自分でやりたがるところもかつてと同じだ。支えるために後ろに回ると、華奢な身体に触れてしまう。

──こんなにも小さいのに、俺を守ってくれたんだな……。

ユリアナは特段背が低いわけでも、痩せすぎているわけでもない。だが、筋肉をつけたレオナルドにしてみれば、小さなことには変わりがなかった。

「凄いわ。私にもできたのね」

目の前にある板が切れると、小躍りせんばかりに喜んでいる。薄く化粧をしただけの頬が、赤く染まる。

その笑顔は都にいる着飾った令嬢たちとは比べようもなく美しい。

自分がこの屋敷にいられる間、彼女の希望はなんでも叶えたい。

喜ばせたい。笑顔を見ていたい。

彼女の世話の全てを引き受けることにして、早速、老執事に伝える。

「モーニング・ティーも、食事の介助も、日々の支度も俺が準備するから、教えて欲しい」

「そんな、殿下にしていただくなど」

「ここでは殿下ではなく、ただの護衛騎士だ。アーメント侯爵からも聞いているだろう」

「ですが」

「ユリアナのことを全て、覚えておきたい。俺は杖になりにきたのだからな」

「……わかりました」

頭を下げた彼に教えを乞う。最初は満足に淹れることもできなかった紅茶も、やり方を教わり彼女が寝た後で特訓した。

鳥小屋だけでは寂しいかと思い、手慰みに覚えた彫刻で小鳥を作る。それを手にすると、ユリアナは顔をぱぁっと輝かせた。――可愛い。

その笑顔をまた見たいと思い、うさぎもリスも熊も彫る。熊とは野営の時に格闘したことがあったため、その時のことを思い出し少々厳《いか》つくなってしまったが。

彼女の日常は単調なものだ。人と会うことを制限しているため、娯楽が少ない。

そんな中、楽しんでいるのは音楽だった。

たとえ目が見えなくとも、フルートを奏でることはできる。部屋の中にもピアノが置かれ、調律もしっかりとされていた。

「まぁ、レーム！　あなた、ピアノを弾くことができるの？」

チリンと鈴を鳴らす。

「楽譜が読めるのね！　お願い、新しい曲を覚えたいの！」

声を弾ませ明るい声で頼まれると、断ることなどできない。

久しぶりに手を温め、ピアノを弾き始めるけれど指が思うように動かなかった。どう考えても、ピアノより頑強な武器ばかりを扱ってきたからだ。

「っ」

これが自分の奏でる音かと思うと、悔しさで顔が火照る。

その日の夜は一心不乱にピアノの特訓をした。ピアノの置いてある客室に寝室の近かった執事は、何事かと驚いたであろう。翌朝彼は寝不足の顔をしていた。それだけは申し訳ないと思っている。

「この曲も練習したの？　凄い、凄く嬉しい！　ありがとう！」

翌日、彼女のリクエストした曲を披露すれば、手を叩いて嬉しそうに笑った。

——この顔が見たかった。

ユリアナが喜ぶためなら、なんでもしよう。新曲を覚えたいのであれば、力になる。

と、意気込んだものの、彼女の癖なのか楽譜より自分の感性で吹いてしまう。アレンジをするのはいいが、まずは曲の基本を覚えてからでなくては。

指導がきつすぎたのか、ユリアナは口を尖らせ、目を潤ませて睨《にら》んでくる。

その姿が可愛すぎて、見えない矢で胸の奥を撃ち抜かれた。

——抱きしめたい。

レームと呼ぶ涼やかな声も、表情の豊かな顔も、手袋に包まれた細い手も全てが可愛らしく、愛おしい。

——この腕に抱きしめて、愛していると囁きたい。

彼女の願いの全てを叶えたい。もっと甘やかして、全ての憂いを取り払いたい。

——あぁ、こんなにも愛おしいのに……。

声を出して愛を伝えることは叶わない。アーメント侯爵の信頼を裏切ることはできない。

レオナルドは苦悩した。

当初は諦めるための十日間だった。だが、実際に来てみればユリアナへの未練が深愛に変わるだけだった。

どうにかして、現状を打破したい。

障害となるのは自分の王子としての身分と、彼女が聖女であることだ。このふたつを乗り越えなくては、自分たちが結ばれることはない。

神殿長のシャレールは、ユリアナのことを執拗に狙っている。先見の代償のことを話せば諦めるかと思っていたが、変わらず聖女の身柄を神殿に寄越せと言っていた。

だが、彼女を神殿に攫われることだけは防がなくてはいけない。それを実感させる出来事があった。


滞在の半分も過ぎた深夜、異様な気配を感じて表に出ると、黒装束の兵士が屋敷を取り囲もうとしていた。

「……お前たち、誰の命でここに来ている」

どうやら、護衛として屋敷の外に配置されている兵士は打ち破られたようだ。狙いはユリアナだろう。その動きからして実戦に慣れているようだ。

レオナルドは剣を構え、ひと睨みする。

空気までが切り裂かれたように、緊張感が周囲に届く。屋敷を守るために放たれている番犬たちが、敵兵に向かい一斉に吠え始めた。

暗闇であったが、夜目に慣れているから問題はない。レオナルドがいる時点で勝敗はもう既についていた。

狂戦士とまで言われた彼は、その力を遺憾なく発揮する。向かってくる敵兵をなぎ倒し、その腹を蹴り上げた。

後で尋問するために殺す一歩手前で気絶させ、縛り上げていく。だが、ユリアナに悟らせないように、侯爵家の兵士たちに始末を頼むと素早く屋敷に戻っていった。

夜のうちに屋敷の周辺は片付けられ、ユリアナはいつも通りの朝を迎えた。レオナルドも疲れを見せず、モーニング・ティーを淹れる。味は以前より各段に良くなっていた。

彼女が美しい手で白磁のカップを持ち、美味しそうに飲むのを見届ける。次は日課の散歩だろう。外套をはおり、革手袋をつけている。

見えなくてもユリアナは、できることは自分でしてしまう。最初はわからなかったが、手を出さない方がいいとわかってからは、見守るようにしていた。

その日は馬に乗って湖畔に行きたいと言われた。彼女が望むことは全て叶えたい。負担にならないように馬をゆっくりと歩かせ、湖へ向かった。

まだ氷で覆われている湖に近寄ると、冷たい風が顔に当たる。

美しい景色が目前に広がっている。だが、レオナルドの視線は隣にいるユリアナに注がれていた。

この日は足が重かったのか、ずっと腕を握りしめていたから少し心配になる。

白い鳥が木の間を縫うように羽ばたいていく。するとユリアナは、湖のある方向を見て自分の代わりに美しい景色を見て欲しいと言った。

――ユリアナ……。

眼は見えなくとも、以前見た風景を心で見ているのだろう。静かな時が流れていく。

二人だけの気安さからか、思いがけないことを言われた。

「少しだけ、顔を触ってもいい？」

手袋に包まれた彼女の細い指でなぞられ、くすぐったくなるがそれに耐える。

そして声を出せないレームを励ますように、声をかけてくる。その言葉を聞くと、騙《だま》しているようで申し訳なくなる。

そして。

「私、目とか足とか失ったけど、これは誇りなの。殿下を守ることができたんだから」

ユリアナは、レオナルドを守るために代償を払ったことが誇りだと言った。

同じことがあっても、また身を挺して守るとまで言っている。自分《レオナルド》のことを、特別な存在だと──。

なんて愛だ。

レオナルドは胸を衝かれ、目から涙を零した。

王族の男子たるもの、むやみに泣くなと言われて育った。その通りだと思っていた。

彼女に比べると、自分は何をしてきたのか。

ユリアナの献身に比べ、自分は何を捧げてきたのか。

現状を嘆き、自身を虐めるように鍛えてきた。けれど、どうしようもないと現実を諦めてばかりいたのではないか。

闘うことで自分をごまかしていた。彼女を想いながらも、接点もなくユリアナの気持ちを知ることができずにいた。だが……。

ユリアナは琥珀のついたブレスレットを肌身離さずつけている。今でも自分《レオナルド》のことを特別だと、伝えてくれた。

レオナルドは彼女の手を両手で握りしめる。

——決めた。俺は必ず、この愛に応えよう。

くっと歯を食いしばる。

もう、聖女であるとか、王子であるとか、条件で諦めることはしない。針の穴のように小さくとも、困難を通り抜けるための方法が必ずあるはずだ。

——この十日間の再会を最後になどするものか。また再び、俺は必ず彼女に会いに来る。

もう、ユリアナを孤独にはさせない。共に暮らして、笑顔を増やしたい。共に——幸せに、なりたい。


屋敷に戻って愛馬の世話をしながら、レオナルドは必死に考えを巡らせていた。

——俺たちが一緒にいるための方法は、何だろうか。

このまま護衛騎士として滞在することは、第二王子である以上、現実的ではない。公務もあり、また神殿から非難されるだろう。王族が聖女の傍にいることを、許すとは到底思えない。

「聖女か……ユリアナが聖女でさえなければ」

彼女は聖女になりたくないと、以前は言っていた。こうして森の奥にいることからも、その思いは変わっていないのだろう。聖女であることを肯定的に捉えているなら、今頃はもう神殿で仕えているに違いない。そうしないのは、彼女がそうしたくないからだ。

それに……先見の力で視た未来を変えれば、代償を払うことになる。これ以上、彼女は身体を傷つけたくはないだろう。そうならないために、できることといったら……。

ユリアナから聖女の力を奪うのは簡単だ。身体を重ねればいい。

だがこの国は信仰が篤く、聖女は神聖なものとして扱われている。そのため、その純潔を奪った男には厳罰が下される。

だが、レオナルドは王族の、それも王位継承権を持つ王子だ。身分で守られることは多い。ユリアナも、自分を抱いた男がそのために処刑されることを望まないだろう。

――ユリアナから聖女の力を奪えるのは、この俺しかいない。

男としての欲はもちろんある。ユリアナの命を守るためにも、これ以上代償で苦しませないためにも、一度だけでいい。だが――。

レオナルドは頭を左右に振った。

彼女がそれを望まない限りは、手を出すことはできない。命を守るためとはいえ、無理やり純潔を奪うと、彼女の大切な心を壊してしまいかねない。

一番守りたいのはユリアナ自身だ。それも身体だけでなく、心も。

レオナルドは深く息を吐いた。

昨夜降り積もった雪が、光を受けて輝いている。一面の雪景色を彼女は見ることができないが、感じることはできる。

レオナルドは愛馬のブラッシングを終えると、その背を撫でた。

「お前もユリアナを気に入ったか」

いつか、ユリアナをもう一度この馬に乗せ、外の世界に連れ出したい。散歩するだけで喜ぶ彼女に、湖も、海も、砂漠も草原も体験させたい。

彼女の代わりに、レオナルドはいつも玄関の扉を開く。ギィ、と軋んだ音を立てる扉だ。開くと外から太陽の光が差し込み、ユリアナの顔を照らす。すると彼女は一瞬眩《まぶ》しそうに顔をしかめ、そして嬉しそうに口角を上げる。

ユリアナの杖となり、目となり、力となりたい。いや、なるのだ。

一緒にいるために王子としての身分が障害となるなら、失うことも厭《いと》わない。何と言われようが隣国の皇女と、結婚などできない。そう決意したところで――。

その日の夜。彼女はレオナルドが贈った琥珀のついたブレスレットを失くしてしまった。床を這い、泣きじゃくりながらそれを探すユリアナの姿に、胸が苦しくなる。

もう自分の正体を明かして慰めたかった。声をかけたかった。だが、それでは侯爵との約束を破ってしまう。

あと一日、沈黙を貫きさえすれば、信頼を得て再びここを訪れることが叶うかもしれない。

「……っ」

くっと口を強く引き結ぶ。自分で一度決めたことを、破ることはできない。

声の代わりに彼女を抱き寄せた、その瞬間。

ユリアナはレームの腕にしがみついて動きを止めた。

肩を震わせながら、指の全てに力を込めて摑んでいる。

レオナルドは声をかける代わりに鈴を鳴らす。青白い顔をした彼女が心配になるが、今はこうして傍にいることしかできない。

――ユリアナ……。

ほっそりとした身体を温めるように包み込む。愛しさが胸に溢れ、鈴を鳴らしながら背を撫でる。次第に泣き疲れたのか、腕の中で寝てしまった彼女を寝台まで運び、靴を脱がせ、横たわらせる。寝顔は美しかった。涙が流れた痕が頬に残っているのを見て、指でなぞる。額にひとつ、羽のように口づける。

――もう、彼女を泣かせたくはない。だが、今のままでは……。

甘く苦い思いがレオナルドの胸に広がっていった。

最後の日。散歩の途中で躓《つまず》いたユリアナを助けると、彼女は頬を膨らませながらレオナルドの顔に触れた。華奢な身体を自分の上に横たわらせ、輝くまっすぐな髪を揺らしている。

――なんて、可愛らしいのだろう。

さらにキスをねだられ理性が飛びかける。一度目は軽くできた。だが二度目はだめだった。貪り尽くすように口づけてしまう。

ユリアナは当初驚いていたが、最後は受け入れたように舌を少し絡めてくる。護衛騎士として行き過ぎた行為なのに、責めることもなく深く口づけを交わした。

ユリアナの唇は柔らかく、唾液は蜜のように甘い。抑えつけていた劣情が襲いかかるように、身体の中で暴れ始める。

――もっと、彼女を貪りたい……。

幼い頃から、妻にするのは彼女しかいないと決めていた。それなのに、互いの間には切り立った崖のように深い溝しかない。

だが、今。ようやく彼女と唇を重ねている。

――このまま、どうか時が止まってくれれば……。

全ての音を雪が吸収するように、二人の間にある雑音のような障害が、今だけは消えている。今日は、今日だけは彼女の傍にいたい。

唇を離すと、想いは通じたのかユリアナは、最後の夜を二人で過ごしたいとレームに伝えてきた。

レオナルドではなく、レームを求める彼女に複雑な感情を持つが、この姿も自分であることに変わりはない。迷うことなく、チリン、と鈴をひとつだけ鳴らした。


送別会として最後の夜を共に過ごしたいと言われ、浮き立つ心を抑えるのは難しかった。

そして――純潔を奪って欲しいと命じられる。

強い口調だったのは……露見した時に、ユリアナが責任を持つためだろう。純潔を奪うことは、聖女の力を奪うことだ。

それをレームという護衛騎士に頼むのは、よほどの覚悟がなければできなかっただろう。それだけ、聖女であることに苦しんでいたのかもしれない。

愛している彼女に抱いて欲しいと言われ、断ることなどできない。

彼女をこの手に抱えながら、劣情を抑えることが難しかった。白い肌は上気して、淡い桃色に染まっていた。

柔らかな肌に吸いつくような感触。いつまでも触れていたいと思うほど、彼女は魅力に溢れている。

この十日間、声を出さずにいることが彼女の近くにいるための条件だった。侯爵に誓ったことを、違《たが》えることはできない。彼の信頼を失えば、もう会えなくなってしまう。

だが、何度も叫びたかった。君を愛していると。離したくないと。

彼女が途中で泣いていたのは、レームに対する罪悪感だったのだろう。

——そんなことは、ユリアナが失ったものに比べれば大したものではない……。

彼女は自分のために片足と両目を失っている。それに比べれば、聖女の力を奪う罪など軽いものだ。彼女のためならば、いくらでも罪を背負ってみせる。

だから、自分のことでこれ以上、悲しまないで欲しい。

——ユリアナ、君のことを愛している。

レオナルドは情事の後、彼女の柔らかい髪を手で梳きながら、いつまでも寝顔を眺めていた。

いくら王族の一員でも、このことが公《おおやけ》になれば無傷ではいられない。審問会が開かれ、糾弾される可能性はある。

けれど、それを反対に利用する手もある。こうなったからには、ユリアナは神殿の思惑から自由になって欲しい。そのためにできることを、レオナルドは必死になって考える。

そして、ひとつの結論に至った。

ユリアナが知れば泣いて止めるだろうが、それでも彼女を救う方法は、これしかないだろう。

一か八かではあるが——。

翌朝、まだ日も十分に昇りきらない頃。レオナルドは馬上で振り返り、雪の中に佇《たたず》む屋敷を見上げた。ユリアナが待っているこの場所に、また、帰ってくることを胸に誓って。

深夜から降り続ける雪が止むことはなかった。

◇　◇　◇

ユリアナがわずかに朝日を感じて目を覚ますと、寝台の上に残されていた鈴がチリンと鳴った。手を伸ばして触れると硬い音が鳴る。

——あぁ、もう彼はいない。

レオナルドは何も告げずに部屋を出ていった。シーツには彼の温もりも何も残っていない。ただ、鈴だけが残されていた。

ユリアナはふぅ、と息を吐いた。身体は拭き清められ、べたつきは残っていなかった。

——もう、私は聖女ではない。

これでもう、先見をすることはない。未来を変えることで、身体の機能を失う恐れはなくなっているはずだ。

ユリアナは朝日を遮断するようにそっと目を閉じた。

聖女の力を失った自分がどうなるのか、何もわからない。それでも自分にとって最初で最後の男が、レオナルドで良かったと心から思う。

違和感の残る腹部をそっと撫でる。夕べ、彼は身体を震わせ、中に何度も精を放っていたように思う。

——赤ちゃんが、授かるといいな……。

もし授かっていても、彼には伝えないで欲しいと父に伝えよう。盲目の自分では、一人で育てることはできないけれど……それでも、できうる限りの愛情を注ぎたい。

これ以上を望まない。だから、お願いだから、ひとつくらいは叶えて欲しい。

ユリアナはレオナルドの残した鈴の音を聞こうと、摑んでいた手をゆっくりと開いた。すると、手の中にあった鈴がするりと零れ落ちる。

チリリン、と鳴りながら鈴が遠ざかっていく。まるで、手の中にあった未来が転がり落ちていくように。

「ああ……」

外では新しい雪が森の中の屋敷を閉じ込めるように深々と降り積もっていく。窓から伝わる冷気が、ユリアナの頰を撫でた。

——寒い。……とても、寒い。

自分の願いが、叶うとは思えない。一度だけでも、彼と過ごせたことを感謝しなければと思うのに、自分の身勝手な想いに心が寒くなる。

この想いは、雪解けの頃には全て溶けているだろうか。

白く冷たい粉雪のようなこの恋を、いつか手放すことができるだろうか。今は屋敷を覆うように降る雪も、春が来ればいつか溶けてなくなってしまう。そんな雪のように、この想いもなくなる日がくるだろうか。

……もう、彼には二度と会えないのだから。

――泣くのは、今だけだから。今日だけは、泣いてもいいよね……。

何も映すことのない瞳から、雫がとめどなく流れていく。

その日、ユリアナはフルートを吹くことができなかった。

第五章

「あ、小鳥さん」

レオナルドの作ってくれた鳥小屋を、ユリアナは私室の窓の外にかけた。

手で触れることのできる位置に置いて、毎朝水を入れ替える。新しい日課が増えていた。

チュン、チュンと小鳥のさえずりが聞こえてくる。どうやら、宿り木と思い留まってくれたようだ。

この小鳥は、レオナルドと二人で合奏した時に参加してくれた鳥だろうか。そうであったら嬉しいけれど、それを確認する術《すべ》をユリアナは持っていない。

——レオナルド殿下は、無事に戻ったのかしら。

落ち着いて考えてみると、不思議な十日間だった。

きっと彼は贖罪のために自分のところに来て、仕えていたのだろう。そんな彼に、自分の勝手な想いをぶつけてしまった。将来の妻を裏切るようなことをさせてしまった。

男性は女性と違って、好きな相手でなくても身体を繋《つな》げることができるという。だから、あの夜のことは一夜の過ちだと思って、忘れていくのだろうか。

——でも私はきっと、忘れられない……あの夜のことは。

彼の生々しい息遣いを覚えている。

ユリアナの身体の全てを硬い手で触れられた。初めて嗅いだ雄の匂い、痛みと共に圧倒的な存在感のある楔が身体を貫いた。

自分でも触れたことのなかった突起を撫でまわされると、それまで感じたことのない悦楽が背筋を上っていった。

あんな風に、自分が乱れてしまうとは思いもしなかった。

揺さぶられながらも、荒れた息を吐く彼が愛おしくて、何度も後ろ髪を乱すように撫でた。柔らかい髪をしていた。

あの夜のことを思い出すと、今でも身体の奥に疼きを感じてしまう。

その熱を発散させる方法を知らないユリアナは、レオナルドを思いながらふうっと長い息を吐く。

——今頃、どうしているのかな。騎士団に戻ったのかしら……。

使用人たちの噂では、レオナルドは狂戦士といったふたつ名まであるという。敵を屠る姿はそれほどまでに苛烈《かれつ》だったのだろうか。自分にはあれほどまで優しい人が。

裸の彼に触れた時、至るところに切り傷の痕があった。中には袈裟《けさ》懸《が》けに斬られたのか、大きなものもあった。

ふぅ、とため息を吐きながらユリアナは棚に並べてある動物の彫刻を手に取る。

小鳥にうさぎ、そしてリス。羊に亀に彼の愛馬によく似ている馬。そしてよくわからない物体。

剣を持つ姿など想像できないほど、彼は器用に小刀を使っていた。

一度、彫るための小刀を触らせてもらったけれど、どれも刃が小さかった。大きな手を小刻みに動かして、可愛らしいものをたくさん彫ってくれた。

もっとも、何気なく熊をリクエストしたら、魚を咥えた獰猛で大きい熊が最後に置かれていたけれど。

十日間、たったの十日間が、ユリアナにとって忘れられない日々となった。

彼の座ったピアノのイスに腰かけ、蓋を開ける。

なんとなく苦手だったから、音の確認のためにしか使っていなかったけれど、これからはピアノも練習してみようか。

――でも、教師は優しい人がいいかな。

レオナルドの指導は容赦なかった。勘弁して欲しいほど厳しかったけれど、おかげで短い日数でひとつの曲を習得できている。今となっては、それもいい思い出だ。

ポーンと鳴らすと、静寂な部屋の中に音が響いていく。

――これから、どうなるんだろう。

本当に先見の聖女の力を失っているのかどうか、確認したわけではない。だから執事に頼んで、父に会いたい旨を手紙に書いてもらった。

きっと、近いうちに父か、誰かがこの屋敷に来るだろう。そして、もしかしたら違う人生を提示するのかもしれない。

けれど――。

このままここで、彼を想い、静かに暮らしていきたい。心だけは鳥のように羽ばたかせ、音を奏でることができればそれでいい。

閉じた瞼の裏側に、先見で視たレオナルドの笑顔を思い浮かべながらフルートを取り出した。

この音色が彼の耳に届いて欲しい。叶わぬ願いを胸にして、ユリアナはいつものように『鳥は空へ』を吹き始めた。

その頃、都では『先見の聖女』が大きな話題になっているとは知らず――。

◇◇◇

都の新聞に載った記事が波紋を広げていた。『先見の聖女が力を失ったのは、第二王子の策略だった』と記されている記事だ。

それは神殿を震撼《しんかん》させただけでなく、王太子であるエドワードのもとにも届いていた。

「レオナルド、お前なのか？　……先見の聖女が力を失った原因は」

エドワードはいらだちを隠すことはなかった。王宮にある王太子の執務室に呼ばれたレオナルドは、表情を変えることなく返事をする。

「だとしたら、兄上はどうする？」

「どうするではない！　今、神殿が大騒ぎをしている。……相手はお前で、間違いないのか？」

森の奥に住んでいる先見の聖女が力を失った。原因となったのは第二王子のレオナルドであると、専らの噂だった。

レオナルドは片方の眉をピクリと上げ、淡々とした表情で答える。

「……はい、間違いありません」

エドワードはチッと舌打ちをすると、カツン、カツンと靴音を鳴らしながらレオナルドに近づいた。

「本気なのか？」

「……なんのことですか」

「ユリアナ嬢のことだ。お前は本気なのかと聞いている！」

弟でありながら、背丈はレオナルドの方が大きい。優美で怜悧《れいり》な雰囲気をまとうエドワードに対し、レオナルドはいかにも無骨な兵士であるように身体つきを変えた。

エドワードはその体格差に怯《ひる》むことなく、彼の胸倉を摑み引き上げた。

「俺は、彼女の杖になりたいと何度も言っている。兄上も知っている通り、俺の人生はとっくの昔に彼女に捧げている。……もう、諦めるのは止めた。俺はなんとしても彼女を取り戻す」

どんなに睨んでも、たじろぐことのないレオナルドを見て、エドワードは摑んでいた手を離した。

「……わかった。陛下からは、今回のことは私が受け持つように命じられた。これから、神殿とかけ合うことになる。こちらも情報が欲しい、お前の取った行動を全て私に報告しろ」

エドワードは落ち着きを取り戻そうとふーっと息を吐くと、レオナルドの襟元を直すように整え、最後に肩をぽんと叩く。

「すまない、家族のことになると冷静ではいられなくなるな」

「兄上」

「いや、こうなったら神殿の澱《おり》を出すつもりで、取りかかるまでだ。彼らも今回は、王家の弱みを摑んだ気になっているだろうが……そうはさせるか」

神殿と王家、そして貴族院。

三つの権力が互いに監視を行い、牽制《けんせい》し合うことで政治のバランスを取っている。今回、神殿にとって要といえる聖女を王家が汚し、力を奪ったと噂となっている。さらに聖女は貴族院議長の娘でもある。

王家にとっても、神殿にとっても醜聞だが、もはやそう簡単に収拾はつかない。

「今回、神殿も揉み消せないほどに噂が広まっている。そのため、聖女の力の有無を確認するそうだ」

「……そうですか」

「場合によっては、お前のことを糾弾する可能性がある。聖女の力を無理やり奪い、凌辱《りょうじょく》した犯罪者として審問会の開催を訴えるかもしれん」

「それは事実ではない」

「事実であっては困る。だが、お前の噂を聞けば信じる者もいるだろう。先の戦いでは冷徹なまでに相手を痛めつけ、一個師団をせん滅させたではないか」

レオナルドは隣国との戦いで、師団長として完膚なきまでに相手を叩きのめしている。

その勇猛果敢な姿が称えられると同時に狂戦士と呼ばれ、民衆からは獰猛な王子として恐れられる原因となっていた。

「それに、先見の聖女のことはアーメント侯爵が隠しているからな……。実際、彼女の姿を見た者も少ない上に、代償のことも秘されている。神殿はこれを機会に、聖女を守れなかった侯爵を責め、お前を犯罪者にすることで王家と貴族院の権力をそぎ落としたいのだろう」

「……」

　エドワードは腕を組んだまま、思考を巡らせた。

「レオナルド、お前まさか……わざとではないだろうな」

「……」

「わざと審問会を開催するように、噂を流したのではないのか？　審問会が開かれれば、ユリアナ嬢のことも明らかになる。だが、……このままではお前が罰を受けることになる」

「それでも、彼女を守りたい。ユリアナはもっと自由に、幸せになっていいはずだ。兄上、今度は俺が犠牲になってでも彼女を守る」

「レオナルド……そこまで覚悟しているのか」

「あぁ、そうしなければ、ユリアナはいつまで経っても神殿から解放されない」

　森の奥の屋敷に閉じ込められたままであれば、ユリアナに聖女の力があってもなくても神殿は変わらない。

　聖女の存在そのものが重要だから、先見ができなくなった場合、その事実を隠すことは目に見えていた。

　そして、いつまでも神殿に囲い込もうとして狙われ続ける。

　そこから救うには、力を失っていることを公表するしかない。そのためにわざと噂を流し、新聞社に記事を提供した。

「……大法廷になるな」

　王族と神殿の諍いであれば、貴族院が裁くことになる。今回の審問会は大きく取り上げられるだろう。エドワードは再び考え込むように眉間にしわを寄せる。

「兄上……すまない」

「いや、これからは行動する前に、私に相談するように」

「ああ」

「ユリアナ嬢は私にとっても……妹のようなものだからな。こうなれば、本物の義妹にするしかあるまい」

「ああ……ああ、そうだ。兄上」

レオナルドが家族思いの兄に感謝すると、その震える肩にエドワードが手を置いた。

「共に戦うぞ、レオナルド」

痛いほどに拳を握りしめながら、レオナルドは彼女のことを思い出す。森の奥の屋敷で、長いまつ毛を震わせるようにしてひっそりと俯くユリアナのことを。

レオナルドは己の全てをかけてでも、ユリアナに自由を与えたかった。いつも見ていた鳥のように彼女を、もっと自由に笑い、羽ばたかせたかった。

実現するために、自分は何ができるのか——。

その頃、森の奥にある屋敷には神殿から使者が遣わされていた。

◇　◇　◇

「では、先見の聖女。この石を持って」

「はい」

神殿から屋敷にやってきたのは、秘匿の聖女として名を馳《は》せていたスカラであった。聖女はそれぞれ、力にちなんだ名前がつけられている。

彼女は秘された力を探し出し、それを引き出すことができた。ユリアナのような代償は特にないという。

最初は神殿長のシャレール・ビレオが訪問したいと連絡が来たようだが、父が断ったと聞く。そのため彼女が代理で派遣されてきた。

スカラは球体の白い貴石を媒体にして能力を探るようだ。ことり、とユリアナの前にそれを置くと、彼女に腕を引かれその石に手のひらを開いて触れる。

すると、紐を通して手首に巻いていた鈴がチリン、と鳴る。レオナルドの残した鈴だ。

「今から私が石に力を流します。ゆっくり、息を吐いて」

「はい」

ユリアナはふーっと深く息を吐いていく。すると手のひらで触れている石が、ほわっと温かくなる。けれどすぐに、元の温度へと戻ってしまった。

それを見て、スカラがゆっくりと呼吸した。

「聖女の力は……ないようだな」

「……そうですか」

――良かった、本当に力を失っている。……これでもう、先見をすることはない。

ホッとしたユリアナは安堵《あんど》の息を小さく吐くと、顔を上げてスカラに問いかける。

「あの……ひとつお聞きしてもよろしいですか？」

「なんだ、私でわかることなら答えよう」

「……まだ、最後に先見したことが成就していないのですが、その未来を変えてしまうと、私は代償を払わないといけないのでしょうか」

心に引っかかっていたことだった。

スカラはふむ、と考え込むようにして腕を組んだ。

「先見の力は失っているが、だからといって代償を払わなくなったかどうかまでは……正直わからないな」

「そうなのですか？」

「あぁ、聖女の力は不思議なことが多い。だから何か先見をしているとしたら、注意した方がいい。ユリアナ殿は既に、代償を払いすぎている」

これ以上身体の何かを失うと、命に関わるかもしれない。元より先見したレオナルドの将来を変えるつもりはないけれど、気をつけないといけない。

——ということは、彼に抱いてもらったことでは……未来は変わらなかったのね。

そのことに安堵したユリアナはほっと息を吐くと、スカラは片方の眉を上げて不審な顔をユリアナに向けた。

「……ユリアナ殿は、聖女になりたくなかったのだな」

「はい」

答えたのはいいけれど、彼女の呟きにどこか引っかかってしまい、ユリアナは素直に問いかけた。

「あの、どうしてそのことを？」

「単に私の興味だ。聖女になれば皆から賞賛され敬われるのに、少しも関心がなさそうだ」

「そうしたものは、特に求めていませんでした」

「……貴族のお姫様なら、そうかもしれないな」

スカラは聖女という割には、かなり明け透けに物を言う女性のようだ。ユリアナは緊張が解けたこともあり、疑問に思っていたことを聞いてみることにした。

「スカラ様。もしご存じでしたら教えていただきたいのですが」

「なんだ？　こんな機会もないから、遠慮することはない」

俯きがちになりながらも、ユリアナは思いきって口を開く。

「私の親戚にあたる方に、先代の先見の聖女様がおられたと聞きます。その方のことを知りたかったのですが、誰も何も教えてくれなくて」

「先代の先見の聖女……か。私も話だけは聞いたことがある。どうやら、若くして儚《はかな》くなった聖女であったな。そうか、ユリアナ殿の親族であったか」

「はい。どうやら私と同じく、先見をするごとに代償を必要とされたようです。そのためか、父も詳しくは教えてくれなくて」

「代償のある聖女は珍しいからな。そういえば、シャレール神殿長と昔、仲が良かったと聞いたことがある」

「神殿長様と？」

ユリアナは驚いて、鈴をチリンと鳴らしてしまう。

「ああ、シャレール神殿長もかなり年を召されている。先代の先見の聖女とは、同年代くらいであろう」

「その、仲が良かったとは……」

「いや、私も詳しくは知らないのだ。いつだったか、ふと漏らされていただけだ。だが、そうだな……親族であったのならば、姿かたちも似ていたのかもしれぬ。私の方でも調べてみよう」

「まぁ、ありがとうございます」

初めて会う人だが、スカラは話し方もさっぱりとしている。かの有名な秘匿の聖女でありながらも、それを笠《かさ》に着ることもない。

ユリアナは彼女のことをもっと知りたくなった。

「スカラ様、もうひとつよろしいですか？」

「ああ、私で答えられることならな」

「あの、スカラ様はどうして聖女となられたのですか？」

「私か？　私は有無を言わさず神殿に連れてこられ、こうして馬車馬のように働かされているだけだ。家は貧しかったから、仕方がないな。もう覚えてもいないが」

多くの聖女がそうであるように、スカラも幼い頃に家族から引き離され神殿で生活するようになったと言う。

家族には金銭が支払われるのと同時に、聖女との接点は持たないことを誓わされるらしい。

「ここは静かだな。神殿はいつも人がいて……落ち着かない」

「では、よろしければいつまでも滞在してください」

「ははっ、そんなことをしたら、神殿長が激怒するのが目に見える」

そうは言いつつもスカラはくつろいだ様子となり、ユリアナを相手に神殿長の愚痴を零していく。紅《あか》い髪に被り物をしていた彼女は、ユリアナの前でそれを解いた。

「神殿も決まりごとばかりで、自由がなくて困る。といっても、ユリアナ殿も不自由な生活をしていることに変わりないと思うが」

「自由がない……そうかも、しれませんね」

「あぁ、本当にな。……不思議だ、ユリアナ殿を前にすると口が軽くなる。でも、ちょっとくつろぎすぎかもしれないな」

スカラは打ち解けると非常に話しやすい女性だった。

けれど高名な聖女であるため、都ではどうしても敬われるが遠巻きに見られてしまうそうだ。

「聖女といっても、ただの人なのだが……。どうしても人々は聖女に勝手なイメージを抱きがちだ。まぁ、聖女は民衆の信心の支えでもあるから、神殿生活が不自由になるのは致し方ない。何も神殿長だけの問題ではない」

「そうなのですね。あの、スカラ様。私はこれからどうなるのでしょうか」

「どうなるかって？　これだけ噂になっているからなぁ」

噂？　なんの噂だろう。

まさか自分が力を失ったことが噂になるなど考えられない。神殿から派遣されたのは、てっきり手紙を読んだ父が手配したからだと思っていた。

「あの、噂とは？」

「あぁ、ユリアナ殿は知らないのか。まぁ、こんな森の奥に引っ込んでいたら、噂も何も聞かないだろうな」

スカラは噂についての詳細を教えてくれた。

なぜか民衆の間で、先見の聖女が第二王子のレオナルドによって力を奪われたと噂になっている。そのため神殿が王家を相手に、審問会を開き法廷で争う姿勢を取っていることも。

——審問会だなんて、レオナルド殿下は大丈夫なの？

審議の対象となるだけでも、王族として汚点となる。まして、判決によっては投獄されるかもしれないと聞くと、居ても立ってもいられない。

顔を青くしたユリアナは、信じられない思いでいっぱいになる。どうして自分が力を失ったことが噂になったのか。どうしてレオナルドだけが責められるのか。

自分のところにはなんの知らせもないことが、かえって恐ろしかった。

「そんな……殿下が糾弾されるなんて。信じられません」

「まぁ、それだけ神殿長を怒らせてしまったからな」

「どうしたら、そんな噂を否定できるのですか？」

「どうしたらって、ここまで来たらどうにもできないな。ユリアナ殿が審問会で証言すれば、少しは殿下を助けられるかもしれないが。どうする？」

「証言、ですか？」

スカラは審問会での証言をユリアナに勧めてきた。思いがけないことだ。

「ああ。その様子であれば、ユリアナ殿は無理やり純潔を奪われたのではないのだろう？　殿下に」

「ちっ、違います！」

「……私も詳しくは知らないが、お二人は愛し合っていたのか？」

「そっ、それは……」

「そこが重要なのだ。審問会で問われるのは、ユリアナ殿を無理やり手籠めにしたのか。それとも合意の上だったのか。片方だけの証言では、陪審員の印象は悪い方に傾きかねん。殿下は男だから余計にそうだ」

「……」

「で、どうなのだ？」

「わ、私はっ……殿下を、愛しています」

「……それならいい」

スカラは赤い唇の端を持ち上げると、どこか嬉しげに髪をかき上げる。

「ユリアナ殿が動く意思があるなら、手伝おう。神殿長には秘密でな」

「よろしいのですか？」

「ああ、たまには神殿長を出し抜かなければ」

どうやらスカラは、神殿長であるシャレールの態度に反対しているようだ。

彼女の思惑はともかく、ユリアナにとって審問会へ出るなど、驚きでしかない。

――審問会で証言をする？　私が真実を伝えれば、彼を今からでも救うことができる？

都に行くと思っただけでも足が震えるほどに恐ろしい。

これまで人を避けていたから、大勢の人の前に立つことを考えると心が怯えてしまう。でも、純潔を奪って欲しいと命じたのは自分なのだから、どうしても彼を守りたい。

そのためならば、この恐怖も克服しなくては。

ユリアナはスカラの手を両手でぎゅっと握りしめると、決意を新たにした。

「スカラ様、お願いします」

その日、ユリアナはすがるような思いでスカラに協力を仰いだ。

第六章

しばらくして、大法廷で審問会が行われることになった。

神殿が王族、それも隣国との戦いを勝利に導いた英雄である第二王子を訴えることになり、世間は大きく揺れていた。第三者として今回は貴族院が判決を下すことになる。

だが、議長であるアーメント侯爵は当事者の父であるため、副議長のジェルバ公爵が代わりを務めることになった。

壇上には深紅のローブを着たジェルバ公爵が座し、その一段下には陪審員として貴族院から五名、また選ばれた同数の平民が緊張した面持ちで座った。

神殿と王族は左右に別れて座っている。後方には貴族院のメンバーや、平民のために傍聴席が設けられていた。

その数は大法廷にも入りきらず、扉の外側にも人が押し寄せてくるほどであった。

カンカンカンと副議長が木槌を打ち、審問会の開会を宣言したその後。

「ではシャレール神殿長、神殿の主訴をご説明ください」

白髪の交じる長い髪を後ろでひとつにくくり、金色の縁のついた深緑のローブを着たシャレールがその場に立った。

かつて『秘薬の聖女』と呼ばれ、どんな病でも癒す妙薬を作ることのできた彼女は、年老いて力を発揮することが少なくなってもなお、苛烈な性格によって神殿を支配している。

「我が神殿の宝である先見の聖女が、第二王子に襲われ聖女の力を失った。日頃から粗野で横暴な王子が、森の奥に隠された美女と名高い聖女を襲い、無理やり力を奪う行為を行ったからだ。これは神殿への冒瀆《ぼうとく》と、女性への暴力である。よって極刑を望む」

淡々とした声で主訴文を読み上げた彼女は、射るようにして王族を睨みつけている。

シャレールの極刑を望むという言葉に、傍聴席からは「なんとっ」とどよめきが広がる。

かつて、神殿がこれほど強く王族を糾弾したことはなかった。

被告の席に座っているレオナルドも、その主訴を静かに聴いていた。青い騎士の正装をまとい、胸には先の戦歴によって与えられた勲章がついている。

普段は下ろしている前髪を後ろにキッチリと撫でつけ、精悍な姿をしていた。

人々はこれほどまでに清廉とした王子が暴行を働いたと言われ、信じられない思いであった。

「では、王家からはエドワード王太子殿下、説明をお願いします」

エドワードは黒のモーニングコートにシルクのアスコット・タイを結び、上着と同色のウェストコートを着ていた。

怜悧な瞳に、生まれから醸し出される上品な佇まい。同じ兄弟でも身体をつくり込んでいるレオナルドとは印象が違う。

次代の王に相応《ふさわ》しく、エドワードは柔らかい物腰であってもその場に立つだけで、圧倒的な存在感を放っていた。

「まず王家を代表し、弟のレオナルドがこのように審問される立場となったことをお詫《わ》びする」

エドワードはジェルバ公爵に向かい腰を折ると、続いて傍聴席に向かい同じように頭を下げた。

再び、法廷全体にどよめきが広がっていく。

王太子が平民に向かい頭を下げることは誰にとっても想定外であった。

「だが、レオナルドは先見の聖女に対し暴行は行っていない。ユリアナ嬢とレオナルドは、かつて結婚を約束した間柄であったが、聖女が先見の代償で失明したため二人の婚姻は結ばれなかった。ユリアナ嬢は先見の力を使い未来を変えると、代償として身体の一部を失ってしまうため、聖女の力を失くしたいと願っていた」

エドワードが発言すると、シャレールが「異議あり！」と手を挙げる。だが、副議長はエドワードに「進めるように」と取り仕切る。

「レオナルドはかつての代償の贖罪のため、彼女に仕えることを望んでいた。ようやく護衛騎士として十日間のみ、ユリアナ嬢に仕えることがアーメント侯爵に許された。ただし声を出さず、正体を明かさぬことが条件であった。神殿からの圧力もあり追い詰められたユリアナ嬢は、後腐れのない相手と思い護衛騎士に依頼したところ、たまたま相手がレオナルドであった。よってこれは偶然の出来事であり、王家が神殿を攻撃する意図を持った行いではない」

ユリアナとレオナルド、両者を救うためのエドワードなりの説明であった。

そして聖女は先見の代償で身体を欠損するという説明に、同情する声があちこちで囁かれる。

だが、ここでも神殿長は手を挙げた。

「異議あり！」

再びシャレールが声を上げると、「では、シャレール殿」と言って副議長は発言を促した。

「先見の力は天からの祝福であり、尊いものじゃ。聖女であるユリアナ殿が、その力を否定するなどありえぬ。ここにいる第二王子は、先の隣国との戦いで狂戦士と呼ばれておる。皆も知っての通り、怒りに任せ敵を斬りつけたからと聞く。ならば、元々が暴力的な輩《やから》に違いない。此度《こたび》のことは、自分の手に入らなかった美女を手籠めにし、神殿を汚すために行われたものじゃ」

神殿長の言葉に頷く聴衆も散見される。民衆の聖女信仰は固く、またレオナルドの狂戦士というふたつ名が悪い方に作用していた。

両者の主張の違いに、膠着《こうちゃく》した雰囲気がその場に満ちる。互いに折り合うことのできない説明に、一体何が真実なのか、人々はわからなくなっていく。

すると副議長が落ち着いた声でその場を取り仕切った。

「ではここで、私の方から証人を呼びたいと思います。事件の内容から招聘《しょうへい》を控えていましたが、本人からの強い希望があり、私が認めました。ユリアナ・アーメント嬢、どうぞお入りください」

顔に白いベールをつけたユリアナが執事に手を引かれ入ってきた。

片足を引きずるようにしているが、しっかりと歩いている。

聴衆は目の覚めるような白色のドレスを着たユリアナを見て、おおおっと感嘆の声を上げた。

先見の聖女と呼ばれるユリアナが、初めて人々の前に姿を現したからだった。

薄いベールによって隠されているが、顔の造りが美しいことはひと目でわかる。背筋を伸ばし、長い手袋に包まれた腕は細く、たおやかな姿をしていた。

首元までしっかりと襟が詰まった服は、聖女らしい貞淑さを想起させた。

慎ましやかな仕草でおじぎをすると、チリン、とお守り代わりに持ってきた鈴が鳴る。ユリアナは副議長の前にある証人席に立っていた。

――大丈夫、この鈴があるから、私は話すことができる。

ユリアナはレオナルドの置いていった鈴を手首に巻いていた。

足が震えてしまうけれど、彼を守るためにここで発言すると決めている。ユリアナは顎を上げて前を向いた。

ユリアナの姿を被告席から見たレオナルドは、腰を浮かせて立ち上がろうとする。だが、エドワードが彼の肩を押さえつけた。

「兄上、なぜ彼女がいるのですか」

「……私も聞いていなかった。副議長の判断だろう、彼女を呼んだのは」

「だが」

「彼女が一番の当事者だ。控えろ、レオナルド」

眉根を寄せ不満げな顔をしながらも、レオナルドは座り直す。ここで下手に動いては、陪審員たちの心証も悪くなってしまう。

口元を固く引き締め、視線を鋭くしつつ周囲を見るに留めた。

「ユリアナ・アーメント侯爵令嬢、で間違いありませんね」

「はい」

小鳥のさえずりのように涼やかな声を出したユリアナは瞼を閉じながら答える。副議長はユリアナの紹介をした後、質問を始めた。

「今回、争点のひとつは聖女の力を自ら捨てようとしたのか否かです。ユリアナ殿、いかがですか?」

「私は……聖女の力を自ら捨てようと思いました」

法廷では驚きと共に、ユリアナを非難する声が起こる。聖女の祝福された奇跡の力を否定するなど、教義に反するからだ。

だがユリアナの説明を聞き人々は黙り込んだ。

「力を使えば、私は身体の一部分を代償として失います。もう既に片足と両目の光を失くしたので、次は何を失うことになるかわかりません。この力は、私にとって祝福というよりは呪いに近く、力を行使することを恐れました。何がきっかけで先見をするのか、条件もわからないからです。自分を守るためには、力を失うしかありませんでした。天から与えられた私の身体を守ることは、教義にも反しないと考えました」

「なるほど、それで聖女の力を失わせることを決めた、ということですね」

「はい」

「もうひとつ問題となっているのはレオナルド王子による暴力行為があったのか、否かという点です。これについては?」

「暴力的……ではなかったと思います。……優しかったです」

さすがに恥ずかしくなり、ユリアナの声は小さくなる。

ざわついていた法廷も水を打ったように静かになった。レオナルドは座りながらも両方の拳を強く握りしめる。

「レオナルド殿下は、護衛騎士に扮していたと聞いています。あなたの前では声を出さなかったとも」

「はい、彼の声は聞いていません」

「では、あなたは文句も言えず、すぐにいなくなる臨時の者であったから、頼んだのですか？」

「違います。彼は……護衛騎士はレオナルド殿下だとわかっていました」

レオナルドは肩を震わせた。彼女に気がつかれているとは、思っていなかったからだ。

ユリアナはここで彼を擁護しなければと、緊張して汗をかく手を握りしめる。どうしても、レオナルドのことを守りたかった。

「しかし目が見えず、声を聞かずどうやってあなたは護衛騎士がレオナルド殿下とわかったのですか？」

ユリアナは顎を上げて胸を張ると、しっかりとした口調で答えた。

「護衛騎士に触れた時、先見をしました。内容を伝えることはできませんが、声を出さない護衛騎士が殿下であるとわかりました」

法廷全体がざわついていく。聖女が先見をしたと聞き、人々は興味深そうに互いの顔を見合っている。

「先見の内容を今明かさない理由はなんですか？」

「明かしてしまうと、未来が変わる可能性があります。もう先見をすることはありませんが、未来を変えることで代償を払うことが今後ないとは言い切れません」

ユリアナが戸惑いながらも説明すると、副議長は言葉を続けた。

「では、他に護衛騎士がレオナルド殿下であると証拠立てるものがありましたか？」

「それは……彼に頼んでバイオリンを弾いてもらいました。その時、護衛騎士がレオナルド殿下だと確信しました」

「なぜ、そう言えるのですか？」

「バイオリンの弾き癖が同じだったからです。私はかつて、音楽会のために一緒に練習をしたので、彼の音色を覚えています。ビブラートのかけ方やピッチの速さ。それら全てが殿下の癖と同じだったので、私は確信できました」

「……バイオリンですか」

副議長は呟きながら、質問を続ける。

「だが、レオナルド殿下のためにあなたは片足と両目を犠牲にしている。彼を恨んでいたのではないのですか？」

ゴクリと唾を飲み込んだユリアナは、法廷いっぱいに聞こえるように声を出した。

「恨んではいません。この代償は、彼を守ることのできた私の誇りです」

それまで静かにしていたレオナルドであったが、その場で立ち上がりユリアナに近づこうとする。

だが、それを後ろに控える騎士が二人がかりで押さえ込んだ。

彼が法廷を乱すのは得策ではないと考えたエドワードが用意していた者たちだ。

「では、レオナルド殿下だと知り、あなたはどうしたのですか？」

「私が彼に命じました。……一緒にいて欲しいと」

「それは、聖女の力を失くすことを目的としていたのですか？」

「それよりも、一番の目的は……長年、私は彼のことを愛していました。あの夜しか、私にはありませんでした。ですから、責任は全て私にあります。護衛騎士であった彼に命じ、殿下はそれに従っただけです」

陪審員たちの顔がぱっと上を向いた。ユリアナの愛の告白に、誰もが驚いている。

ユリアナが望んだことであり、無理やりな関係ではなかったことを伝えられた。それだけで心証は良くなったはずだ。

レオナルドはユリアナの告白を聞くと、今すぐにでも傍に行き、震える肩を抱きしめたいとばかりに拳を握りしめる。

「ユリアナ……」

「待て、レオナルド。あと少しの辛抱だ」

悔しそうに奥歯をギリッと嚙んだレオナルドを見たエドワードは、一瞥した後「発言をお許しください」と副議長に対し手を挙げた。

「では、エドワード殿下」

エドワードはその場に立ち上がり、レオナルドにも立つように促した。二人の兄弟が揃い立つと、法廷全体の視線が集まり静かになっていく。

ユリアナは執事に支えられながら、気丈にも立ち続けていた。法廷にエドワードの声が響きわたる。

「副議長、当事者の一人であるレオナルドの発言をお許しください」

レオナルドは姿勢を正して、副議長をまっすぐに見つめた。

神殿長は「異議あり！」と発言するが、それを副議長は手で制止するように伝え、ユリアナに確認する。

「ユリアナ殿、レオナルド殿下の発言を許しますか？」

「はい、お願いします」

副議長に答えると、議場は水を打ったように静まった。ここにきてようやく、レオナルドが発言するとあり、皆、真実を聞くために耳をそばだてた。

「レオナルド殿下、あなたはユリアナ殿に命じられたのですか？」

「……はい、彼女は聖女の力を失くしたいと願っていました。それを叶えることができるのは、私しかいなかった」

彼の、声だ。

レオナルドの低い声が聞こえる。懐かしい声だ。レームであった時は聞くことのできなかった声だ。こんな時にもかかわらず、彼が声を失っていないことにユリアナはホッとする。

そうしている間にも、審議は続いていく。

「ユリアナ殿は、護衛騎士がレオナルド殿下であることを知っていたと言いましたが、あなたはそのことに気がついていたのですか？」

「いいえ、気がついているとは思いませんでした」

「では、王子としてではなく、護衛騎士として殿下は命令に従っただけだと」

「違います。一人の男として、私はユリアナを抱きました」

レオナルドは恥じ入ることなく発言した。するとその場にいる大勢の者が息を呑む。

ユリアナは身動きがひとつもできなかった。

「レオナルド殿下、最後にお聞かせください。あなたはどうしてユリアナ殿の願いを叶えようとされたのか」

レオナルドは拳を握りしめながら、宣言するように声を出した。

「私は、彼女の杖になりたい。ユリアナが片足を捧げてくれた時から思っています。私は彼女に、人生の全てを捧げたい。……彼女を、ユリアナを心から愛しているからです」

大胆にも、レオナルドははっきりと愛の言葉を口にした。図らずも二人による告白がされた法廷は、静けさで覆われる。

だが一人、ひくりと息を呑んだユリアナは、今聞こえてきた発言を頭の中で繰り返す。

——どうして？　レオナルド殿下が、今も私のことを愛している？

見えないために声で判断するしかないけれど、審問会の場で偽証することはできない。ユリアナも彼のことを愛していると伝えたのは、隠しきれない想いだったからだ。表明することで彼を守れると思ったからだ。

でも、レオナルドが自分のことを愛しているなんて。

——信じられない、先見では私とは違う女性を妻としていたのに……！

嬉しさよりも戸惑いの方が大きい。混乱する心の内側を隠すようにユリアナは白いベールを被り直しながら、鈴を握る。

副議長はきりりとした表情で口を固く結んでいた。判決を出す陪審員の何名もが、感極まった様子でユリアナたちを見ている。

レオナルドはユリアナを見つめるけれど、駆け寄ることもできずもどかしそうに首を伸ばす。

「これにて、審問会を閉会する。判決は一刻後に申し伝える。以上」

カンカンと休会を知らせる木槌の音が法廷に鳴り響く。ユリアナは執事に支えられながら、なんとかその場に立ち留まっていた。

判決が言い渡される前の休憩の時間となり、ユリアナは執事に手を引かれ、貴族院の要人用の控え室に向かっていた。

――あの発言で、良かったのかな……。

必要と思ったから発言したけれど、そもそも聖女であることを止めようとしたのは自分だ。だから、全ての罪は自分が負うべきものなのに、それを十分に伝えきれたように思えない。

この審問会の内容では、レオナルドが悪い人のように聞こえてしまう。どうにかして、そのイメージを払拭したかった。

ここまでくると判決を待たないといけない。本当はすぐにでも彼に会いたいけれど、証人である自分が被告のレオナルドに近づくことはできない。

彼は、ユリアナのことを愛しているとまで言っていた。信じられないことの連続で、何をどう考えていいのかわからない。

単に、彼が不利にならない証言をしたいと来ただけなのに、思わぬ状況に投げ込まれてしまい、ユリアナは落ち着かなかった。

「お嬢様、段差がございますので、ゆっくりとお進みください」

「ここかしら」

コツ、コツと杖を使いながら歩いていく。

初めての建物は慣れないため、ただでさえ緊張が伴う。耳にはレオナルドの「愛している」の言葉がこだましているが、うっかりするとどこかに躓きかねない。

慎重に歩いていると、大法廷を出て廊下の突き当りを曲がったところで、ユリアナは声をかけられた。

「先見の聖女様でいらっしゃいましたら、こちらの部屋が控え室となります」

「はて、そのようには聞いていないが」

「聖女様のために、お部屋を暖めてあります。どうぞお入りください」

丁寧な物言いの女官に招かれ、ユリアナたちは確かめる術もなく開けられた扉の中に入っていく。

暖炉には赤々と火が灯り、足元も暖を取れるように絨毯《じゅうたん》が敷かれている。

そこには意外な人物がユリアナを待っていた。

「そなたが先見の聖女か」

執事は息を呑み身体を強張らせた。

目の見えないユリアナは相手を推測するしかない。

低い声をした女性の話しぶりからすると、かなり年齢の高い人のように思える。控え室にいるような高齢の女性で、知っている人といえば……。

「そこにいらっしゃるのは、神殿長様ですか？」

先ほど、審議中に聞いた声と似ている。執事が何も言わないところを見ると、相手は貴族か、位の高い方と思われた。

「あぁ、私は神殿長をしているシャレール・ビレオだ」

「……！　まぁ」

ユリアナは口元に手を当てた。

まさか、神殿長と話すことになるとは思ってもいなかった。確かに聖女であれば神殿の管轄になる。女官が間違えて案内したのかと思ったが、どうやらそうではなかった。

「まずはそこにあるイスにお座りなさい」

「はい、ありがとうございます」

執事は指示された場所までユリアナを案内すると、「その者は部屋の外で待つがよい」と言われてしまう。

そのまま執事は出ていき、控え室にはユリアナと神殿長が残った。

女官はきっと、わざとユリアナをこの部屋に招いたのだろう。

これまで、父からは神殿に近づいてはいけないと言われ続けてきた。一度でも神殿に入れば、もう二度と外に出ることは叶わないとまで聞いていた。

「そなたと話したいと思っておったが、なかなか会えずにいた。森の中にいては、さぞかし寂しかったであろう」

「そんなことは……ありません」

本音を言えば、今すぐにでもこの部屋を出ていきたい。彼女は審問会で、レオナルドのことを訴えた張本人だ。主訴ではレオナルドのことを『粗野で横暴な王子』とまで言っていた。

そんな人物と、あまり話をしたいとは思えない。

「私を恨んでいるだろう。先ほどの審問会の話では、そなたは第二王子のことをずいぶんと大切に思っているようであったな」

「……」

ユリアナは何と答えていいのか、わからなかった。

神殿長とはもっと恐ろしい人だと思っていた。

だが今、自分に静かに語りかけている人物についてユリアナが知っていることは少ない。人伝《ひとづて》に聞いたことだけで判断することは避けたい。自分に話しかけてくる人を、むやみに嫌うことのできるユリアナではなかった。

「先見をしたようであったな。それも王子の未来を」

「……はい」

「これで三度目であろう。そなたはよほど、王子のことが好きなようだな」

「神殿長様。なぜ、そう思われるのですか？　先見と私の感情と、何か関係があるのでしょうか」

言葉の端々に、彼女が先見の力について何かを知っていることが窺われた。聖女の力は自分でもわからないことが多い。

教えて欲しいと、ユリアナは静かに問いかけた。

すると目の前に座っているシャレールは、まるで懐かしい思い出を語るような口調で話し始めた。

「私の恩人がそうだった。そなたも話には聞いておろう、先代の先見の聖女だ。そなたの父親の、祖伯母になるか。彼女も好いた相手のことはよく先見しておった」

「先代の……先見の聖女様ですか？」

「あぁ。私にとって姉のような存在であった。本当に優しくて、美しかった」

シャレールはうっとりとしたような声で、聖女の話をユリアナに聞かせ始めた。彼女と先代の先見の聖女の結びつきは予想以上に強いものだった。

まだシャレールが幼い頃の話だ。

家族と引き離され、泣いてばかりいた彼女を慰め、支えてくれたのが先代の先見の聖女であったという。

「それを……王家が利用して彼女を殺したのだ。あれほど、心の美しい人を」

「あの、それはどういうことでしょうか？」

ユリアナが身を乗り出すようにして話を聞こうとしたところで、ドアを叩く音がする。

どうやら、判決が決まったため、大法廷に集まるようにとの連絡だった。

「そなたは無理をせず、ここで待つがよい。副議長の声は聞こえるようになっておる。人々の前に立つのも、慣れていなければ辛かろう」

「いえ、でも……戻らないと、執事も心配しますので」

立ち上がろうとしたところで、ユリアナは肩を押さえつけられ、再びイスに座らされた。

「あの」

ここまで心配されることはないと、顔を上げる。だが、シャレールは部屋に留まるようにユリアナに命じた。

「この部屋で待つのだ。神殿の女官を一人つけておくから、安心せよ」

「……わかりました」

嫌な予感がするけれど、誰かに手を引いてもらわないと大法廷までたどり着けない。執事が戻るのを期待しつつ、ユリアナはその場で判決が言い渡されるのを待つことにした。

するると次第に、握りしめる手に汗をかいてしまう。

再開を告げる木槌の音が会場に響き渡る。ユリアナは再び緊張すると、鈴をきゅっと握りしめた。

——どうか、悪いことになりませんように……！

図らずも二人が互いに想い合っていたことを表明した。決してレオナルドの一方的な暴力ではないことを証言した。

心証は良くなったはずだからと、祈る気持ちで手を組み合わせる。

だが、副議長の口から言い渡された内容は予想を裏切るものだった。

『レオナルド第二王子は神殿に所属する先見の聖女の力をはく奪する行為を行った。そのため王位継承権の放棄と王籍からの除籍を命じる。神殿へ百億コルの賠償金の支払い、また三年間の謹慎を申し渡す』

王子という地位を失くした上に多大な賠償金の支払い、さらに謹慎という判決に法廷全体が騒然としている。

ユリアナも心をかき乱され、唇を噛みしめた。

——どうして？　レオナルド殿下が王籍をはく奪されるなんて、どうして？

予想していた以上に悪い判決内容に、ユリアナは身体を震わせた。聖女の力を失った責任を、彼一人に背負わせるなどおかしい。

自分が頼んだのだから、罰を受けるのは自分であるべきだ。

今から副議長のところへ行って、抗議をすればいいのだろうか。でも、審問会で結論の出たことを覆せるのだろうか。

できるとしたら、彼を訴えた神殿ではないだろうか。

必死になって考えているうちに、シャレールが控え室に戻ってくる。部屋に入るなり、ユリアナは彼女に訴えた。

「神殿長様、聖女の力を失うように頼んだのは私です。ですから、レオナルド殿下が悪いのではありません。私が罰を受けるので、どうか訴えを取り下げてください」

「そのようなこと……今からできることではない。可能性があるとしたら、王家が控訴するしかあるまい」

「審問会の判決はもう、覆せないのですか？」

「……控訴された時、訴えを訂正することはできる」

「でしたら、どうかお願いします」

王家がこのまま、判決を呑み込むとは思えない。控訴して再び審問会が開かれるに違いない。

その時、神殿長がレオナルドを糾弾するのを控えれば、判決はもっと軽いものになるだろう。

ユリアナは額が机につくほどに頭を下げた。どうしても、レオナルドを助けたかった。

「顔を上げよ。ところでそなたは、目と足を代償としてから何年が経ったのだ？」

「え……？」

いきなり話題を変えたシャレールに向かい、ユリアナは顔を上げた。

「目は見えなくなってから二年経ちます。……足の方は、五年経ちました」

「そうか、それはさぞかし辛かったであろう」

「そんなことは」

「アーメント侯爵は誤解していたようだが、神殿はそなたを守ろうとした。だが、王家はそうではない」

シャレールはいきなり語調を強め、王族を非難し始めた。

「私の大切な姉様が、王家に利用されて命を削ったのだ。お前の力を奪った第二王子に似た男だ、奴は姉様が死ぬことをわかっていながら先見の予言を使ったのだ」

シャレールは忌々《いまいま》しげにかつての王族の仕打ちを語った。姉様、というのは先代の先見の聖女のことだろう。

彼女は若くして亡くなったと聞いているけれど、利用したのがレオナルドに似た王族だったことは、初めて聞く。

もしかして、それが理由でレオナルドを酷《ひど》く糾弾したのだろうか。だが、そんな昔のことをなぜ今頃になって持ち出すのか。

「……そなたは、力だけではない。顔つきまで姉様に似ている。そなたを見た時、生まれ変わってきてくれたのだと確信した。そなたは、姉様じゃ」

シャレールの声は低く昏い。

まるで、夢の中で語るような口ぶりだ。ユリアナは彼女が目を覚ますように、はっきりとした口調で答えた。

「私は私です。先代の先見の聖女様ではありません」

「いや、そなたは姉様だ。そして、あの琥珀色の瞳をした王子がまた、そなたを利用しようとしておる」

「そんなことはありません！　彼は、レオナルド殿下は私のことを愛していると、言ってくれました」

ユリアナは懸命に答えるけれど、シャレールはどこか話が通じない。それでも、彼女を説得しなければレオナルドが罰を受けることになる。

「お願いします、訴えを下ろしてください。そのためなら、私が罰を受けます。ですから……」

「そなたはそれほどまでに、あの王子が好きなのか？」

「はい。彼は私の……私の全てです」

ユリアナが必死の想いを告げると、シャレールは顔を歪《ゆが》め忌々しそうな表情をして舌打ちする。

ユリアナは神殿長のまとう空気が急に変わったことを感じ、身構えた。

「そなたは……王家など聖女の奇跡の力を利用することしか考えておらぬのに」

声色を変えたシャレールがそう言うと、突然背後に人が現れ顔に布を当てられる。いきなりきつい匂いが鼻の奥に届き、ユリアナは「うっ、ごほっ、ごほっ」と咳《せ》き込んだ。

「神殿長様？　この匂いは……」

頭の奥が急にふらりと酔ったように酩酊《めいてい》する。意識が朦朧《もうろう》とし始め、ユリアナは倒れそうになりソファーに手をついた。

「そなたを守るためじゃ。そのような考えを捨てるまで、北の塔に入り頭を冷やすがよい」

「お待ちください……神殿長、様」

いくらユリアナが呼んでも、弱々しい声は届かない。

シャレールが側近たちを招き入れると、ユリアナは見知らぬ男性たちに両脇を抱えられるようにして立ち上がらせられた。

「聖女を神殿まで連れていくのだ」

「待って……私はもう、聖女では……」

いくら抵抗しても力が入らない。

そのうち薬が効き始め、頭がぐるりと回ったかと思うと、ユリアナは急に意識を失いぐったりとした。

◇　◇　◇

時は少しさかのぼる。

証言が終わり判決が言い渡されるまでの時間、レオナルドは王族用に用意された控え室に行くと、落ち着かない様子で部屋の中をぐるぐると歩いた。

――ユリアナッ、あんなにも青白い顔をして、大丈夫なのか？　大勢の前に立ち、告白までして今頃困っていないだろうか。あぁ、すぐ傍に行って俺が支えたい。

まさか大法廷で愛を告げることになるとは思いもしなかった。

エドワードに誘導された気がしないでもない。それでもユリアナの告白と重なったおかげで陪審員たちの印象は良くなったはずだ。

無罪とはならないだろうが、できれば長い期間の収監は免れたい。

判決が気になる一方で、慣れない場に出てきたユリアナが心配でたまらない。

うろついているレオナルドを見たエドワードが口を挟む。

「少しは落ち着くんだ、レオナルド。お前がユリアナ嬢に会いたい気持ちはわかるが、判決が出るまでは接点を持たない方がいい。審問会が終わったら、すぐに迎えに行ってこい。陛下には私から上手《うま》く伝えるから」

「あぁ、わかってはいるんだ。兄上」

証人として発言していたユリアナを思い出す度に、胸が疼く。こんなにも近くにいるのに、手を伸ばして支えることもできない。

貴族院用の控え室に行ったようだが、慣れない建物で大丈夫だろうか。

躓いたりはしないだろうか。あの老執事では、何かあった時に彼女を支えられないではないか。

一度心配し始めると、自分の判決よりも気になって仕方がない。

そんなレオナルドの様子を見ていたエドワードが、静かに問いかけた。

「レオナルド、お前はどう思う?」

足を止めてエドワードを見ると、眉間にしわを寄せて考え込んでいる。普段から冷静な兄にしては珍しい表情をしていた。

「どう思う、とは？　判決のことか?」

「あぁ、そうだ」

「ある程度の懲罰はあるだろうな。たとえユリアナが望んだこととはいえ、俺が聖女の力を奪ったようなものだ」

「だとしても、お前だけの責任ではないだろう。ユリアナ嬢もそうだが、アーメント侯爵の監督責任も問われるはずだ。だが、審問会の主訴を聞く限りでは、お前しか糾弾していない」

「……そうだったな」

エドワードは長い足を組み直すと、腕を組んで再び考え込むように目を閉じた。

「神殿長の狙いはなんだろうな。まるでお前に私怨があるようで、不可解なことが多すぎる。審問会が終わり次第、神殿長に探りを入れてみるか」

「兄上」

彼の言う通り、シャレールはレオナルドを恨みを込めた目で睨みつけていた。まるで、彼一人に責任を負わせ、処刑を望む姿は神殿の長として均衡を欠いている。思い込みが激しいと聞いていたが、想像以上の厳しさだ。

「そもそも、神殿が力を持ちすぎていると思わないか。確かにこの国は三権分立が謳《うた》われて久しいが、地方では神官による政治関与が問題になっている。お布施を装った賄賂も多く、取り締まるのは難しい」

確かに、遠征で地方に行けば目にする光景だった。領主より力を持つ神官もいると聞いたこともある。三権分立の原則からすると、神殿が力を持ちすぎることは望ましくない。

「……そこまでわかっているのですか」

「あぁ、私の治世になったら、ある程度のテコ入れが必要だと思っている。その時は、お前にも支えてもらいたい」

「それはもちろんですが、どうやって？」

「まずはこの、審問会を乗り切ってからだ。あぁ、誰か来たようだ」

コンコン、と扉を叩く音がする。エドワードは「入れ」と短く答えた。

伝令は「審議が終わりましたので、大法廷へお越しください」と言い終え、すぐに退室していく。

「……ずいぶん、早かったようだな。揉めなかったということか」

エドワードは立ち上がると裾についた埃を払い、襟を正す。

レオナルドの騎士服につけてある勲章に手を伸ばすと位置を直すように触れ、最後に肩に手を置いた。

「胸を張っていろ。お前は私の自慢の弟だ。たとえどんな判決となっても、そこに変わりはない」

エドワードの言葉に胸が熱くなる。半分は自分の仕掛けたこととはいえ、判決内容によっては収監される可能性もある。

王家としては不名誉極まりない。それでも弟を誇りに思ってくれる兄を、尊敬しないではいられない。

普段はそんなそぶりを見せないが、エドワードは家族思いの熱い男だ。

「兄上……俺のために、申し訳ない」

レオナルドは頭を下げた。ユリアナを救うために、兄を巻き込んでしまった。

「なに。お前にはこれからも役立ってもらわないといけないからな」

エドワードはレオナルドの肩を強く叩くと、「さぁ、行くぞ」と気合を入れるように声をかけた。

二人は控え室を出て、靴音を鳴らしながら足早に進んでいく。大法廷に戻ると、そこは既に聴衆でいっぱいになっていた。

再開を知らせる木槌が打ち鳴らされるのと共に、陪審員たちが全員席に戻ってくる。

最後に副議長が大法廷に入り、手元にある証書を取り出すと彼は厳かな口調で判決を言い渡した。

『レオナルド第二王子は神殿に所属する先見の聖女の力をはく奪する行為を行った。そのため王位継承権の放棄と王籍からの離脱を命じる。神殿へ百億コルの賠償金の支払い、また三年間の謹慎を申し渡す』

判決内容を聞いて法廷全体が一気に沸き立った。

エドワードも驚き思わず席を立ってしまう。

彼が想像していた以上に重い判決のため、困惑して副議長を見ている。神殿長のシャレールは不遜な表情を変えずにいた。

「以上が審問会の決定である。控訴する場合は、十日間以内に申告するように」

閉会を告げる木槌が再び甲高い音を鳴らすと、陪審員たちがぞろぞろと退席していく。

エドワードの隣でレオナルドは拳を強く握りしめていた。法廷はいつまでも騒々しいままだ。

「レオナルド、陛下と対応を協議するために王宮へ戻るぞ、立て」

腕を組んだエドワードが鋭く命じる。だが、レオナルドはそこから動かない。

「どうした？」

エドワードが眉根を寄せるが、レオナルドは判決内容を噛みしめていた。

——収監は免れたか。……良かった、これで侯爵さえ認めてくれれば、ユリアナの傍に行ける。

レオナルドは肩を叩かれた拍子に顔を上げると、隣にいるエドワードに宣言する。

「すまない兄上、俺は判決を受け入れ、控訴はしない。陛下にもそう伝えてくれ」

「バカな！　控訴しないなど、何を考えている！」

冷静なエドワードもさすがに驚きを隠すことができない。周囲に人がいるにもかかわらず、声を荒らげてしまう。

チッと舌を打つと、エドワードはレオナルドを立たせた。

「ここではまずいから、控え室に行くぞ。話はそれからだ」

「待ってくれ、兄上」

レオナルドは目を皿のようにしてユリアナを探すけれど、大法廷の中では姿を見ない。

「兄上、おかしい。さっきからユリアナの姿を見かけない。まだ控え室にいるのだろうか」

「控え室でも判決内容は聞くことができるから、そこにいるのではないのか？」

「そうかもしれない。だが……」

判決が言い終わった瞬間、神殿長が抜けるように出ていくのが見えた。レオナルドには十分厳しい内容だけれど、神殿長は不服だったに違いない。

気分を悪くしたのかと思ったが、もしかしたらユリアナのところへ行ったのかもしれない。

今まで森の奥に隠れるように住んでいたユリアナに会えるのは、今しかない。

……嫌な予感がする。

「兄上、俺は彼女を探してから行く」

「何を言うか！　身をわきまえろ」

「……兄上、さっきの判決を聞いただろう。俺は王籍をはく奪される身だ」

「だから何だ！　お前は私の弟だ」

エドワードも先ほどの判決内容に不服なのだろう。冷静沈着な彼が珍しく怒りを露わにしている。

「兄上。すまないが先に王宮に戻ってくれ。ユリアナを見つけ次第、すぐに追いかける」

それでも頑固なレオナルドの態度を見たエドワードは、浅く息を吐いた。一度こうと決めると、梃子《てこ》でも動かない弟に呆れがちに声をかける。

「……わかった。王宮では陛下と話しておくから、ユリアナ嬢を探してから来るんだ。なんだったら、彼女も連れてくればいい」

「あぁ」

短く答えたレオナルドは、ユリアナを探すために控え室を訪ねた。

しかしそこには、誰も残っていない。聞くと、初めからユリアナは訪ねてこなかったようだ。

控え室にいなかったとなると、一体どこにいるのか。背中を嫌な汗が流れていく。

「ユリアナ、ユリアナ！」

声を張り上げて探すけれど、どこにもいない。

すると彼女が神殿長の控え室にいたことを聞く。まだいるかもしれないと部屋を訪れるが、からっぽの部屋には酸い匂いが漂っていた。

――これは、薬品の残臭《ざんしゅう》か？

レオナルドは奥歯をギリッと噛みしめる。

秘薬の聖女と言われるシャレールであれば、意識を失わせる薬を作ることなど容易だろう。

焦り始めたところで、ユリアナに似た女性がシャレール神殿長と共にいるのを見た、と門番たちの目撃情報を得る。

「それは本当なのか？　執事は一緒だったか？」

「い、いえ。執事らしき方はいらっしゃいませんでした」

執事が一緒にいないとなると、ユリアナのことをよく知る者が傍にいない。盲目の彼女が、そんな不用心なことを進んでするとは思えない。もしかすると、意に反して連れ去られた可能性もある。

「他に何か、気がついたことはなかったか？」

「いいえ、ただ神殿の方に支えられて、馬車に乗られていました」

「なんだと？　その馬車の特徴を覚えているか？」

「は、はい。神殿長様の乗ってこられた、二頭立ての神殿の馬車でした」

「……そうか」

そうであれば、神殿の本部がある大聖堂に連れていかれたに違いない。

そこの中に入るには、王族といえど許可が必要だ。

「くそっ、どうすればいい？」

頭をがしっとかいたところで、警備兵によりユリアナの執事が手足を拘束された姿で見つかったと知らされる。彼は何者かに目隠しをされ、倉庫の中に置かれていた。

レオナルドが急いで行って紐を緩めると、執事はようやく人心地がついたところで話し始めた。

「殿下、お許しください。お嬢様と……お嬢様と離れてしまいました」

「ユリアナは神殿長が連れ去ったことまでは把握している。大丈夫だ、彼女は必ず取り戻す」

「お願いします、お嬢様はあなた様を救いたい一心で都まで出てきました。どうか……」

「執事殿。ひとつ聞かせてくれ、ユリアナはどうして今日の審問会を知った？　アーメント侯爵が知らせるとは思えないのだが」

「はい、それは……神殿より来ました秘匿の聖女であるスカラ様が、お嬢様に語られたようです。また、ここに来るための手配もしてくださいました」

「なに？　それは本当か？」

今回の審議ではユリアナの証言によって、神殿側の主張が覆された。不都合な証言をするユリアナを招いたのが、他でもない神殿の聖女だとはにわかに信じがたい。

だが、神殿の内部が神殿長の一枚岩でなければ、ありうる話だ。

レオナルドは老執事を安心させるように背を撫でると、彼をアーメント侯爵邸に送る手配をする。そしてすぐに王宮へ急ぎの使いを出した。

——ユリアナ、無事でいてくれ。

逸る気持ちを抑えることなく、レオナルドは愛馬に跨ると手綱を握りしめた。

第七章

大聖堂に到着したレオナルドは、門を開けようとしない番人と対峙《たいじ》する。

「早急に神殿長と話がしたい。この門を開けるんだ」

「神殿長様の許可がなければ、お通しできません」

「そのようなことを……」

レオナルドは必死の形相で神殿の番人を睨みつける。

早くユリアナの無事を確かめたいのに、大聖堂の中に入ることを拒まれる。神殿の本部である大聖堂は、王族であっても許可がなくては中に入ることもできない。

強引に入ることはしたくないが、これ以上抵抗するのであれば気絶させるのもやむなし、と思ったところで声がかかる。

「お前たち、何を騒いでいる」

「こ、これはスカラ様、実は第二王子殿下が神殿長様にお会いしたいと言われているのですが、許可が下りず」

「第二王子？　って、あのレオナルド殿下か？」

門の前に来たのは、秘匿の聖女スカラだった。

紅くうねる長い髪を高い位置で縛り、緑のローブをまとっている。確か、年は王妃と同じくらいのはずだが、とてもそのような年齢を感じさせない。

男のような口調で話す、さっぱりとした人柄と聞いたことがある。

「レオナルド殿下がどうしてここへ」

「ユリアナが神殿長に連れられ、ここに来ているはずだ。彼女を返して欲しい」

突然現れた彼に驚きつつも、スカラは落ち着いた口調で返事をした。

「……わかった、ついてくるんだ。案内しよう」

くるりと向きを変えたスカラは、門を開けるように番人に伝える。

「よろしいのですか？　神殿長様の許可なく入れては問題では」

「大丈夫だ、何かあったら私が責任を取る。つべこべ言わずに開けるんだ」

「はっ」

番人たちはようやく閂《かんぬき》を抜き、重厚な門を開く。

果たしてスカラがユリアナの味方なのかわからないけれど、今は彼女を頼るのが最善と思われ、大聖堂の敷地に入っていく。

駆けだしたいのはやまやまだが、ユリアナがどこにいるのか見当がつかなかった。思わず腰に佩《は》いた剣をカチャリと鳴らしてしまう。

「レオナルド殿下、逸る気持ちはわからないでもないが……ここは神殿だ。祈りの場で武具に触れるのは慎重にして欲しい」

「……っ、すまない」

足音をひそめるようにして前を歩くスカラの後をついていくと、レオナルドは大聖堂へ入る扉の前で、あるものを見つけて立ち止まった。

「少し待ってくれないか、スカラ殿」

「何かあったのか？」

レオナルドは屈んで落ちている鈴を拾い上げた。

それはレームであった時に使っていた鈴だ。ぶつけた時に少しだけへこませた痕が残っているため、同じものだとすぐにわかる。

「やはり、ユリアナはこの中に連れ去られたようだ」

チリン、と鳴る鈴の音はかつてと変わらない。最後の日の朝、ブレスレットの代わりになればと置いてきた鈴だ。

「それは、ユリアナ殿の持ち物なのか？」

「あぁ、俺が渡したものだから間違いない」

スカラは鈴を見ると何かを思い出したのか、「なるほど」と言って頷いている。

「確かにユリアナ殿は、その鈴を大切にしていたな。一度、聖女の力を判定するために屋敷まで行ったが、その時に見た記憶がある」

「では、スカラ殿はユリアナと会われたのか」

「ああ。秘匿の聖女と言われる私のことを怖がりもしないで堂々としていた。神殿長ではないが、神殿に欲しい人材だな」

「だが、ユリアナはもう聖女ではない」

少し言葉を鋭くしてしまうが、スカラはそれに動じることもない。

「当たり前だ。この私が判定したからには、聖女の力はもう残っていないと断言できる。だが、元聖女としての役割も、この神殿にはある」

「だが……！」

「とにかく今は、神殿長が何かしないか心配だ。あの人は薬でも毒でも作れるからな」

「毒を作ったことがあるのか？」

まさか、神殿の代表が聖女ではなくなったからといってユリアナを殺《あや》めるとは思えない。だが、レオナルドを思うように処罰できなかった代わりに彼女を痛めつける可能性はある。レオナルド自身が傷つけられるよりも、むしろ衝撃は大きい。

訝《いぶか》しむレオナルドに対し、スカラは飄々《ひょうひょう》として答えた。

「薬は、身体にとっては毒と変わらない。……急ごう、神殿兵が何人か走っていったようだ。たぶん……ユリアナ殿のことだろう」

「神殿兵が？」

するとスカラは指を立てて「しっ」と声を小さくするようにレオナルドに伝えた。

「あそこに、北の塔があるのが見えるか？　尖塔《せんとう》のある高い建物だ。あれは神殿で蟄居《ちっきょ》を命じられた者が押し込められる場だ」

「まさか、そこにユリアナが……」

「あぁ、運び込まれた可能性がある。さっきから兵士たちが北の塔に向かっているからな」

「中に入る方法はあるのか？」

北の塔を見上げレオナルドは鋭く言い放つ。するとスカラは腕を組み考え込んだ。

「残念だが……兵士が入り口から屋上まで見張っているはずだ。逃亡しようとしても、すぐに見つかるだろう。私も一度、あそこに押し込められたから知っているが、騒ぎになると兵士が部屋に押し入るようになっている」

「だとすると、正攻法では難しいということか」

レオナルドは北の塔から視線を外すことなく睨みつけた。

一刻も早くユリアナを救い出したい。慣れない場所で一人きりとなり、不安になっているであろう彼女の傍に行き、支えたい。

北風が冷たく吹きすさび、切るような音を立てている。もう既に日が沈みかけ、塔からの影が長く伸びていた。

◇　◇　◇

ユリアナは何度か瞼を瞬くと、意識を取り戻して手を伸ばした。何かを嗅がされた後、どうやら寝台に寝かされていたようだ。

しわのないシーツの手触りを確かめる。

「ここ、どこなの……」

嗅いだことのない部屋の匂い、冷えた空気に硬い寝台。これまで来たことのない場所だとすぐにわかる。

初めての場所はとにかく恐ろしい。近くに人がいないのか確かめるように声を出すけれど、どうやら部屋にはユリアナ一人だけのようだ。

自分の衣服の乱れもない。確認するように胸元に手を当てると、お守り代わりに持っていた鈴がないことに気がついた。

「あ……、鈴まで失くすなんて」

レオナルドからもらったブレスレットに続き鈴まで失くしてしまう。彼に縁《ゆかり》のあるものを、またひとつ失ってしまった。

だが今は感傷に浸っていられない。部屋に何があるのかだけでも、確認しておきたい。

ユリアナは寝台の角まで這い上がると立ち上がり、壁に手をつけながら歩いてみる。

部屋には窓があり、どうやら外は風が強いのかヒュゥゥと切り裂くように鳴いている。

「こんなに風が強いなんて……もしかすると、この部屋は高いところにあるのかしら」

外の様子を見ることは叶わないけれど、風の音を聞こうとユリアナは手を窓枠に触れた。

するとその時、窓の外からチリン、チリンと懐かしい鈴の音が聞こえる。

──えっ、どうして？　レームの鈴の音、よね。

ユリアナはどうにかして窓を開けることはできないかと触れてみる。

だが、窓はどうやらはめこまれていて、開けることができなかった。

そして窓の外側から男性の硬い声が聞こえてくる。

「……ユリアナ、そこにいるのか？」

「レーム？　レームなの？」

思わず護衛騎士の名を呼んでしまうが、レームはレオナルドだ。

それにこの部屋は高いところにあると思ったけれど、彼の声が聞こえるから本当は一階なのかもしれない。ユリアナは混乱しながらも窓の外の声に反応する。

「そうだ、俺だ。迎えに来た」

「そんな……」

ユリアナはレオナルドの声を聞いて嬉しいと思うのと同時に、「なぜ」という想いが溢れてくる。彼は、自分を選ぶべき人ではない。

それでも窓に手を広げて触れると、外側からも同じように手のひらを広げて触れてくる。ガラス一枚を隔て、彼の温もりをわずかに感じた。

「レ、レオナルド殿下、なの？」

「ユリアナ」

「どうして……」

俯きながらもユリアナは窓から手を離せない。

彼から離れないといけないのに、温もりを感じると離れられなくなる。だが、そんな戸惑いを破るようにレオナルドは鋭い声を出した。

「ユリアナ、少し窓から離れているんだ」

「えっ」

「今からこの窓を破るから、破片に当たらないように離れているんだ」

反対する間もなくレオナルドは窓をコツコツと調べるように叩いている。鍛え抜かれた身体を持つ彼であれば、窓を割ることなど簡単だろう。

ユリアナが寝台の方へ戻るようにして離れた途端、バリン、と窓の割れる大きい音がする。そしてすぐに冷たい風がヒュゥゥと入り込んできた。

「寒い……っ」

外はユリアナが思っていたよりも冷たく、風も強かった。

割れた窓からレオナルドが部屋に入ってきたのか、ドンッと足が床につく重い音がする。そしてジャリッとかけらを踏む音がした。

「だ、大丈夫?」

そろり、と近づこうとすると「そこから動くな」と止められてしまう。どうやら窓の破片が部屋の中に飛び散っているようだった。

「ユリアナ、待たせてしまってすまない。……森の屋敷に帰ろう。ここは君がいるべき場所ではない」

「帰ろうって、ここはどこなの?」

曖昧な記憶をたどると、最後は大法廷の控え室にいたはずだ。そこで神殿長と言い争ってしまい、何かを嗅がされそこからの記憶がない。

震える身体を抱きしめるように腕を回したユリアナの近くに、レオナルドがそっと近寄った。大きな身体が壁になり窓からの冷気を遮断している。

伸ばされた彼の手が、ユリアナの手に触れる。革手袋を外した手のひらは、あの夜に何度も触れたレオナルドのものだった。硬くて……温かい。

「大丈夫か、ユリアナ」

「え、ええ……」

「ここは、神殿にある北の塔の一番上にある部屋だ。どうやら、折檻《せっかん》部屋として使われているようだな」

「折檻部屋？」

「ああ、神殿長は君をここに閉じ込めたいらしい。スカラ殿が反対して、俺が入り込めるように助けてくれた」

折檻部屋と聞くのも驚きだったが、レオナルドはここが塔の一番上だと言った。だが、彼は窓から入ってきている。

「でも、どうやってここまで来たの？」

「なに、登ってきただけだ」

「登って……って、そんな危ないこと！」

思わず叱りつけるように声を出してしまうと、レオナルドはクックッと声を押し殺しながら笑っている。

「大丈夫だ。ユリアナのためならなんでもない」

「でも、塔の一番上って、高いところではないの？　それを登ってきたの？」

「……君が気にすることじゃない」

レオナルドは腕を伸ばすと、ユリアナを引き寄せて震える身体を抱きしめた。

頬に当たる彼の服のボタンが、かなり冷えている。どれだけ寒い中、塔の城壁を登るという危険なことをしたのだろう。

まるで大切な宝物を扱うように、ユリアナを緩やかに抱擁しながら、レオナルドは声を絞り囁いた。

「良かった、君が無事で。攫われたのかと思った時は、生きた心地がしなかった」

「そんな……」

——嬉しい、彼が来てくれて嬉しい。

目覚めた場所がどこかわからず、不安な気持ちでいっぱいだった。彼の温もりを感じると冷えていた心がほわりと温かくなる。

たとえ結ばれる未来はなくても、今は守られていることを喜んでしまう。だめだと思いながらも、ユリアナは厚い胸板に顔を寄せた。

だが、抱擁はすぐに解かれレオナルドは硬い声を出した。

「すまないが、ここからすぐに出よう。窓の割れた音を聞いて、神殿兵が来るに違いない。でも君には指一本触れさせないから、じっとしているんだ」

「大丈夫なの？」

「俺の腕を信じてくれ。といっても、危険なことに変わりはないから、耳をふさいでいるように」

レオナルドがそう言った途端、扉がバタンと開かれる。

同時に兵士のような複数の足音が聞こえてくるが、ユリアナがじっとしている間にレオナルドが剣を取り出した。かけ声と共に斬りつける神殿兵と、レオナルドとの剣戟《けんげき》の音が部屋に響く。

最後にガンッという重い音がしたかと思うと、兵士の呻き声しか残らなかった。

「よし、下りよう。すまないが俵抱きにするよ」

「あっ、え？　殿下？」

「階段で舌を噛むといけないから、少し黙っているように」

すっと身体が持ち上がると共に、レオナルドの左肩に俵のように担がれる。どうやら右手に剣を持っているためなのか、少し乱暴な姿勢になるけれど仕方がない。

「キャッ」

身体ががくん、と揺れている。

彼の左腕に臀部《でんぶ》をがっちりと抱えられ、落とされそうな様子はないけれど、とにかく身体が揺れている。

早足で階段を下りているようだった。

何度か神殿兵に出会うのか、立ち止まった途端に剣を振るう音と共に血の匂いがする。相手の兵士が倒れると同時に、低い呻き声も聞こえてくる。

何もできず、ただひたすら彼に抱えられながららせん状の階段を下りていくと、ようやく一階にたどり着いたのか平地を歩き始めたような揺れになった。

「もう少しで、神殿の外に出る」

レオナルドが言った途端、彼はその歩みを止めた。

ばらばらと複数の足音が聞こえ、周囲を囲まれたように大勢の人の気配がした。

「第二王子、先見の聖女を返していただこうか」

風に乗ってしわがれた声が聞こえてくる。どうやら、目の前には神殿長のシャレールがいるようだ。

神殿兵に囲まれたレオナルドは、ユリアナを地上にゆっくりと下ろして立ち上がらせる。

「ユリアナ、少し待っているんだ」

「どうなっているの？」

再び不安がユリアナに襲いかかる。

何人の兵士に囲まれているのかわからない。だが、レオナルドがたった一人で戦うとなれば、いくら強いといっても怪我をするだけではすまないだろう。

「大丈夫だ。俺がついている」

レオナルドは優しくユリアナの頬を撫でた。

暗闇の中にいるユリアナにとって、唯一の光といえる存在が離れようとしている。

そのことに背筋が凍るような恐怖を感じ、ユリアナは「いや」と小さく叫びながら顔を振り、彼の手を握りしめた。

「先見の聖女、そのように恐れることはない。そなたの隣にいるのは、悪魔のような男じゃ。そなたの力を悪用し、身体を代償とさせて命を奪う者。目を覚ますのだ、聖女よ」

「嘘よ、私は聖女なんかじゃない！　先見の力は、もうないの」

秘匿の聖女スカラが断言したからには、既になんの力もないはずだ。

けれど、シャレールはユリアナの言葉に耳を傾けず、ひたすらレオナルドを睨みつけていた。だが、スッと目を細めると顎を上げる。

「そうじゃ、第二王子よ」

シャレールは憎しみを込めた声で言い放つ。

「判決では叶わなかったが、そなたの罪をその命でもって償うこと、この私が許そう」

シャレールは緑のローブからひとつの薬瓶を取り出した。小瓶の中には、よどんだ色をした液体が入っている。

「私の作ったこれをそなたが飲めば、全ての罪は許される。神は慈悲深いお方じゃ」

レオナルドがそれを飲めば、どうなるのかは明らかだ。そのことで万一彼が命を失ったとしても、今のタイミングであれば罪を償うためだったとされかねない。

そんな恐ろしいものに、彼が手を出すとは思えなかったが、シャレールはさらに条件を重ねた。

「第二王子。そなたが罪を贖った暁には、先見の聖女が代償とした傷を治す薬を作ってみせよう」

その言葉に、レオナルドは肩を震わせた。彼が自害すれば、シャレールは自分の目を癒す薬を作ると言う。だが……。

「そんなの、嘘よ！　私の目が治るなんて……そんなことありえないわ」

ユリアナは信じられないとばかりに首を振った。代償によって失った身体の機能は、決して治ることはないと医者からも言われている。

「私は秘薬の聖女だぞ、奇跡の薬を作る者だ。信じるも信じないも、そなた次第じゃ。……さて、第二王子。そなたがこれを飲むならば、聖女の目を癒してやろう」

シャレールはくつくつと笑いながら薬瓶を振っている。

「聖女の薬が欲しければ、その手を離すがよい。先見の聖女は神殿が預かろう、目も見えるようになり、左足も力を取り戻す」

「そんなの、嘘よ……」

シャレールの狙いはあからさまだ。レオナルドを殺め、ユリアナを神殿に囲う。どうして？　と思うけれど、審問会でもシャレールが彼を尋常でなく憎んでいることは伝わってきた。

たとえシャレールの言う通り自分の目と足が治るとしても、彼を犠牲にするなどありえない。聖女の力を失ったことが罪というならば、その償いは自分がするべきだ。

ユリアナはキッと顎を上げた。

「神殿長様、その液体は私が飲みます。罪を贖うべき者は、この私です。レオナルド殿下ではありません」

「ユリアナッ！」

ユリアナは摑んでいた手を緩めるけれど、今度はレオナルドが決して離さないと言わんばかりに強く握り返す。

「ユリアナ、大丈夫だから、ここで待っていてくれ」

「先見の聖女、罪を贖うべき者はそこの王子じゃ」

シャレールのしわがれた声にレオナルドが「わかった」と答える。

目を癒す薬のために、レオナルドが中身のわからない液体を飲もうとしている。ユリアナの背中に、ぞわりとした恐怖が通り抜けていく。

レオナルドは顔をシャレールの方へ向けると大きな声で言い放った。

「では神殿長殿、その小瓶を渡してもらおう」

「ははは っ、物わかりが良いな」

「そんな、レオナルド殿下、止めてっ」

液体を飲めばどうなるのか、悪いことしか思い浮かばない。自分のために誰かが、それも最愛のレオナルドが犠牲になるなんて耐えられない。

ユリアナが必死になって止めるのも聞かず、レオナルドはシャレールから投げられた小瓶をぱしりと受け取った。そして蓋を取ると匂いを嗅ぐように鼻を近づける。

レオナルドの片眉がピクリと動くのと同時に、シャレールの口角がくっと上がる。

「さぁ、一気に飲むが良い！」

「だめ、殿下！　そんなことしないでっ」

レオナルドを止めようと、ユリアナは必死になって腕を引いた。

しかし、屈強な身体を持つ彼はびくともしない。喉がゴクリと動く音がする。彼は、小瓶の液体を飲んでしまったのだろうか。

するとすぐに、レオナルドはがくりと膝をついた。

「い、いやぁ――っ」

「はははは っ、飲んだか！　やはり悪人は滅ぶべきじゃ！」

ごほっ、ごほっと喉の奥から吐き出すように咳《せき》をしたレオナルドは、喉の辺りを触っている。ユリアナは彼を失ってしまうのかという恐怖に襲われると、顔を青くしてふらりと倒れそうになった。

「ユリアナッ？」

慌ててレオナルドが抱き留める。

そのまま彼女の肩を支えるようにして立ち上がらせると、レオナルドは硬い声を出した。

「やはり毒であったか。神殿長殿」

「な、なぜ立ち上がれるのじゃ！　そなた、飲んだのではないのか？」

動揺するシャレールをレオナルドは怒気を孕んだ目で見つめた。

「神殿長殿、ここまでだ。この毒は……俺を狙った襲撃犯に使われたものと同じ匂いがした。鑑識が調べればすぐにわかるだろう」

「なっ、何を言うか！　私を捕まえれば、聖女の薬は手に入らぬぞ！」

「そんなものが本当に作れるなら、なぜもっと早くユリアナに渡さなかった。薬があると言えば、苦労することなく彼女を手に入れることができただろう。それに……ユリアナは俺を犠牲にしてまで、自分の目を癒したいとは思わないはずだ」

「そんな、何を根拠にっ！」

レオナルドはスッと目を細めると、シャレールに言い放った。

「彼女は、俺を守るために目の光を失った。その誇りを、汚すことは俺であってもできない。神殿長なのに、そんなこともわからないのか？」

煽《あお》られた途端、ギリ、と奥歯を噛みしめたシャレールは声を張り上げて命令する。

「神殿兵！　こやつを捕らえるんじゃ！」

シャレールが叫ぶと同時に、取り囲んでいた神殿兵たちがざっと足を踏み出してくる。

「お前たち……この俺を捕らえるつもりか？　狂戦士と呼ばれた俺を相手にして、無傷でいられると思うなよ」

レオナルドはユリアナを後ろに庇い、剣を構えるとまとう空気を一気に変えた。

殺気だった目をして目前の兵士たちを睨みつける。

「いいだろう、死にたい奴からかかってこい」

地を這うように昏く低い声を出しながら、腰を落とす。

兵士たちが覚悟を決めるようにゴクリと喉を鳴らすが、レオナルドの覇気に恐れをなし、誰も先陣を切ることができない。

途端、正門の方で人の騒ぐ声がするのと同時に、どどどっと馬に乗った大勢の騎士が入り込んできた。

一気に神殿兵たちを取り囲むと、馬のいななきがあちこちから聞こえてくる。

すると騎士団の先頭にいる男性が声を張り上げた。

「早まってないか！　レオナルド！」

「兄上！」

騎士団を率いていたのは、エドワードであった。

王太子権限を使って、騎士団を動かしたのだろう。周囲を見渡した彼は「良かった、間に合ったか」と小さく呟いた。

神殿兵たちは、馬上にいる騎士団を見て戦意を喪失していた。馬に乗った騎士と戦う装備もなければ、警備中心の彼らは戦う方法を知らない。

騎士団がこの場を制圧したのを見て、エドワードは厳しい顔をして鋭い声を出した。

「神殿長殿。隣国の間者と通じていた疑義が生じている。貴族院の議長殿の立ち合いのもと、王宮で取り調べさせていただこう」

「何をっ！」

くしゃりと顔を歪めたシャレールは、馬上にいるエドワードを睨みつけた。するとユリアナを抱きかかえたレオナルドが冷たく言い放つ。

「証拠としてこの薬をいただいた。観念してもらおう」

「このっ、若造が！　私は……！　私は！」

シャレールは力を失くしたようにその場に項垂れた。この毒を作ったのは自分だと言ったからには、もう言い逃れはできない。

騎士が彼女を捕らえようとしたところで、シャレールは懐からもうひとつの小瓶を取り出した。レオナルドに渡したものと同じ色をしている。

「神殿長殿っ！」

エドワードが慌てて声をかけるが、彼女は蓋を開けるとそれを一気に飲み干してしまう。

「っ……うぐっ」

前のめりになって、神殿長はその場に倒れた。その拍子に、手にしていた瓶が転がっていく。

彼女の作った毒は、即効性の高い猛毒だった。倒れたまま、ピクリとも動かない。

音だけでは何が起こっているのかわからず、ユリアナはレオナルドの服をギュッと握りしめる。

「殿下？」

「もう大丈夫だ、もう……」

その声を聞くとユリアナはレオナルドの腕の中で、安堵すると同時にふらりと意識を手放した。

第八章

翌日、レオナルドは王宮にある王太子の執務室に入ると、エドワードに報告書を渡す。

「シャレール・ビレオ神殿長、享年八十五か……」

エドワードはそれを読み、厳しい顔をしたまま机の上に置いた。

シャレールはレオナルドを殺めようとしていた。それも、妄執の果ての犯行だった。

ユリアナを姉と慕う先代の先見の聖女と思い込み、レオナルドのことは彼女を死に追いやったかつての王弟の生まれ変わりだと信じ込んでいたとの証言が、側近から得られた。

「神殿長の死因についてだが、やはり同じ毒が検出された。お前を狙った襲撃犯が殺された時の毒だ」

「やはり、そうではないかと思っていたが……」

レオナルドはシャレールから小瓶を渡された時に、既にその匂いから襲撃犯を殺めた毒だということに気がついていた。

シャレールの真意を引き出すために、わざと飲む振りをした。少しかかってしまったが、元々毒を慣らしている身体だからさほど影響はなかった。

彼女の執務室からは、隣国との取引をしていた証拠の書簡が見つかる。

「黒幕は神殿長であったか。……これから忙しくなるな」

「兄上。これを機に神殿内の改革を進めるつもりでしょう」

「そうなるな」

神殿長の自殺は民衆にとって衝撃的すぎるため、老いによる自然死と公表された。今の神殿を率いているのは、秘匿の聖女と呼ばれるスカラを中心とした聖女たちだ。

スカラは騎士団を引き連れたエドワードのために門を開けるなど、以前のシャレールと違い王族にも協力的な人物だ。

事件の解明も、今後の改革も進めやすいだろう。

エドワードは静かに立ち上がるとレオナルドに声をかけた。

「まだユリアナは目覚めないのか」

「はい。今はアーメント侯爵邸で休んでいます」

レオナルドは乱れた髪を構うことなく、一睡もしていない様子で立っていた。

ユリアナは強度の緊張がたたったのか、意識を失ってから目覚めないままでいる。呼吸は規則的にあることから、今は部屋で安静を保っていた。

「お前もようやく、彼女と会えたというのに。……心配だな」

「いえ、必ず彼女は目覚めます」

「ああ、そうだな。お前は、彼女のところに行くのか？」

「……はい」

エドワードは窓辺に立つと、白く雪に覆われた王宮の庭園を見回した。ひんやりと冷たい空気が窓を通じて肌を刺す。

「街中は昨日の審問会の話題でいっぱいだ。お前のことが新聞で『身分を捨てた恋』と書かれていたぞ」

「……あぁ」

机の上に置かれた新聞は、審問会の記事で溢れている。第二王子と、先見の聖女の悲恋物語の詳細が書かれているが、真実ではないことの方が多い。

明日は、ここに神殿長の崩御の記事が載るだろう。

「陛下がお前のことを心配していた。後で顔を見せるといい」

「わかった」

「覚悟は変わらないんだな」

「あぁ、俺は控訴しない。このまま王籍を抜け、ユリアナのところへ行く」

「何もかも捨てることになるぞ」

「……それでも、彼女の傍にいたい」

エドワードは長い息を吐いた。すると窓が白く濁っていく。

「お前の……いや、お前たちに罪はない。今も昔も、この雪のように白いままだ」

「兄上」

「陪審員の何名かが神殿側から賄賂を受け取っていた疑惑がある。だが、判決は判決だ。王族が法を軽んじたとあれば、今後誰も法律で取り締まることなどできない」

「わかっている」

「……三年だ。三年経ったら戻ってこい」

レオナルドは黙ったままエドワードに背を向けた。何も、約束することはできない。全ては、ユリアナのために生きると決めている。

「兄上……すまない」

「いや、なに。頑固なお前のことだからな。隣国の皇女の件も、私に任せておけばいい。交渉で何とでもなるものを、陛下もいつまでも先見の聖女にこだわるお前を心配して、敢《あ》えて進めていたにすぎない」

「そうだったのか」

「……お前は家族だからな。たとえ王族でなくなったとしても。そのことは忘れるな」

くるりと背を向けたエドワードは、もう話は終わったとばかりに部屋を出ていく。その後ろ姿に、レオナルドは頭を下げて見送るのだった。


荷物をまとめるために自室に寄ったレオナルドは、部屋の片隅にかけられているバイオリンを手に取った。

もう一度、彼女にこの音色を聴かせたい。そしてまた、一緒に曲を奏でたい。

全ての音を吸収するように、都に雪が降り積もる。黒い外套を着て革の手袋をはめたレオナルドは、馬に跨るとアーメント侯爵邸に向かって駆けだしていた。

「……冷えるな」

王宮から馬を走らせ、レオナルドは林の中を通っていく。

粉雪が舞う中、まっすぐな道は白い雪で覆われ、黒々とした木々の枝にも積もっている。騎士服を着た彼は、ひたすらに前を向いていた。

――俺は、ユリアナを辛い目にあわせてばかりだな……。

手綱を引き寄せ、レオナルドは曇った空を見上げる。ブルルッと馬が息を吐くと白い空気が流れていく。

冷たい雪がポツリ、ポツリと頬に落ちると、レオナルドは目を閉じた。

弱音を吐くのは、今だけだ。

ユリアナの前では、もう二度と悲しみの涙を見せないと決めている。彼女に顔を触れられた時、不覚にも泣いてしまったことをレオナルドは後悔していた。

一緒に過ごしてみると気がついた。彼女は目が見えないことで、人の心の機微に聡《さと》くなっている。悲しみという感情にも同調しやすいから、気をつけないといけない。

――俺は、彼女を守る杖になるために、傍に行くのだ。

決して、同情したから行くのではない。贖罪でもない。……愛しているからだ。

しんしんと雪が舞い散る中、皮膚を刺すように冷たい空気に晒《さら》されてもレオナルドの胸の内には決して消えることのない熱がこもる。

――ユリアナ、今度は俺が愛する番だ。

レオナルドは再び手綱を引き、雪の上を滑るように駆けだしていった。

アーメント侯爵邸に到着すると、レオナルドはセオドアに真っ先に謝罪した。

信頼してくれたにもかかわらず、聖女であるユリアナの力を奪ったこと、そして審問会が開かれたこと。今回は直接訴えられなかったが、貴族院の議長であるアーメント侯爵も責を問われていることを。

審問会を欠席していたセオドアは、裁判記録に目を通していた。また執事からも事情を聞いている。もちろん、執事からは十日間のことの報告も受けていた。

セオドアは末娘となるユリアナが、大法廷という場でレオナルドへの愛を告白したことを重く受け止めていた。

「閣下、もう一度私を護衛騎士として雇ってください。……そして、ユリアナ嬢の傍にいさせてください」

「レオナルド殿下、恐れ多いことです。いくら王籍を離れるといっても、あなたはこの国を救った英雄の一人だ。我が家が独占するわけには」

「もう、騎士団は辞任してきました。戻るつもりはありません」

「だからといって、殿下ほどの人を我が家に迎えることは憚《はばか》られる」

「もう、王子ではありません。ただの男です。それに、私有財産もほぼ取り上げられてしまいました。この身体しかもう、残っていません。それでも、ユリアナ嬢の傍に侍《はべ》ることをどうか許していただきたい」

レオナルドは直角になるほどに腰を曲げた。

「殿下、頭を上げてください。……そこまで言われるなら、考えないわけにはいきません。ですが、護衛でいいのですか？　殿下の望みは……」

本当の望みは、違うのではないかとセオドアの瞳が訴えている。

確かに、護衛騎士として終わるつもりはない。だが、ユリアナの気持ちが落ち着いていないのに、無理をしたくなかった。レオナルドは頭を上げた。

「今は護衛騎士として仕えることを、許していただければ。ですが、ユリアナの気持ちが固まった暁には……結婚の許しをいただきたい」

最後の言葉は、セオドアを前にして言うのはさすがに緊張してしまう。だが、彼はレオナルドの覚悟を聞くと、ほっとして頬を緩めた。

「わかりました。その時には、お知らせください」

レオナルドの頼みを聞いたセオドアは、彼を迎え入れることにした。こうして正式に、ユリアナ専属の護衛騎士となり、彼女の眠る寝室へと向かう。

そっと扉を開けると、侍女の一人が様子を見ている。レオナルドは彼女に声をかけ、見張り役を交代した。

ゆっくりと息をするユリアナの顔色は悪くない。いつ目が覚めてもおかしくない様子に安堵して、短く息を吐いた。

「ユリアナ、侯爵に認めてもらえたよ。……一緒に、森の屋敷へ帰ろう」

セオドアはレオナルドが謹慎を命じられたことも考慮して、ユリアナを森の奥へ移すことを決めた。空気の綺麗な土地で、彼女をゆっくりと休ませたい。

レオナルドはユリアナの頬を指でなぞると、額にそっと口づける。

おとぎ話のように、王子様のキスで目覚めればいいのに。残念ながらもう王子ではないが、ほんの少し前までは王子だったから許されないだろうか。

そんなことを思いながら、水差しの吸い口から水をゆっくりと移そうとするが、上手く飲み込んでくれない。

コップから口に含むと、レオナルドはユリアナの顎を持って開き、口づけて水を移す。

ごくり、とユリアナが少しだけ水を飲んだ。

すると瞼が震え、口元が少し動いている。

「ユリアナ？」

もう一度水を口に含み移していく。再びユリアナの喉が上下に動いた。

「ユリアナ、ユリアナ？」

――目を、覚ましてくれるのか？

レオナルドはもう一度額に唇を落とし、ユリアナが目覚めるようにと祈る。ピクリと頬の筋肉が動いたように思って顔を離すと、ユリアナの瞼がゆっくりと持ち上がる。

以前と変わらない、美しい紫の瞳が現れた。そして口を開き、唇を動かして顔を横に向ける。

「気が、ついたのか？　ユリアナ？」

意識を取り戻したユリアナは、寝具の中から腕を出して、レオナルドの方へ手を伸ばした。

「レオナルド、殿下……」

「ここだ、俺はここにいる。……ユリアナ」

差し出された手を取り、レオナルドは自らの頬に彼女の手のひらを触れさせた。するとユリアナは顔をゆっくりと微笑ませ、再会を喜ぶように目を細めている。

レオナルドは眉尻を下げ、情けない顔をしながら細い声を出した。

「ユリアナ、良かった、ユリアナ……！」

手袋を外した白く細い手が、レオナルドの一向に冷めることのない熱を受け止めていた。

◇ ◇ ◇

ユリアナが目覚めると、すぐ傍からレオナルドの声が聞こえた。彼の硬い手が自分の手を握り、レオナルドの頬に触れさせている。

——良かった、殿下が生きている。

自分が倒れたことよりも、レオナルドのことが心配だった。彼が生きていることが嬉しいとばかりに、ゆっくりと手を動かして彼の頬を撫でる。

「レオ、ナルド、殿下」

まだ少ししか声を出せないけれど、ユリアナの想いはきっと、指先から伝わっている。無事で良かったと思う気持ちを込めて、手のひらで彼の頬を温める。

「ユリアナ……」

これまでにないほどの柔らかい瞳をして、レオナルドはユリアナを包み込むように見つめていた。

目覚めてからしばらくすると、セオドアが部屋の中に入ってきた。ユリアナが横たわっている寝台の傍らにレオナルドがいるのを見て、そっと目を細める。

「ユリアナ、調子はどうだ？」

　話しかけられたユリアナが、上半身だけ起き上がろうとすると、レオナルドが背中を大きな手で支えた。

「お父様、ずいぶんと良くなってきました」

「そうか……それは良かった」

セオドアは寝台の傍に腰かけ、ユリアナの手を握りしめながら小さく息を吐いた。こうして父が傍に来ることも久しぶりだ。

「ユリアナ。お前はこの家にいるよりも、森の屋敷にいる方が暮らしやすいと思ったのだが……それでいいか？」

森の中にある別宅で、これからも暮らせるなら、その方がいい。

「はい。あちらの屋敷の方が、どこに何があるのかを把握しているので、過ごしやすいです。お父様が許してくださるなら、私は別宅に住みたいです」

都にある実家は、どうしても人の気配が多くて落ち着かない。居心地の悪さを感じるのと共に、レオナルドからも距離を取りたかった。

自分が都にいては、妻となる女性との出会いの邪魔になりかねない。それに、森の奥にいれば先見で視た彼の結婚の話を聞くこともない。

今はすぐ傍にいるけれど、さすがに別宅にまでついてくることを父は許さないだろう。そう思っていたのに、セオドアは意外なことを口にした。

「レオナルド殿下に、もう一度お前の護衛騎士をお願いした」

「え……？　護衛ですか？」

驚きしかない。騎士団に属する彼がどうして自分の護衛騎士になるのか、結びつかない。

「お父様、私はもう聖女ではありません。神殿長様も亡くなられた今、危険は去ったのではありませんか？　護衛など……必要ありません」

レオナルドが小さく身じろぎをした。ユリアナがここまで拒絶するとは、思っていなかったのだろう。彼女に聞こえるように声をかける。

「聖女ではなくとも、護衛は必要だ」

「でも……」

彼のことを思って、森の屋敷に行こうと思ったのに。これでは、離れることができない。それに、どうしても気になることがある。彼が森の屋敷に来ると、大事な機会を逃してしまう。

「殿下は審問会の控訴をしないといけないでしょう？　都に残らないと、できなくなります」

「控訴はしない。する必要もない」

「そんなこと言って！　審問会をやり直せば、王籍は戻るかもしれないのに！」

ユリアナは驚きのあまり手を握りしめて震わせた。これでは、自分の犯した罪を彼に背負わせるようなものだ。

「私、私が命じたからなのに……殿下が罪を被るなんてそんなこと、許されない」

俯いてしまうと、寝台の端に座ったレオナルドがそっと背中を撫で始めた。彼の広く大きい手が温かい。

「俺が王籍を離れなければ、こうしてユリアナの傍に仕えることができない。王位継承権も、兄上にはもう子どもが二人もいるから関係ない。賠償金はちょっと辛いが、神殿長も替わり生まれ変わろうとしている神殿への寄付と思えばいい。都から離れて、森の奥で謹慎するならちょうどいい。何も問題はない」

「そんなこと言っても……だめよ」

戸惑うユリアナの手を握りしめていたセオドアが、声をかける。

「ユリアナ。よく聞きなさい。殿下がお前の傍に十日間も行くことを許したのは、他でもない私だ。聖女を管理する責任を持つ私が、許したのだ」

「お父様……それはそうですが、でも」

「貴族院の議長として、神殿を刺激したくはなかった。だが、娘の親としては……お前から聖女の力を奪ってくれたことは、感謝している」

「！」

レオナルドが小さく肩を震わせる。ユリアナも驚き手を握りしめた。

セオドアが後悔を滲《にじ》ませた声を零す。

「私はどうやら、神殿や王族、貴族院の動向を気にしすぎていたようだ。お前たち二人が真に愛し合っていたなら、もっと早く認めていればと」

「……お父様」

胸が詰まる。

まさか、父から悔いた言葉を聞くとは思っていなかった。

「殿下にお前の傍で仕える十日間を認めたのは、戦果に対する労いの意味合いもあったが……どこかでこうなることを望んでいたのだろう。とはいっても、あの時は殿下の想いを認めることができず、声を出すなと命じていた。だが今度は、そんなことは言わないから安心しなさい」

セオドアの手から温もりが届く。何かを言わなければと思ったところで、レオナルドが応答する。

「閣下のされたことは間違いではありません。神殿からの圧力をはねのけ、ユリアナを森の屋敷で守られてきた。そして私が近づくことを許してくださった。それだけで、十分です」

「そうか、殿下はそう言ってくれるか」

ぐっと声を詰まらせる彼に、レオナルドが言葉を重ねていく。

「私の方こそ、許していただかねばならない存在です。ユリアナが聖女の力を失ったことを外部に漏らし、審問会が開かれるように煽動《せんどう》したのは……この、私です。閣下、それにユリアナ。騒動を起こしたことは本当に申し訳なかった」

レオナルドは二人に向かって頭を下げた。

どうして秘密にしていたことが漏れたのか不思議だったけれど、まさか、彼が噂を流した張本人だとは思っていなかった。

「どうして……どうしてそこまで、危険なことを」

「ユリアナ、君を神殿から解放し、自由に生きて欲しかった。そのためには、聖女でなくなったことを公にする必要があった。相談すれば反対されると思い、俺の独断で進めたことは……申し訳なかった」

レオナルドの声がわずかに震え、真剣に謝っている気持ちが伝わってくる。それでも、彼一人が罪を負うのは納得できない。

「でも……！　王籍はく奪なんて！」

声を荒らげたユリアナの気持ちを落ち着かせるように、セオドアが手を上からぐっと握りしめた。

「ユリアナ。殿下が自分で決めたことだ。確かに王籍からは抜けられたが、私たちは変わらず殿下を尊重する。それでいいではないか」

「でも、だったら護衛騎士だなんて……そんなの、良くないわ」

「殿下がそれを望まれたのだ」

言い切ったセオドアは立ち上がると、レオナルドに顔を向けた。

「殿下、どうかユリアナと話してください。ここからは、二人の問題だ」

そうしてユリアナが戸惑っている間に、セオドアは部屋を出ていってしまう。こうなると、どうやって彼を説得すればいいのだろうか。

すると、セオドアを見送ったレオナルドが近くに寄ってくる。

「レオナルド殿下、護衛騎士なんて、考え直してください。私は……自分のことは、自分でします。それに、もう護衛していただくようなこともありません」

「ユリアナ、俺はもう王籍を抜けているから、殿下と呼ばれる身分ではない。それに、君が貴族院の議長であるアーメント侯爵の大切な令嬢であることに変わりはない。護衛が常に必要なことは、わかるね」

「それはそうですけど……でも、あなたが護衛になるなんて」

「もう、アーメント侯爵の許しはいただいている」

このまま彼がユリアナの傍にいると、未来の妻に会えなくなってしまう。それだけは避けたいのに、何を言ってもレオナルドは離れようとしない。

「でも……そんなのだめなのに」

「ユリアナ、だめなことなどひとつもない。君は、審問会で俺のことを愛していると言ってくれたじゃないか。それは嘘ではないはずだ」

確かに、彼のことを愛しているとあの時証言をした。それは今も変わらない。

「そ、それはそうだけど」

思わず頬が染まるけれど、その一方でどうしても先見で視た彼の将来のことを考えてしまう。

ユリアナの近くにいては、出会いも少ない森の屋敷にいては、彼は将来の妻に会えないのではないか。あんなにも幸せな顔をしていた彼の未来を変えたくはない。

でも……本当は傍にいて欲しい。

戸惑い、揺れるユリアナをレオナルドは必死になって説得する。

「ユリアナ、君が好きだ。幼い頃から君しか愛したことはない。今度は俺が君に身を捧げる番だから、甘んじて受け入れてくれ」

温かくて、大きな手で背中を撫でられながら囁かれると、うん、と言ってしまいたくなる。

でも、そうすると先見した未来を変えることになりかねない。——身体の一部を代償とする可能性も、わずかだが残っている。

「だめよ、あなたが私の傍にいるなんて……」

声が小さくなってしまうけれど、レオナルドが引くことはなかった。

「ユリアナは俺を路頭に迷わせたいのか？　神殿に賠償金を支払ったら、もう財産なんて残ってないから働かないといけない。だが元王族の俺を雇ってくれるような人は、アーメント侯爵くらいしかいないだろう」

そんなことを言われると、何も言い返せなくなる。ユリアナは口をキュッと固く結んだ。

「だから、大人しく俺の護衛を受けてくれ」

ああ言えばこう言う彼に、言葉を返せない。

こうなると彼を以前のように扱おうとしてユリアナは切り返した。

「では、これからはレームと呼びます。私の護衛騎士なんでしょ？」

「あぁ、そうしてくれ」

朗らかに笑ったレオナルドは、ユリアナが認めた途端に上機嫌となる。

押し切られたままではいけないのに、近くにいて欲しいと願う気持ちもある。

——仕方ない、護衛騎士としてなら……いいのかな。未来が変わらなければ、いいのだけど。

「ご、護衛騎士っていうだけよ、それ以上は……だめよ」

「わかっている」

それからは護衛以上にうっとうしいほどの世話を焼く騎士が、ユリアナの傍を離れることはなかった。

ユリアナが目覚めたことを聞き、都にいる間にとスカラが侯爵邸を訪ねてきた。忙しいにもかかわらず、新しく神殿長となった彼女はユリアナと話がしたいと時間を割いていた。

ソファーに座るユリアナの後ろには、レオナルドが立っている。スカラはそれを一瞥すると、二人の正面に座った。

「神殿長はユリアナ殿を、先代の先見の聖女の生まれ変わりと信じていたようだ。年を取って、その妄想が強くなっていた」

彼女はやつれた顔をしながらも、丁寧に説明する。さらに、シャレールの言っていた『聖女の代償による傷を癒す薬』についても話し始めた。

「神殿長が聖女を癒す薬を作れたとは思えない。そうであれば、これまでにも多くの聖女が救われているはずだ」

レオナルドが「やはりそうだったか」と頷いている。

「ではなぜ、期待させるようなことを言ったのでしょうか」

「神殿長はレオナルド殿下を恨んでいたからな。自分で毒を飲ませ、殺めようとしたのだろう。その餌だ。彼女も愚かなことをした」

「……っ、そうでしたか」

あの時、一瞬だったが秘薬の聖女の薬であれば、傷を癒せるのかと思ってしまった。

だが、やはりそんなにも都合の良い薬はない。万一作れたとしても、レオナルドを犠牲にしてまで手に入れたいとは思わなかった。

「全く、妄想の果ての迷惑な話だ。神殿は今、ひっくり返ったような騒ぎになっているというのに」

「そんなにも、神殿は混乱しているのですか？」

「あぁ、この私が駆り出されることが多くて困る。もう一人くらい、名の知られた聖女がいると助かるのだが。ユリアナ殿、元聖女でも構わないから神殿に来てみないか」

「えっ、私ですか？」

スカラがユリアナを誘い出した途端、後ろで立っていたレオナルドが鋭く彼女を睨みつける。まるで、連れ出すことなど認めないと目が訴えていた。

「……スカラ殿」

押し殺した低い声が発せられると、さすがにスカラも彼の反対を悟り両肩を持ち上げた。

「どうやらそれは、後ろにおられる御仁に許してもらえそうにないな。さて」

スカラは顔の向きを変え、レオナルドに声をかけた。

「お二人には礼を言わねばな。これまで神殿は、自らの力で汚職を取り除くことができずにいた。故人のことを悪く言いたくはないが、シャレール神殿長はあらゆることに判断力が落ちていた。私を含め、それを苦く思っていた者も多い」

「では、スカラ殿はこれまでの神殿を変えたいと思われているのか？」

「そうだな。私の代では、神殿のあるべき姿を取り戻したいと思っている」

スカラは頭を下げて礼を伝えると、これからは神殿内部からシャレール派を一掃したいと言った。

そしてレオナルドに向かい声をかける。

「ここからはユリアナ殿と二人で話をしたい。騎士殿は扉の外で控えてくれないか」

「っ、それは」

「案ずるな。ユリアナ殿を奪うわけではない。ただ、以前聞かれたことを伝えたいだけだ」

スカラに頼んでいたこととは、先代の先見の聖女の話に違いない。シャレール神殿長は亡くなったけれど、二人の間に何があったのか、真実を知りたい思いに変わりはない。

「レーム、控えてくれるかしら。スカラ様が私と二人で、ということならそうしたいの」

「……わかりました」

一言を残し、レオナルドは靴音を立てて部屋を出ていく。スカラはふぅ、と息を吐くとユリアナに向き合うように身体の向きを変える。

「ユリアナ殿も大変だな。あのように図体のでかい番犬がいるようでは」

「番犬、ですか？　都の家に犬はおりませんが」

「いや、気がついてないならいい。二人で話がしたいと言ったのは、先代の先見の聖女のことだ。シャレール神殿長の遺品を整理したところ、彼女に関するものが出てきた」

「まぁ、本当に？」

「どうやら、手紙と日記を残していたようだ」

「手紙とは……どなたとどなたのものですか？」

「先代の先見の聖女が恋をした相手だ。シャレール神殿長がレオナルド殿下を恨む原因となった、先の王弟だ」

「本当に？」

スカラによると、先代の聖女は密かに王弟と恋仲であったという。黒みがかった茶褐色の髪に琥珀色の瞳をした王弟は、神殿と接点を持つうちに一人の聖女を見出した。

ユリアナと同じ紫色の瞳を持つ、先代の先見の聖女だ。

清楚な雰囲気と優しさ溢れる佇まい。たとえ代償があるとしても、先見した未来を伝えるのは聖女の役目と考え、連絡役となった王弟に全てそのまま伝えていた。

だが彼は、先見した内容を公表することに、苦悩していた様子が手紙の中で綴《つづ》られる。

ユリアナと同じく、未来を変えると代償として身体の一部を犠牲とする。彼女の苦痛を王弟は慰め、二人は逢瀬《おうせ》を重ねていた。

けれど聖女との恋は許されるものではない。さらに、自分が彼女を傷つけているとあって、王弟はこれ以上先見したことを伝えないようにと聖女に命じた。

その直後に彼女は、王弟が大国の女王に見初められ、王配として結婚することを先見した。その国の王族と繋がりを持てるとあって、国中で祝福され送り出される映像を見てしまう。

心を痛めつつも、聖女はそのことを王弟に伝えた。

王弟は衝撃を受けるが、未来を変えると聖女が傷ついてしまう。彼はこれまで以上に苦悩しつつも、先見された通り女王と出会う。そして見初められ、国のために結婚することを決めた。

神殿にも女王と二人で訪れ、聖女に囲まれ当時の神殿長から祝福の祈りを受けたと書かれている。

その箇所は、涙が落ちたのか、薄い色の文字が滲んでいた。

「そんなことが……」

ユリアナは言葉を失った。

先代の先見の聖女も、恋する人の結婚する姿を先見していた。そして、相手の幸せを願い身を引いた。

――私と、同じだわ……。

くらりと眩暈《めまい》がする。

二人が恋仲であったことをシャレールは知っていた。そのため、先代の先見の聖女が王弟に利用されたと思ったのだろう。

――実際、そうだったのかもしれない。聖女の恋心を利用していた可能性もある。

けれど、スカラの見立ては違っていた。

「王弟が聖女の心を弄んだ証拠はない。何を先見するかわからないのに、どうやって利用するというのだ」

スカラは手紙の束を整え直すと、ユリアナに語りかける。

「ユリアナ殿にとって、気持ちの良い話ではないと思ったが……。何かを決断する前に伝えておこうと思ってな」

顔色を悪くしながらも、じっと話を聞いていたユリアナは疑問を口にする。

「でも、先代の先見の聖女様は若くして儚くなったと聞きました。先見をしすぎたせいだとも」

「ああ、確かに彼女は短命であった。それも突然、息を引き取ったとある」

「突然だったのですか？　寝込んだりもせず？」

「記録を見る限りでは、朝の祈祷《きとう》も普段通りにした後で突然倒れたようだ。兆候も何もなかったらしい」

もしかすると、先代の聖女は何かを変えていた可能性がある。誰にも伝えなかった未来、それが変わった瞬間に代償によって命を落とした。

――何か、王弟の命に関わることを先見して、それを変えたのかしら……。

想像でしかないけれど、愛する人のためなら、犠牲になっても構わなかったのだろう。その気持ちはよくわかる。

いつの間にか、ユリアナの手の中は汗でぐっしょりとしていた。

「しかし……聖女とはこれほどまでに不自由であるべきか。疑問だな」

「スカラ様？」

彼女は手紙の束をまとめると、箱に入れ直した。

「先代の先見の聖女も、元々は侯爵令嬢と身分のある者だ。王弟と恋仲であったのなら、神殿側が許せば結ばれる道があったのかもと、私は思うのだがな」

「……」

そんなことが当時、許されたのだろうか。今でも神殿の力は強く、王族であっても聖女を自由にはできない。

——でも、それが許されたのなら……。

自分にも、レオナルドと結ばれる未来があったのだろうか。

スカラの言葉に心が揺さぶられてしまう。

けれど、彼の幸せな結婚を先見していながら、自分の想いを貫くことなどやはりできそうにない。

ユリアナは小さく顔を左右に振った。

スカラは時間が来たようだ、と言って立ち上がる。

「ところでレオナルド殿下はユリアナ殿の傍で仕えるのだな。二人はあの森の屋敷に行くのか？私も都に疲れたら、遊びに行かせてもらおう」

「はい、いつでも来てください。森しかない静かなところですが、お待ちしています」

彼女は「また会おう」と言って部屋を出ていった。

ユリアナは片足を引きずりながらも見送るために玄関先まで歩いていく。その腕を、杖になったようにレオナルドが支えていた。

森の奥に佇む屋敷に戻ると、周囲はまだ残雪に覆われていた。以前と同じように、目の見えないユリアナは杖を使いながら過ごしている。

落ち着いた生活だけれど、寝台に横になると毎晩レオナルドのことを考えてしまう。

――もしかして、私は既に彼の未来を変えてしまっているのかも……。

もう先見はできないから、どんな風に変わってしまったのかわからない。

けれど、こんな森の奥にいるのだから、妻になる女性とレオナルドは会わないかもしれない。

――このまま私が、彼を愛していてもいいの……？

未来を変え、自分がレオナルドに愛され続ける。一瞬思い浮かんだ甘い思考がユリアナの全身に喜びを伝えるように駆け巡る。

諦めていた、彼との未来を望んでもいいのだろうか……。ユリアナは寝返りを打ちながら、矛盾する考えに翻弄される。

彼の未来を変えてはいけない。あんなにも幸せそうにしていたレオナルドの未来は、そのままであってほしい。

でも、これほど熱心に自分のことを愛してくれるなら、その方が……。

ユリアナは相反する思いを抱えながらも、口に出すことができずに考え込んでしまう。

――本当に、殿下がここにいてもいいのかな。

レオナルドは判決通り、王籍を抜けてもう王子ではないから、気にするなと言う。

けれど……彼は騎士団でも重要な地位にいたはずだ。こんな、森の奥の屋敷に引っ込んだままで終わる人ではないだろう。でも。

——私のことを、好きだと言ってくれた……。

一度は身体を重ね、想いを交わし合っている。それなのに「護衛騎士のままで」と言ったのは自分の方だ。

——私が、盲目の私が、彼の愛を受け入れてもいいのだろうか。

戸惑いはそのまま、レオナルドにも伝わっている。彼は決してユリアナに、必要以上に触れることはない。

レオナルドを好きだと思う気持ちは毎日育っていく。それと同じくらい、彼の幸せのためにどこかで身を引かないといけないと思ってしまう。目も見えず、片足も悪い自分が愛され続けていく自信が持てない。

先代の先見の聖女も、自らの恋心をしまい込み王弟の幸せを願っていた。それで良かったはずなのに。

ユリアナは寝台で一人、浅い眠りしか取れなくなっていた。

「散歩に行きたい？　だが外はまだ雪が残っていて、寒すぎる」

どうやら大聖堂で倒れた後に丸一日も目を覚まさなかったことで、レオナルドの心配性に輪をかけさせてしまっていた。

都にある侯爵邸から森の屋敷に移動して、もう十日になる。意識を取り戻してからは、体調も別に悪くない。

「でも、歩かないと身体が動かなくなってしまうわ」

「だったらこれを着るんだ」

彼は外套の上に、さらに厚手の上着を持ってきた。

「もうっ、レーム！　こんなに着たら歩けない」

怒ったように頬を膨らませても、レオナルドは動じない。これではどちらが主人なのかわからない。

もちろん元の身分を考えればレオナルドの方がはるかに貴いのだが、本人は気にするなと言う。なのに、彼はユリアナの希望を全て叶えるわけではなかった。

「だったら、俺が抱えて連れていこう」

「そうではなくて、自分で歩きたいの」

以前、声のない護衛騎士だった時は可愛かったのに。

ユリアナの意見に反対などしなかったのに。

いつでもチリン、と鈴をひとつ鳴らして、従順だったのに。

むっとした顔をしても、レオナルドは頭を撫でるだけだった。そのまま後ろの方へ手を流し、髪を梳く。

彼はすっかり、ユリアナの髪に触れることが癖になっているようだ。

レオナルドの一つひとつの仕草が心に染み込んでくる。たとえ口に出して「愛している」と言われなくても、彼のまっすぐな愛情をユリアナは受け取っていた。

いつものように就寝する準備を整えたユリアナに、レオナルドがおやすみと頭を撫でる。眠りの浅いユリアナを心配して、彼は寝入るまでイスに座って見届けるようになっていた。

けれど、今日はもう少し話をしたかった。

ユリアナは上半身を起こしたままレオナルドに声をかける。

「レーム、少しいい？」

「どうした、ユリアナ」

「レームは、いつまで私の傍にいるつもりなの？　騎士団の仕事に戻らなくてもいいの？」

「ユリアナ、そのことは何度も言っただろう。もう、騎士団は辞めてきたから気にしなくてもいい」

ユリアナは勇気を出すと、もうひとつの懸念について聞いてみた。

「私、目も、足も不自由なのよ。今は良くても……あなたの荷物になってしまう」

普通の女性と違い、できることは限られている。

今は情熱があるかもしれないが、それが消えた時に捨てられるのが怖い。捨てられなくても、同情だけで傍にいるのは辛すぎる。

「ユリアナ、俺は君の杖になりたいと言ったはずだ。法廷で言ったことは全て本当のことだ。……君を心から愛している」

私も、と本当は返したい。

けれど、その勇気はまだ持てなかった。

「騎士団は辞任している。それに俺のような者は辺境に送られるだろう。……そうしたら、君を守れなくなる」

レオナルドはゆっくりと言葉を選びながら答えてくれた。

「君が許してくれるなら、俺はいつまでも傍にいたい。……だめだろうか？」

本当にそうなれば、こんなにも嬉しいことはない。レオナルドに傍にいて欲しい、でも……。

まだ戸惑う気持ちがユリアナの中にあった。

「ユリアナ、昔からずっと君が好きなんだ。俺のために目の見えなくなった君を、どうして嫌がることができるのか、教えて欲しいくらいだ。愛している、ユリアナ。君もそうだろう……、素直になって俺を受け入れてくれ」

レオナルドは近寄ると、ユリアナの両手を握りしめる。彼の身体が小刻みに震えていた。

「これまで君は、与えるばかりの愛で俺を愛してくれた。だがこれからは、受け取る愛を知って欲しい。俺に甘えてくれ、今度は俺が与える番なんだ。頼む、俺の手を離さないでくれ……。君の杖なんだ」

ここまで深い愛を言葉でも態度でも示してくれるレオナルドを、ユリアナは疑うことができなかった。

――もう、いいのだろうか。彼を受け入れても、いいのだろうか。

もしかすると、もう既に先見した未来はとっくの昔に過ぎ去っているのかもしれない。これまではいつも、直後に起きる未来ばかりを先見していた。

「レーム……私」

「俺のことを先見した内容が、気になるんだろう？」

問いかけられ、ユリアナはひゅっと息を呑んだ。

審問会の時にレオナルドのことを先見したと証言したが、これまで彼からそのことについて、聞かれたことはなかった。

「話せないなら、話さなくてもいい。ただ、これだけは知っていてくれ。俺が君を愛することは変わらない。どんなことを先見していても、だ」

レオナルドは握りしめていた手を、ゆっくりと解きユリアナの頭の上に置いた。触れられた場所から、じわりと彼の熱が移る。

「ごめんなさい、私、まだ……」

まだ、気持ちが整理できない。

レオナルドの愛に応えたいのに、どうしても先見した時の映像が気になってしまう。白い髪の女性の後ろ姿が、魚の骨のように喉の奥に引っかかっている。

ユリアナの戸惑いを受け止めたレオナルドは、そのままゆっくりと髪を撫で続けていた。

「なぁ、ユリアナ。春になったら、音楽会を開かないか」

いつものように、フルートの練習をしていたところでレオナルドに聞かれ、ユリアナは首を傾げた。

「いつも二人だけで演奏しているけど、たまには人を呼んでみないか。兄上も一度顔を出したいと言っていた。ついでに家族を連れて遊びに来るように返事を書いたら、妃殿下が音楽会をしないかって」

エドワードの妻のセシリアが、森の屋敷で音楽会をしたいと言っている。

せっかくだから、昔、王宮で集まった仲間を呼んで、あの頃皆で取り組んだ曲をもう一度演奏しようと話が進んでいるようだ。

「懐かしいだろうが、もし人前に出るのが嫌なら無理しなくてもいい」

無理とは思わなかった。単に、驚いただけだ。

でも幼い頃に王宮で過ごした仲間は高位貴族ばかりで、今は重要な仕事に就いているだろう。彼らがこんな森の奥まで来てくれるのだろうか。

「音楽会だなんて、本当に皆来るの？」

「あぁ、ユリアナが了解してくれたら、日にちを決めよう。暖かい季節になれば、庭にイスを並べてガーデンパーティーもできるだろう」

以前、一度だけレオナルドと庭に出て演奏した時のことを思い出す。

あの時は小鳥のさえずりも入り、三重奏になった。皆で演奏ができたら、もっと素敵な時になるに違いない。

これまで聖女の力を隠すために仲間たちとは距離を取っていた。大法廷でエドワードの声を聞いたのも、久しぶりだった。

彼らと最後に会ってから、もう五年も経っている。

自分も成長して、ずいぶんと雰囲気も違っているだろう。皆、どんな大人になっているのか興味があった。

「楽しみだわ、皆元気かしら」

「彼らも君に会いたいと思っているよ。セシリア妃殿下はもう二児の母だが、雰囲気はあまり変わってなかったな。よし、音楽会をするなら、ユリアナもソロパートを練習しよう。新しい曲も完成させるぞ」

「え？」

恐ろしいことに、レオナルドという鬼教官までもが復活してしまった。


招待状を作成すると、十二人いた仲間のうち辺境にいる二人を除く、十人が揃うことになった。女性は既に結婚している者ばかりで、子どもと夫を連れてやってくるようだ。

男性陣は日頃からエドワードに仕えている者が多い。

楽器に触れるのは皆久しぶりなため、エドワードが宮殿にいる音楽隊を連れてくることになった。音の必要なところを補強してくれるから心強い。

さらにセシリアは、ユリアナにドレスを贈りたいと申し出てくれた。

そのために仕立屋が派遣され、身体のラインを計測されることになる。どんなドレスになるのかは当日のお楽しみらしい。

ついでに、ということでレオナルドの礼服も仕立ててくれるという。

普段はあまり気にしないけれど、時折触れる感触から、彼の服装はだんだんと簡易なものになっている気がする。今では騎士服すらも着ていない。

レオナルドは無造作に髪を伸ばし始め、後ろで小さく結んでいた。

綿でできた服を重ね、厚手の生地のズボンを着て長靴を履く。以前のパリッとした装いとは違い、どんどん使用人と変わらない服になっていくようだ。

「ねぇ、ついでにレームの平服も仕立てましょうよ。最近、簡素な服しか着ていないでしょ」

「いや、俺はこのくつろいだ服装が気に入っているから別にいい。舞踏会に行くわけでもないし、式典もない生活がこんなにも快適だとは思っていなかった」

「もう、そんなこと言って」

それでも彼は服装にお金をかけないようにしているのだろう。だんだんと上質な手触りの服ではなくなっていくことが、気になってしまう。

「仕立屋の方が来た時に頼んでみようかしら」

生まれた時から王子として生きてきた彼のことだから、やっぱり肌に馴染んだものを着て欲しい。

ユリアナはどんな服を頼もうかしらと考えると、楽しみになってくる。彼に何かをプレゼントできることが、嬉しくて仕方がなかった。


その日、都から評判の仕立屋が来るとあって、ユリアナは心を浮き立たせていた。

自分のドレスもそうだけれど、レオナルドの服を注文したい。そわそわとして待っていると、「お嬢様、到着されました」と執事が呼びに来る。

「わかったわ、今行きます」

珍しくレオナルドは先に階下に行き、仕立屋が服を広げている部屋で指示を出していた。ユリアナの足のことを考えて、服を広げすぎないようにしていたようだ。

「あぁ、ユリアナ。こちらが仕立てをされる方だ。今、部屋を案内したところだ」

「初めまして、モンドールと申します。お見知りおきを」

「こちらこそ、ユリアナ・アーメントです。今日はよろしくお願いします」

ユリアナは淑女の礼もできないので、首を傾げて少しだけスカートを持ち上げる。すると仕立屋は助手を紹介した。

「初めまして、フェリシアと申します。父の助手を務めておりますので、よろしくお願いします」

「娘をこの通り、跡継ぎとして修業させているところです」

挨拶をされてユリアナは驚いた。都では職業婦人も増えていると聞いていたが、女性が跡継ぎとして店を任されるとは思いもしなかった。

フェリシアはユリアナを見ると、嬉しそうな声を上げる。

「まぁ、なんて可憐で素敵な方なのでしょう、王太子妃殿下にお願いされて参りましたが、デザインするのがとっても楽しみです。レオナルド様も立派な体格をされていらっしゃいますし、腕が鳴りますわ。では、ユリアナ様、まずは身体のラインを測らせていただきます」

「え、あ、はい」

「私どもはお客様の体形に合わせて服をデザインします。ですから、直接測らせていただけると助かりますわ」

とはいっても、これまでは簡易なドレスしか着ていないため、本格的なドレスを仕立てるのは久しぶりだ。ユリアナが侍女に手を引かれながら別室に行くと、フェリシアもその後をついてくる。

身体の線を見せるのは、どうにも恥ずかしい。けれど彼女は手際よくユリアナの身体を測っていった。

最後はコルセットをつけた状態のウエストラインまで測ることになり、久々に締めつけられたユリアナは息を切らしてしまった。

「フェリシアさんは、凄いのですね。技術もあって、将来はお店を任されるなんて」

「いえ、楽しいから続けているようなものです」

屈託なく笑うフェリシアと話していると、こちらの方まで気持ちが明るくなる。ユリアナは久しぶりに外の人と話すことで、鬱々とした気持ちも晴れるようだった。

「フェリシアさん、あの、私の護衛騎士の服をお願いしたいのだけど」

「護衛騎士とは、レオナルド様のことでしょうか?」

「ええ、そうなの。彼の半袖シャツとか、お願いしたいのだけど……できるかしら?」

「もちろんですわ！」

フェリシアは嬉々《きき》とした様子でユリアナの話を聞いてくれていた。初めて会ったにもかかわらず、話しやすい女性だった。

森の奥の屋敷に移ってからは、人との接点がめっきり減っていたユリアナにとって、新鮮な時となる。

――とても気持ちの良い女性なのね、きっと素敵な人だろうな。

後で侍女にどんな女性なのか聞いてみよう。初めて会う人の容姿はどうしても、教えてもらわないとわからない。

全ての計測が終わったところで、フェリシアはレオナルドに声をかけられていた。

「フェリシア殿とは、以前どこかでお会いしているのではないか？」

「はい！　私、慈善活動で孤児院に服を提供しているのですが、その時にレオナルド様にお会いしたことがありますの。まさか、その方のお召し物を作ることができるなんて……光栄です」

「いや、そうだったか。どこかで見かけたのを覚えていたのは、その珍しい髪の色のせいかな」

「まぁ、この白い髪が役立つ時が来るとは思いませんでしたわ！」

ぞわりと肌が粟立つ。

──今、なんて言ったの？

ユリアナは立ち止まると二人の立っている方向に顔を向けた。確か、今、フェリシアは自分の髪の色が白いと言っていたように聞こえる。

すぐ傍にいる侍女の腕を引くと、ユリアナは耳元に口を寄せてそっと尋ねた。

「ねぇ、フェリシアさんの髪の色って、何色なの？」

「はい、白い色をされています」

時が止まったかのようにひゅっと息を呑む。

──白い、髪の、女性。

血の気が引いて、顔がサーッと青くなっていく。年の頃もレオナルドとちょうど良く、朗らかで気持ちの良い女性。

平民だけれど、今のレオナルドであれば結婚することに問題のない女性。

──まさか、そんな……！

ユリアナは以前視た先見の映像を思い出して身体を震わせた。レオナルドが幸せな顔をして結婚するのは、白い髪をした女性だった。

――こんなところで、出会うなんて。

森の奥の屋敷にいると、出会う女性の数は限られている。

それなのに、白い髪の女性と出会ってしまった。それはやはり、レオナルドの相手はユリアナではないということだ。

「どうした、ユリアナ。顔色が悪いな……フェリシア殿、失礼する」

「は、はい。レオナルド様と、またお会いできるのを楽しみにしています」

レオナルドは近寄るとユリアナの手を取って握りしめた。

何も話せない様子の彼女を見ると、「ユリアナ、部屋に行こう」と言った途端に横抱きにして、持ち上げてしまう。

「普段と違うことをしたから、疲れたのか……。配慮できなくてすまない」

謝るレオナルドに、そうではない、と言いたくても声が出ない。体中の力を抜いて、ユリアナはレオナルドにもたれかかり顔を厚い胸板に押し当てた。

「なんだ、珍しいな……。そんなにも疲れたのか？　さっきまでは元気そうにしていたのに」

彼は二階にある私室へ運び、ユリアナを寝台の上にそっと横たわらせる。

服にきついところがないか確かめると、寝具をかけて「ゆっくり休むんだ」と言って頭を撫でた。

ユリアナは混乱する気持ちを落ち着けるように、ぎゅっと目を閉じる。

――どうしよう、私、どうしたらいいの？

答えは出ているのに、それを認めたくなくて胸が絞られるように苦しくなる。それでも彼のことを考えると、やはりユリアナはレオナルドと一緒にいるべきではない。

心の中に残っていた氷のかけらが再び周囲を凍らせていく。ユリアナの目尻から雫が筋をつくって流れていく。

――もう、彼のことで泣くのはこれで最後にしよう……。

嗚咽《おえつ》を漏らして枕を濡らしながら、ユリアナは眠れぬ夜を一人で過ごした。


穏やかな日々が過ぎていき、冬が終わりを告げる。季節はもう、春になろうとしていた。小鳥たちのさえずりが頻繁に聞こえてくる。

「今日は、暖かくなったわね。そろそろ雪も解けてきたのかしら」

「そうだな、まだ日陰には雪が残っているが、庭も地面が見えるようになってきた」

「だったら、今日は外を歩いてみたい」

ユリアナがレオナルドに声をかけると、彼はようやく「わかった」と言って頷いた。そして散歩用の靴を取ってくると言って部屋を出ていく。

ユリアナは仕立屋が来た日の夜、自分がどうしたらいいのかを考え、ひとつのことを決めていた。

――神殿に行こう。音楽会の日にスカラ様にお願いして、この屋敷から連れ出してもらおう。

いくら追い出そうとしても、レオナルドは出ていかない。

だったら、自分が屋敷を離れるしかない。でも盲目の自分では、レオナルドに見つからないで屋敷を出ることは不可能に近い。

万一出ることができても、生きていくことは簡単ではない。

だから、手助けしてくれる人が必要になる。しかも王家からも、侯爵家からもユリアナを引き渡せと要求されても、断ることができる存在といえば神殿しかない。

以前は神殿に行くのが怖かった。今でも冷たい塔の中を覚えているから、正直なところ抵抗感はある。それでも、選択肢はひとつしかない。

スカラは以前、元聖女であっても名の知られているユリアナであれば、できることがたくさんあると言っていた。

具体的なことまで聞いていないけれど、自分の存在が誰かの助けになるなら、使って欲しい。

ちょうど良いことに音楽会へ彼女を招待していたから、スカラが来ることになっている。ユリアナの姿が見えなくても、たくさん訪問客がいれば探すことも困難だろう。レオナルドも、久しぶりに会う人と話し込んで、自分と離れる隙ができるかもしれない。

神殿に逃げ込んでしまえば、レオナルドと距離ができる。

そして、彼を自由にすることができる。

だから、それまでは――。

レオナルドとの日々を大切に過ごそうと、ユリアナは決めていた。

落ち込んだり、泣いたりすればレオナルドのことだからユリアナの気持ちに気づいてしまうだろう。それだけは避けたくて、ユリアナはこれまでと変わらない様子で暮らしていこうと決めていた。

彼との思い出もたくさん作っておきたかった。

「……ねぇ、レーム。今日は馬に乗って、湖まで行ってみたい。もう、氷は溶けているでしょう？」

ユリアナが可愛らしくおねだりすると、レオナルドは反対しなかった。

ユリアナを軽々と馬上に乗せたレオナルドは、ゆっくりと森の中を進んでいく。

以前と違い、心地よい春の風が吹き抜けていく。うっそうとした森の中を時折小鳥がピチチと鳴きながら飛んでいた。

「すっかり春になってきたわね。これなら音楽会も、外でできるかしら」

「そうだな。森の色がすっかり変わって、鮮やかな緑になっているよ」

「森の香りも、なんだろう……、爽やかになってきたわね」

以前は雪が全ての音を吸収していたが、今は葉と葉の擦れる音まで聞こえてくる。ユリアナは全身を使って森を味わっていた。

「ユリアナは本当に……ここが好きなんだな」

「ほんと、結婚式もお葬式も、全部森でできたらいいのにね。森の中はこんなにも気持ちがいいから」

「結婚式も？」

「ええ、だって森にいる小鳥たちと一緒にお祝いできるなんて、とっても素敵だわ」

ユリアナは軽い気持ちで答えていた。先見した映像では、レオナルドの後ろには祭司らしき人が立っていたが、場所までは特定できなかった。

単に自分なら、慣れない大勢の前で誓い合うよりも、森の屋敷でこぢんまりとした結婚式がしたい。

「そうか……」

レオナルドは顎に手をかけると、考え込むようにして頷いた。

第九章

曲の練習をしながら日々を過ごしていると、音楽会の日はすぐにやってきた。

爽やかな風の吹く晴れた日に、森の奥にある屋敷に人が集まっている。普段は静かな森に、人々のにぎやかな声がこだまする。

音楽会の開催のために、都からかつての仲間とその家族が集まっていた。

――あぁ、とうとうこの日が来てしまった。

今日はレオナルドと過ごす最後の日になるだろう。だからこそ、ユリアナは努めて明るく過ごすことに決めていた。

「まぁ、ユリアナ！　とっても綺麗よ」

「本当、白いドレスがとても素敵だわ。さすがセシリア様のお見立てね」

かつての令嬢たちは口々にユリアナを褒め、変わらない美しさを称えた。

レオナルド王子が身分を捨てて得た恋人――そんな見出しの記事が未だに出るほど、二人の恋愛話は有名になっていると興奮気味に伝えてくる。本当のところは恋人でもなんでもないけれど、理由を詮索されるのもどうかと思い、ユリアナは曖昧に笑みを返した。

セシリアからは白のチュールレースを重ねたドレスを贈られていた。

緻密に編まれたレースは手触りがとても柔らかく、触れることでユリアナもその美しさを想像することができた。

そしてユリアナのドレスと対になるように、黒の礼服がレオナルドにも贈られている。

仕立屋のモンドールが制作したドレスと礼服だった。

どうやらフェリシアは他の仕事を任されたため、ユリアナとレオナルドの服には関わることはなかったようだ。あれ以来、彼女の声を聞いていない。

正直なところ、少しだけほっとしている。

今日はきっと、最後となる思い出の日だから、余計なことを考えたくなかった。

「ユリアナ、今日は妖精のように美しいよ」

「……っ、ありがとう」

レオナルドはユリアナの耳元でそっと囁くと、頬をするりと撫でる。彼の愛情を感じて、思わず頬を桃色に染めた。

――でも、これで最後だから。

明るく笑いながらも、心の中にはまだ雪が溶けずに残っている。

お忍びでスカラも神殿を抜け出して遊びに来ていた。挨拶をする時に、どうにかして二人きりになりたい。

ガーデンパーティーの開催されている庭の隅で彼女は、緑のローブを着て悠然と座っていた。

レオナルドがエドワードに呼ばれ、ユリアナは珍しく一人となる。すると彼女に気がついたスカラが、近寄ってきて声をかけた。

「ユリアナ殿、久しぶりだな」

「この声は、スカラ様でしょうか？」

「あぁ、招待してくれてありがとう。やっと休みを取れたよ。ここは本当に森が素晴らしいな」

「ようこそお越しくださいました。そう言ってもらえると嬉しいです」

ユリアナは周囲にレオナルドの気配がないことを確かめると、声をひそめてスカラにお願いした。

「スカラ様、お伝えしたいことがございます。今、二人きりのようですから、よろしいですか？」

「あぁ、どうした？　とうとう神殿に来る決心ができたとでも？」

「ええ、そのことをお話ししたくて。どうか、今日の音楽会が終わった後に、私を神殿へ連れていってください」

「……！　なんと、本気なのか？」

スカラは声を硬くした。ユリアナが並々ならぬ決心をして告げていることに気づき、言葉を失くしている。

「はい。この屋敷を出たいのですが、一人ではどうにもできません。ご迷惑をおかけするかもしれませんが、どうかお願いします」

「……レオナルド殿は知っているのか？」

「彼にも、誰にも告げる気はありません」

スカラはほう、と息をひとつ吐くと、ユリアナの手をそっと握りしめた。

「何か事情があるのだろうが、今は聞くまい。音楽会が終わったところで、隙を見て私がユリアナ殿の手を握ろう。それが合図だ」

「スカラ様、ありがとうございます……！」

スカラの少しかさついた手の感触を、忘れないでおこうとユリアナは両手を添えて握りしめた。

「問題は、あの狂犬だな……」

「スカラ様？」

「いや、こっちのことだ。ユリアナ殿、来てくれたら助かるよ。神殿は歓迎しよう」

「でも、本当にいいのですか？　目も見えず、足も悪いのでご迷惑ばかりかと」

「そんなことは気にしなくてもいい。できることは限りなくある」

「……っ、ありがとう、ございます。その言葉だけでも嬉しいです」

こんな自分でも、役立つことがあると言ってくれる。今日、この音楽会が終わったら、気持ちを切り替えて生きていこう。

そう思ったところで後方からレオナルドの声がかかった。

「ユリアナ、こんなところにいたのか。スカラ殿と話していたのか？」

「え、ええ。久しぶりにお会いできたから、嬉しくて」

「……そうか。スカラ殿も、はるばるお越しくださり歓迎します」

レオナルドは二人が手を握り合っていたことに目を留めるが、気にする風もなくユリアナの腰に腕を回した。

「ユリアナ、向こうで皆が待っている。挨拶に行こう」

「あ、はい。では、スカラ様。今日はゆっくりとくつろいでくださいね」

「そうさせてもらうよ」

少し強引に腰を引かれ、ユリアナはレオナルドに連れていかれる。

スカラへの頼みごとを気づかれなかったかとドキドキするけれど、彼の様子は普段とあまり変わりがない。ホッとしつつも複雑な気持ちのまま、ユリアナは園庭へと向かった。


会場に二人が戻ると、既に皆は曲の練習を始めていた。

かつての音楽会と同じ楽器を持つことが前提だったが、中にはもう音楽から離れて久しい者もいる。

若い頃のようには演奏できないと言いながらも、今回の音楽会は王太子と一緒とあって、各自猛練習したようだった。

「凄いな、皆一発で合わせてきた」

エドワードも忙しい執務の合間をみて、ピアノを練習したのだろう。かつてほどではないが、なんとか形になっている。

それでも、バイオリンを弾くレオナルドが一番の名手であったため、今回は彼が指揮をすることになった。

上背もあり、屈強な身体つきをした彼の奏でる音楽は繊細でありながら力強い。

森の木々は葉の色を深緑から柔らかい新緑に変えている。

『ラ』の音を出したピアノに合わせ、皆が音出しをしたところで、ひと際大きく小鳥たちがピチチと鳴き始めた。

「では、始めよう」

礼服を着たレオナルドの声が森に響き渡る。

目で合図をしつつバイオリンが演奏を始め、曲が開始する。ユリアナはかつてと同じ『鳥は空へ』という曲を、懐かしさでいっぱいになりながら演奏した。

――あぁ、音が飛んでいく……。

ユリアナはかつて見た、薄い色をした空を鳥たちが自由に飛んでいる風景を思い浮かべフルートを吹いた。ここで演奏するのも、最後かもしれない。気持ちを込めて息を吹き込む。

途中で間違える者も続出するが、演奏は楽しく続いていく。ただピアノとバイオリンは競い合うようにミスをすることはなかった。

心地よい風が吹く中で、人々の笑い声を挟みながら音楽が奏でられる。全ての演目が終わり、拍手を受ける中でユリアナはフルートを膝の上に置いた。

――これだけでも、神殿に持っていきたいな……。

これまで、孤独な時を癒してくれたのは音楽だった。きっと、これからレオナルドと離れて寂しさを感じる時に、支えてくれる大切な楽器。

銀色のフルートを握りしめたその時、人々が歓声を上げる。

レオナルドがバイオリンを持って中央に立っていた。

「かつて、五年前の音楽会では兄による独奏《ソロ》でしたが……今回は譲っていただきました」

聴衆はレオナルドの意図がわかったのか、皆微笑みを顔に浮かべて耳を傾ける。

バイオリンを構えたレオナルドは、情熱的なアレンジをした『愛の賛美』を演奏した。密かに練習していたのか、ユリアナは初めて聴くものだった。

曲が終わると惜しみなく拍手を受ける中、「ユリアナ、君のために演奏したよ」とレオナルドが言った。

——ちょっと待って、この流れは……！

前回の音楽会の最後、エドワードがピアノを独奏した。その後で彼は……皆の前で、セシリアにプロポーズをしていた。

嫌な予感が胸をかすめる。このまま彼に、求婚されるかもしれない。

「ユリアナ、近くに来て」

レオナルドが呼んでいる。でも、彼の希望に応えることなどできない。ドクリと心臓が嫌な音を立てた。その時、戸惑うユリアナの手を小さな手が掴んだ。

「どうしたの？　こっちだよ？」

柔らかい、子どもの手だ。ユリアナが動けないでいるのを、場所がわからないと勘違いしたのだろう。レオナルドのところへ手を引いて連れていこうとする。

「あっ、抜け駆けしてずるい！」

「そうだよ、雪の精に触れていいのは、あそこにいるおっきな王子様だけだよ！」

気がついた時には、子どもの数が増えている。どうやら、演奏者の連れてきた子どもたちのようだ。

するとひと際小さな手が、ユリアナの白い手に触れた。

「わぁ、ユリアナ様、本当に雪の精みたい。真っ白な髪に、白い肌をしてる！」

「ほんとだ、真っ白だね」

「綺麗な白い髪！」

子どもたちが口々に、ユリアナの髪の色が白いと言っている。

――おかしい、私の髪は黒いはずなのに……。

だが、子どもたちの素直な声からは、嘘をついているように思えない。どうしたことだろうと眉根を寄せていると、その表情に気がついたレオナルドが近づいてきて声をかけた。

「ユリアナ。子どもたちが、君のことを雪の精だと言っている。髪も肌も、今日の服も白いからな」

「……！」

ユリアナは今度こそ驚いてしまう。レオナルドまで、自分の髪は白いと言っている。

どうして――？

「あ……私、私の髪の色は、白いの？」

「そうだ。とても白くて、美しいよ」

レオナルドは戸惑うユリアナにゆっくりと説明する。

「白くて、輝くような髪をしている。白銀に近いかな、本当に君は……雪の精のようだ」

「髪が、白い」

ユリアナはその事実に打ちのめされるように、顔を手で覆った。

――私の髪が、白い……。

なんということだろう、白い髪ということはレオナルドの相手と同じだ。

これまで自分の髪の色は黒いとばかり思っていた。

もしかすると、先見した侍女の未来を変えた時に髪色を代償としたのかもしれない。目の見えないユリアナにとって、言われなければ気がつかない事実だ。

「本当に、私の髪は白いの？　黒くないのね？」

「ああ、これまで誰も君に伝えていなかったようだが、もういいだろう。君の髪は雪のように白くて、輝いている。以前の漆黒の髪も美しかったが、今もとても美しい髪色をしているよ」

レオナルドの甘さを含んだ声が柔らかく胸に響く。

かつての自分は、母と同じ黒い髪を誇りに思い、気に入っていた。

だからこそ執事は何も言わず、使用人たちも自分に伝えないでいたのだろう。もしかすると父が配慮して命じたのかもしれない。

そうすると、レオナルドの未来の妻は自分なのかも――いや、きっとそうに違いない。

……そうであって欲しい。

レオナルドはユリアナの手を取るとその前に片膝をついて跪いた。

「ユリアナ・アーメント侯爵令嬢。私、レオナルド・ニスカヴァーラは生涯あなたの杖となり、あなたを支え、愛すると誓おう。どうか、私と結婚して欲しい」

かつて、エドワードがしたようにレオナルドが求婚する。あまりの衝撃に、頭の中が真っ白になる。心臓が早鐘を打つように鳴りだした。

「わ……私……私はっ」

ついさっきまで、諦めていたのに。急展開すぎて気持ちが追いつかない。

「大丈夫だ、ユリアナ。落ち着いて」

レオナルドがユリアナの手の甲をゆっくりと撫でる。立ちすくみながらも、ユリアナの心が震えじわりと熱くなる。

――私が、彼と結婚するなんて……！

いいのだろうか。でも、先見した映像の女性が自分であるならば。

レオナルドを幸せにするのが、自分ならば。

込み上げてくる感情を抑えながら、ユリアナは声を震わせた。

「あ……あなたの求婚《プロポーズ》……お受けします」

返事をした途端、集まっていた鳥たちが一斉にバサバサッと羽音を鳴らして飛び立っていく。

「ユリアナッ」

レオナルドは立ち上がるとユリアナの頬を両手で挟み、顔を覗き込んだ。

「本当に、結婚してくれるんだな？」

「はい……ずっと、私の傍にいて」

言い終わらないうちに、レオナルドの太い腕で抱きしめられる。近くにいた子どもたちが、小さな叫び声を上げると共に、周囲にいる大人が一斉に立ち上がり歓声を上げながら拍手をする。

思いがけないことの連続に、ユリアナは震えてしまうけれど……それを全て、レオナルドが大きな身体で包み込んでいた。

プロポーズが成功したことを皆が祝福していると、エドワードが手を叩きながら近づいてくる。

「レオナルド、それにユリアナ嬢。本当に良かったな」

「はい、殿下」

ユリアナはエドワードを前にして、おじぎをした。左足は変わらず悪いため、レオナルドが隣に立ちそっと支えている。

するとニ人を微笑ましく見ていたエドワードが、懐からひとつの書類を取り出した。

「これは私からの祝いだ」

書類は『結婚証明書』だった。証人の欄にはユリアナの父である侯爵の署名があり、その下にはセイレーナ国王の署名と印が押してある。

「兄上！　間に合ったか、ありがとう！」

「お前は呼んでも王宮に来ることはないからな。頼まれた通り、代わりに署名をもらっておいた。よし、ちょうどスカラ殿もいることだから、今ここで結婚式をしてしまえ」

「えっ」

ユリアナはいきなりのことに驚いて口を手で覆うと、レオナルドが頭を撫でた。

「この際だから、ユリアナ。ここで結婚式をしよう。君が納得できるように兄を通じて父上と侯爵に頼んでいた。それに実はこの衣装も、そのことも考えて用意したんだ」

「えっ、そ、そうなの？」

「以前、君は森の屋敷で結婚式をしたいと言っていたよな」

「そうだけど……本当にここでするの？」

「あぁ、ここで。俺と、今から結婚しよう」

「ええ、ええ、レオナルド……！」

思いがけない提案に戸惑いながらも了承すると、エドワードの指示で使用人たちがテキパキと動いていく。するとあっという間に、会場が整えられた。

「まさか、ここで結婚式の司式をすることになるとは思わなかった」

のんびりするつもりだったのに、と文句を言いながらもスカラは緑のローブを脱いだ。そして紫色の司祭服をはおり、金色の細長いストールを首にかける。レオナルドから事前に準備して欲しいと伝えられていたから、と苦笑いしている。

「スカラ様、ありがとうございます。あと、先ほどの約束はなかったことにしていただければ……本当に申し訳ありません」

「大丈夫だ、最初からユリアナ殿がレオナルド殿の束縛から逃れられるとは思っていないよ。さぁ、神殿長が直々に結婚式の司式をするなど、特別だよ。礼は後でたっぷりと返してもらおう」

「まぁ、スカラ様。私でできることでしたら、なんでも」

「約束したからね」

新緑に溢れる森の奥から心地よい風が吹いてきて、森林の香りが広がっていく。レオナルドとユリアナは森を背景に立つスカラを目指して歩くべく、離れたところに立った。

すると先ほど声をかけてきた子どもたちが、ユリアナに何かを渡そうとして近づいてくる。

「どうした、ん？　何か持ってきたのか？」

「これ、雪の精のユリアナ様の冠を作ったの」

子どもたちが白く丸い花のついた茎を編み込んで、草冠を作っていた。

「まぁ、可愛い！　ティアラの代わりにどうかしら」

渡された草冠を手で触ると、ユリアナはそれを頭の上に乗せた。

緑の茎の間に白い花がぽつりぽつりと飾りのようについている。それは銀糸のようなユリアナの髪をより美しく彩らせた。

「似合っているよ。……本当に、素敵だ」

「そう？　レオナルドがそう言ってくれると嬉しいわ。皆もありがとう」

ユリアナがお礼を言うと、子どもたちは笑顔になって親のもとへ戻っていく。気がつくと音楽会で演奏したメンバーが、再び楽器を持って構えていた。

エドワードの指揮で『結婚行進曲』が演奏される。

「まぁ！　この曲は！」

「兄上が準備していたのだろう」

レオナルドはいつものようにユリアナの隣に立つと、支えるように腕を回した。二人は曲に合わせてゆっくりとスカラの方へと歩いていく。

一歩、一歩。地面の硬さを踏みしめながら、ユリアナは前を向いて進んでいく。

これからはレオナルドと共に歩いていく。

彼に支えられるだけでなく、これからは彼を支えていきたいと願いながら足を踏み出した。

曲が終わるのと同時に、二人はスカラの前に立つ。

「では、誓いの言葉を」

スカラはレオナルドに向き合うと、式文を読み上げた。

「汝《なんじ》、レオナルド・ニスカヴァーラは、ユリアナ・アーメントを妻として、病める時も健やかなる時も、富める時も貧しき時も、生涯敬い、慈しみ、愛することを誓うか？」

「はい、誓います」

レオナルドはユリアナが盲目であっても、変わらない愛を与えてくれた。片足が悪くても、支え導いてくれるだろう。彼の誓いの言葉には真実味があった。

続いて、スカラはユリアナの方を向き同じように読み上げる。

「汝、ユリアナ・アーメントは、レオナルド・ニスカヴァーラを夫として、病める時も健やかなる時も、富める時も貧しき時も、生涯敬い、慈しみ、愛することを誓うか？」

「はい。……誓います」

今のレオナルドには身分もなく、財産もないに等しい。

それでも、ユリアナは構わなかった。むしろ、一人の男性としてまっさらな彼を愛することができる。その喜びに、胸が打ち震えた。

「それでは、指輪の交換を」

スカラは手作りの指輪を取り出すと、二人の前に置いた。レオナルドが自分で彫った、なんの石もついていない木の輪だけの指輪だった。

「いつか、もっと豪華な指輪を贈るから」

恥ずかしそうにしながらも、どこか誇らしげにレオナルドは指輪を持つとユリアナの手にはめた。けれど、薬指にはめると大きすぎて、ぶかぶかしている。

「ごめん、君の指は細かったな……」

彼は眉根を寄せてどこか納得のいかない顔をしていた。

同じように、ユリアナもレオナルドの作った木の輪を彼の薬指にはめる。

手でなぞるとお揃いの指輪には年輪が浮かび上がっている。なんの宝石もついていない、光もないシンプルな指輪だ。

彼は豪華な指輪を贈るというけれど、この木目のある指輪の方が、これから夫婦となる二人を祝福しているように思われた。

ユリアナとレオナルドは、少なくない年数を互いに想い合い、犠牲を払ってきた。それが今日、ようやく結婚という形に実を結ぶ。

ユリアナは自分の指にはめられた木の指輪を、反対側の手でそっと撫でた。彼の想いがこもっている指輪を、もう失くしたくない。

「ここに二人が夫婦となったことを宣誓する。互いに愛し合うように。では、誓いの口づけを」

レオナルドはユリアナに向き合うと紫の瞳をじっと見つめ、羽のように軽く唇を合わせた。

すると、雲の合間から光が二人の上に降り注ぎ、白い鳥たちが頭上を飛んでいく。顔を離した彼は、満面の笑みで緑の冠をつけたユリアナを見つめ、愛おしそうに目を細めた。

見えないそれらを不思議なことに感じ取ったユリアナは確信する。

——あぁ、今。この時を私は先見していたのね。

今のレオナルドの顔は、何度も繰り返し思い出していた笑顔だろう。

先見した未来が今、ここに成就した。

「ねぇ、レオナルド。今、幸せ？」

「……当たり前だ」

ユリアナはレオナルドに「私も幸せよ」と告げると、感極まったレオナルドはユリアナの腰を持って持ち上げた。

「愛している、ユリアナ」

レオナルドは大勢の前にもかかわらず大胆に口づけた。ユリアナも彼の首に腕を回して顔を寄せる。二人は長い時間をかけて、互いの唇の温もりを確かめ合う。

すると子どもを連れてきていたエドワードは、長男の目をそっと手で覆った。

森の館で行われた結婚式は、その後語り継がれるほど神々しいものだった。緑の森を背景にして、白い衣装を着た新婦は幸せに包まれて皆に祝福される。

ガーデンパーティーはそのまま、結婚を祝う会となって賑やかに催された。


「ユリアナ、大丈夫か？　疲れていないか？」

「うん、疲れたっていうより、頭が追いつかない感じがする」

賑やかなパーティーは夕方になる前にお開きとなり、皆それぞれ都に戻っていった。ようやく落ち着きを取り戻した屋敷で二人は、寝台に腰かけると互いの手を握り合う。

「今日は皆、喜んでくれたかな……」

「ああ、満足そうな顔をしていたよ」

レオナルドはユリアナの頭上に手を添えると、ゆっくりと下ろしながら髪を梳いた。

結婚式が終わり、ドレスを脱いでからサッと湯を浴びている。けれど、髪まではしっかりと洗えていない。目が見えなくなってから、腰まで伸ばしていた髪は長くなりすぎないように切り揃えている。

これまでずっと、黒いと誤解していた髪に触れられると、どことなく気恥ずかしい。

「そんなに触らないで……まだ、しっかりと洗えていないの」

「どうして？　俺が嫌がると思うのか？　君の髪は柔らかくて、とても綺麗な白銀色だ。もっと早く、言葉にして褒めておけば良かった」

「白い髪なんて、私ではないみたい」

あの後、執事に聞いたところ、やはり以前いた侍女の未来を変えたと思われる時刻に、ユリアナの髪の色が変わっていたという。

だが、ユリアナがこれ以上落ち込むことのないように、アーメント侯爵がかん口令を敷いたのだった。それ以来、屋敷の誰もが髪の色を口にすることはなかった。

「でも、なんだか間抜けだわ。ずっと自分の髪の色を知らなかったなんて。そのために私は誤解していたのに……」

ユリアナはふーっと深く息を吐くと、先見した内容をゆっくりと話していく。

レオナルドが結婚式をしていたこと。相手の顔は見えなかったが、白い髪をしていたこと。

だから、自分ではないと思い込んでいたこと。

レオナルドに幸せになってもらいたくて、身を引こうとしていたことを。

「そうか。俺の結婚式を先見して、誤解していたのか……。そんなことではないかと思っていたよ」

「……そうなの？」

「あぁ。そのくらいわかるさ。俺がどれだけ君の近くにいると思っているんだ、全く」

レオナルドは、猫のように目を細めると優しく頭を撫でた。

「だからあの仕立屋の娘に会った後に泣いていたんだな。俺たちの会話を聞いて、勘違いしたんだろう」

「フェリシアさんのこと？」

「そうだ。彼女の髪も白かったからな。何か君の気に障ったのかと思って、彼女を外してもらって正解だった」

「あなたが、頼んでいたの？」

「……ああ」

彼は枕を濡らすほどに泣いていたユリアナに気がついていた。

そしてその日会ったフェリシアが原因と思い、彼女を服を仕立てる人員から外して欲しいとお願いしたという。

「そうなの、あの、ありがとう」

ユリアナが弱々しく返事をすると、レオナルドは顔を近づけこつんと額をくっつけた。同時にねだるような甘い声を出す。

「だったらもう、俺から逃げ出そうとは思っていないな？」

「あ、え、あの……」

「どうせスカラ殿にでも頼んだのだろう、今日、音楽会が終わったら連れ出して欲しいとか」

「なんで、そのことを！　聞こえていたの？」

「だから、ユリアナ。俺はどれだけ君の近くにいると思っているんだ」

「……ごめんなさい」

額をぐりぐりと押しつけたまま、レオナルドははぁっとため息を吐いた。

「もう、心にかかることは残っていないか？」

「うん」

返事をするとレオナルドは、ユリアナの左足に触れた。もう動くことのない足は、右足に比べると細くなっている。

「君の足、ちょっと貸して」

レオナルドは足首を持つと、何かを結び始めた。

「これは？」

「昔君に、ブレスレットを渡しただろう？　あのブレスレットについていた琥珀を見つけたから、アンクレットを作ってみた」

膝から下は細くなっている足首に、革紐でできたアンクレットを巻いている。

ユリアナが手を伸ばしてそっと触れると、硬い革紐に小さな丸い石のような琥珀がついていた。もう失くしてしまったと諦めていた琥珀だ。

「ここなら、もうなくならないだろう？」

そう言った彼は、細い左足を持ち上げると足先に口づける。感触のないはずが、まるで唇の熱が移ったかのように温かく感じる。

「レオナルド……」

「これからは失くしても、諦めないで俺に伝えて欲しい。俺は、君の目でもあるのだから」

小さくこくんと頷くと、ユリアナは両手を伸ばしてレオナルドの背中に回した。

「ありがとう。あの時の琥珀を、見つけてくれていたのね……嬉しい」

ブレスレットを失くした夜、彼のことを諦めた。

なのにその琥珀が再び自分のところに戻ってきた。まるで、レオナルドそのもののように。

「もう、諦めないわ」

そっと呟いたユリアナの頬を、レオナルドは両手で挟み込む。

そして声を震わせながら「いいか？」と聞いてくる。結婚した二人にとって、初めての夜。ユリアナは再びこくんと頷いた。

そっと触れ合うように口づけられる。唇が離れると、熱のこもった声で「もう、放さないからな」と耳元で囁かれた。

「ずっと、傍にいて。私も、……もう離れないから」

すると感極まった声で「ユリアナッ」と叫んだレオナルドが、太い腕で細い身体を抱きしめる。

「レオッ、レオナルドッ」

レームではなく、なんの憂いもなく彼の本当の名前を呼んで抱きしめる。それだけで、ユリアナの身体は喜びで満たされていく。

「ああ……ユリアナ、愛している」

レオナルドの乾いた唇と、ユリアナの濡れた唇が重なり合う。厚い胸板に身体を傾けながら、ユリアナは彼の背に腕を回した。

「私も……愛してる」

ようやく口にして、思う存分気持ちを伝えることができる。ほんの少し前までは、そんなことは叶わないと思っていたのに。

レオナルドの肉厚な唇が、ユリアナの唇の裏側の柔らかい部分を食むようにして口づけた。前回は初めてだったにもかかわらず、性急な想いに駆られ彼の愛撫をあまり覚えていない。

まるで初めて味わう果実のように、唇と唇を触れ合わせて互いに吐息を絡ませる。唾液が口の端から零れると、それを掬《すく》い上げるようにレオナルドは舌を伸ばして舐めてしまう。

それだけでなく、顔中に音を立てながらキスを落とした。

「ちょっと……っ、くすぐったい」

気がついた時には彼の太ももに座らされ、男らしい腕が腰に巻きついている。簡易な寝衣を着たレオナルドの身体から、汗とは違う湿った匂いがして、鼻の奥に届いた。

それだけで、恍惚《こうこつ》として身体の奥が疼いてしまう。

レオナルドは審問会が終わってからもずっと近くにいたけれど、ユリアナに欲情して触れたことはない。介助する時も、距離を保ち常に紳士であったのに。

同じ手が、今はいやらしく寝衣の上から身体の形を確かめるように触れている。

でも――嫌ではない。

「はぁ……ユリアナ、俺が怖くないか」

「怖い？　どうして？」

「どうしてって……俺の身体は以前とは違うだろう」

「以前って、まだ細かった時のこと？」

「そうだ。まだ君の目が見ていた時の俺は……ひ弱だった」

レオナルドはそう言うけれど、覚えている限り細身ではあったが背が高く、骨太だったように思う。でも護衛騎士《レーム》として再会した時は、確かに身体つきが変わっていた。先見をしていなければ、レオナルドだとは気がつかなかっただろう。

「そんなことなかったけど、でも、凄く変わったのね」

「あの頃は身体を鍛えれば鍛えるほど、ユリアナに近づけると思っていたからな」

離れて暮らしていた期間——互いに、忘れることなどできなかった。レオナルドは戦場で、ユリアナは森の奥で暮らしながらも想い合っていた。

ようやくその恋が成就したというのに、どうして怖いなどと思うだろう。

「怖くなんて、ないわ。むしろもっと、触らせて？　だって、レオナルド殿下のことが知りたいの。あなたに会えなかった間のことを」

前回も触れたけれど、もう一度確認したい。彼の身体には深い傷跡が残っていた。一体どれだけ怪我をしたのだろう。レオナルドは多くを語らないけれど、英雄とまで言われるほど彼は戦場にいたのだから。

「……そんなに触りたいのか？」

「うん」

「だったら、俺のことは名前で呼ぶこと。もう、君の夫なんだから」

「レ、レオナルド……」

「そうだ」

返事をするとすぐに、レオナルドは上衣を脱ぎ寝台から投げ捨てる。そしてユリアナの手を取ると、筋肉で覆われた身体の上に置いた。

「これは……俺が初めて騎士団に入った時についた傷だ。こっちの傷は、敵国の大将と戦った時に斬られたものだ。あとは……」

レオナルドの皮膚の至るところに、肌が薄く盛り上がり傷痕が残っている。足を怪我する前にはなかったものばかりだ。

「顔にもあるの？」

ふと、気になって腕を伸ばす。これほど近くで、じっくりと触れたことはない。手のひらで頬に触れると、ざらりとした男の肌をしている。少しだけ髭《ひげ》が伸びているようだ。

「顔には小さな傷しかないな。それより、髭が痛いだろう」

今朝方に剃《そ》ったばかりなのに、夜になるともうチクチクとしている。初めて知る男の肌だ。

「……こんなにすぐに伸びるなんて、知らなかったわ」

「隠していたからな。すまない、汗を流す時に剃っておけば良かった」

「ううん、いいの。レオナルドのこと、少しわかった気がする」

「そうか？　だったらこれから、髭を伸ばそうか」

「そうね、それもいいかもしれないわね」

見えていた頃の王子然とした彼とは違い、今は屈強な体つきをしている。もう顔を見ることはできないけれど、こうして触れているだけでユリアナは満足だった。

微笑んだ彼女を見て、レオナルドは耳元で囁く。

「今夜は、優しくする」

どうあっても自分のことを気遣ってくれる彼が愛おしい。レオナルドはユリアナを一度持ち上げると、寝台に優しく横たわらせた。

胸がトクトクと高鳴っている。レオナルドはユリアナの着ているガウンを肩から外すと、寝台の下に置いた。

「自分で脱ぐ？　それとも、俺が脱がせてもいい？」

「……今夜は、脱がせて」

前回は思いきるために自分で脱いだ。だから今夜は、彼の大きな手で脱がせて欲しかった。そしてその手でいっぱい素肌に触れて、撫でて欲しい。

返事を聞いたレオナルドが胴衣を結んでいる紐を解くと、彼の目前には白く盛り上がった乳房が現れる。肩から寝衣を外し、ガウンと同じように寝台の下へ置くともう、ユリアナは紐で両側を縛った下着しか身につけていない。

「綺麗だ。もっとよく見せて欲しい」

そっと剣だこのある手がユリアナの薄い腹に触れ、そのまま乳房を持ち上げる。先端は既に赤く色づき、硬くなっていた。

「んっ」

思わず喉の奥から息が漏れる。もう既に彼に教えられた、これから先の快感を期待してしまうと身体の奥が疼いてしまう。

「寒くないか？」

「うん、大丈夫」

小さな声で頷くと、レオナルドは安心したように再び乳房を揉み始めた。

「前は夢中になっていたから、君を高められなかった」

優しく触れながら、頂に舌を這わせる。チロ、チロと舐めてから吸いつくように先端に口づけ、大きな乳輪を刺激した。

片方の先端は人差し指と親指で挟まれ、くにくにと捏ねられる。

「はあっ、……あっ、んっ」

喘ぎ声しか漏らすことができない。乱れつつある呼吸が、ユリアナの疼きを怖いほどに表していた。

「どう？　気持ちいい？　俺は、凄く気持ちいい。柔らかくて、こんなにも大きい乳房とは思っていなかった。……ユリアナは、成長したんだな」

「もうっ、そんなこと言って」

「仕方がないだろう、小さな頃からユリアナのことを知っているんだから」

ゆっくりと、でも執拗に揉まれた乳房は彼の手の形に合わせて姿を変えている。次第に興奮を覚え始め、白い肌をゆっくりと桜色に染めていく。

両方の乳房の先端を可愛がったレオナルドは、己の昂りをユリアナの太ももに擦り当てた。

「ほら、ユリアナが可愛すぎて、もうこんなに大きくなったよ」

「あんっ、そんなこと、言わないで」

恥ずかしさで頭がゆだる。でも、彼が興奮しているのが伝わり嬉しくなる。

胸ばかりを愛撫するレオナルドに、ユリアナは甘えた声を出した。

「ね、レオナルド、もうキスして」

「ん」

胸から顔を上げたレオナルドが、ゆっくりと覆い被ると顔を寄せた。

「ユリアナ、愛しているよ」

彼の低い声を聞くと、それだけで胸が高鳴り頬が赤くなる。「私も」と言いながら、小さな口を開けて舌を出し、彼の下唇をそっと舐めた。

「レオナルド、私もあなたが好き、好きなの……」

好きという想いは、まるで杯に溜まった水が溢れ出るように、口から零れていく。

うん、わかっているよと囁かれ、レオナルドの唇で口をふさがれる。両手は変わらず乳房を揉みながら、貪るように口づけられ、呼吸が苦しくなる。

「んんっ、んっ」

激しい愛撫に腰が疼く。もっと、触れて欲しい。好きだという想いが溢れて、ユリアナはレオナルドの背に手を回しぎゅっと抱きしめた。

「はぁ、ユリアナ。俺も好きだよ、大好きだ」

胸の先端をふたつの指で挟み摘まみ上げながら、舌で犯すように口づける。キスの合間に好きだと囁かれると、身体中が幸福感で包まれたようにふわふわとなる。

身体を起こしたレオナルドは、膝立ちになるとユリアナの左足を持ち上げた。もう感覚のない足に、彼のつけてくれたアンクレットが巻きついている。

足先を顔に近づけたレオナルドは、動かない親指を口に含んだ。

「な、何しているの?」

彼の動きを気配で察したユリアナは、左足を引こうとする。けれど、踵《かかと》を掴んだレオナルドの手からは逃れられない。

「この足が、俺を守ってくれた」

まるで宝石を愛《め》でるように、足の指先にキスを落とす。力が入らないとはいえ、今もユリアナを支える足であることに違いない。時折引きずることもある足先に、彼は大切な宝物のように触れた。

「レオナルド……だめよ、汚いから」

「君の身体で、汚いところなどないよ」

「でも」

足首に巻かれたアンクレットに、レオナルドは唇で触れた。

「もう……俺のものだ」

誰に聞かせるでもなく、独占欲を滲ませて呟き、息を吹きかける。

細くなったふくらはぎを手でなぞりながら、うっとりとして頬を寄せる。

「これからは、俺がこの足の代わりの杖になる。ユリアナ、ずっと君の傍にいるからな」

執念ともいえる彼の宣言に、思わず背筋に冷たいものが通り抜けていく。きっともう、彼からは逃れようとしても無理だろう。

ユリアナは手を伸ばすと、彼の長い前髪に指を絡ませた。

「私の、レオナルド」

彼の執着にも負けないほど、自分も彼を手放すつもりはない。足と目を犠牲にしてでも、守りたかった人なのだから。

レオナルドの汗の匂いが、雄の匂いとなって漂っている。無意識のうちに腰を揺らしていたユリアナの下着に、レオナルドが手を伸ばした。

「これはもう外すよ。凄く濡れているから」

「もうっ、そんなこと言わないで！　今日のレオナルドは、意地悪だよ……」

「意地悪じゃない。素直になっただけだ」

抗議をするように彼の胸を手で叩くけれど、びくともしない。嬉しそうに髪を揺らしながら、レオナルドは紐をほどくとするりと下着を取り外した。

ぷくっと頰を膨らませると、ユリアナのご機嫌が下がったことがわかったのか、レオナルドは「ごめんごめん」と言いながら頭を撫でる。

はぁっと艶《なま》めかしく深い息を吐いて、レオナルドが身体中を撫で始めた。まるで、自分のものだと確認するように白く吸いつくような肌をなぞる。

乳房に顔を寄せられると、チリッと小さな痛みを感じる。レオナルドは夢中になっているのか、何度も痕をつけ乳房を弄ぶ。

「レオナルド、何しているの？　キスしてるだけじゃ、ないよね？」

「ああ、俺のものだっていう、印をつけてる」

「印？」

「ああ、こうすると白い肌の上に赤い痕がついて……花びらが散ったみたいで、綺麗だ」

そんなことをしなくても、もう自分の身体の全ては、彼のものなのに。裸になったユリアナの素肌に触れながら、レオナルドは欲望を隠すことなく大胆になり、腕の内側にまで痕をつけた。

するると彼は、手をユリアナの薄い腹から徐々に下ろし、銀色の下生えをかき分けると、太い指でゆっくりと秘豆を捏ねた。

「可愛いよ、ユリアナ」

しこった乳房の先端を揉まれながらちゅうと吸われ、茂みの奥の秘裂を擦られる。するとじわりと蜜が滴るように、何かが身体の奥からにじみ出る。

「あっ……なんか、へんになっちゃう」

「そのまま、へんになればいい。快感を覚えるんだ」

ねっとりとした液体がレオナルドの指に絡まり、それを喜ぶように彼は舐めた。

「甘い……本当に、君は全部甘い。はぁ……たまらないな」

普段は剣を持つ手が股の間に置かれ、再び薄い下生えに触れた。秘豆は既に期待でぷくりと膨らんでいる。

「もっと触るよ」

レオナルドは慎重でありながらも、ふたつの指で挟み、上下に扱く。するとユリアナの秘裂から愛蜜がとめどなく流れていく。指の腹で擦られるとまた、快感がユリアナの背筋を貫いた。

「あっ、……はっぁっ」

「ユリアナ、足を開いて」

レオナルドは上体を起こすとユリアナの両膝を持ち、開かせた。しっとりと濡れた蜜口にふっと息を吹きかけ、顔を近づける。

するると指とは違う、生温かい感触が敏感になったところを舐め始めた。

「んっ、んんっ！　そ、そんなところ、舐めないで……」

いくらユリアナが抗議しても、レオナルドは和毛《にこげ》をかき分けて突起に優しく吸いついた。その瞬間、ドクッと快感が素早く矢のように背中を貫く。

「っ、……はあっ、あっ」

息が上がるほどに気持ちがいい。

何度も優しく舐められ、滴り落ちる愛液を吸い上げられる。気がついたら指を差し込まれ、突起の裏側のざらりとした箇所をなぞり、押し上げられていた。

「んっ、んんっ、はぁ――っ！」

あまりの快感に身体が跳ねる。ピクリと震えたユリアナを見て、レオナルドが「達したか」と声をかけた。

「何度でも、達していいから。素直になるんだ」

レオナルドの愛撫は止まらない。何度も高みに持ち上げられ、息も絶え絶えになったところでようやくレオナルドは下穿《したば》きを脱いで昂りを表に出した。

「これを、今からユリアナの中に挿《い》れるから」

白く細い手を引き寄せられ、硬く勃ち上がった剛直を触らせられる。

先端はもう既に濡れていて、傘のようにエラのはった部分まで皮がめくれている。触れると、びくりと動いてまるで生き物のようだ。

「怖くないか？」

「もう、怖くなんてないわ。ただちょっと……大きいなって、思ってるだけ」

つるりと滑るような肌をした雄茎に触れながら、見えない形を思い浮かべる。これが一度は自分の身体の中に入ったのかと思うと、驚きしかない。

「初めての時は、痛かっただろう……俺も、何も言えずすまなかった」

「ううん……レオナルドが気遣ってくれたのは、わかっていたから。それに……痛みも嬉しかったの。あなたに罪を犯させているって、思っていたから」

「そんなことを思っていたのか？」

「だって……聖女の力を奪うのよ」

「だが、もう俺だとわかっていたのだろう？　レームではなく、レオナルドだと」

ユリアナはこくんと小さく頷いた。レームの正体を知っていたから、あの時自分を貫いてと願うことができた。

「レオナルドでなかったら……こんなこと、お願いできなかったもの」

「こんなことって？」

からかいを含ませた声が落ちてくる。今日の彼は上機嫌で、とてつもなく甘ったるい。

「もうっ！　私は必死だったのよ」

「わかってる。俺も……嬉しくて、待ちきれなかった。今もだけど」

レオナルドは濡れた先端をユリアナの敏感な突起に触れさせ、二度三度と往復して擦る。それだけで、甘い痺《しび》れが全身に響くようだ。

つぷりと先端を蜜口から挿れていく。ぐっぐっと押し込められ、圧倒的な質量が身体の中に入ってきた。

「ユリアナ、……大丈夫か？」

「うん……、っ」

「すまない、俺は……、はっ、凄く、いい」

襞の蠢《うごめ》く膣内がきゅうっとレオナルドの昂りを絞り上げ、絡みつく。

前回のような痛みはないけれど、圧迫感が凄い。ユリアナはただ彼の熱を移されたように身体を熱くした。

「あぁ、もう、くそっ……すぐに出てしまいそうだ」

掠れた声を吐きながら、レオナルドがゆっくりと腰を捏ねる。まるで蜜壺《みつつぼ》に形を馴染ませるように、恥骨と恥骨を擦り合わせた。くちゅり、くちゅりといやらしい音が耳に届く。

「あっ……、っ、もうっ、レオッ」

彼の名前を最後まで言えなくなる。昂った熱い楔を膣の奥に挿れられて、身体中の血が沸騰するようだ。

ゆっくりとした刺激だけでユリアナが再び達しようとすると、レオナルドは突起を優しく撫でながら、最奥を突いてきた。

「はっ、……はぁっ、……はっ」

ゆっくりと引き抜かれ、入り口の辺りで止まると再び挿し込まれる。シーツを摑んでいた手を、レオナルドが指を絡めるようにして握りしめた。

「ああ、レオナルド、キスして？」

蕩《とろ》けた声でねだった途端にレオナルドの舌が絡んでくる。彼の厚い胸に乳房の先端が当たると、肌が包み込まれるようで気持ちがいい。

身体中が敏感になり、楽器が音を響かせるように身体が震えてしまう。レオナルドから与えられる快感が徐々に溜まり始め、重い疼きが全身にいきわたる。

次第に動きを速めたレオナルドは、ユリアナの上に重なるようにのしかかり腰を震わせた。

「ユリアナ、重くないか?」

「うんっ、大丈夫っ……それより、離れないで」

上に被さるレオナルドを、全て受け止めることはできない。彼も腕を使い体重を逃しているから、今もこうして素肌を合わせていられるのだろう。汗ばむ彼の肌が湿り気を増し、ユリアナのしっとりとした肌に触れている。

レオナルドは獣が唸るように、荒くなる息を殺すように歯を噛みしめる。それでもハッ、ハッと彼の口からは荒い息が漏れていた。

「くっ……ユリアナッ……う、君はなんて……」

苦悩を滲ませたレオナルドの額から、汗が流れユリアナの頬に落ちる。体格差のある彼が本気で腰を穿《うが》てば、ユリアナの身体はひとたまりもないだろう。力を加減しながらも、レオナルドは速度を上げて抽送を繰り返す。

ずんっ、ずんっとした重みがお腹の奥に届き、疼きが次第に快感となっていく。何度も繰り返されると、甘い吐息を漏らすようになった。

「あぁっ……んぅ……っ、んっ……はっ、レオッ……だめ、きちゃう」

「ここか?　ここが気持ちいいんだな?」

「うんっ……あ、ああっ」

快感を拾う箇所を見つけたレオナルドは、狙いを定めるとそこを突く動きを繰り返す。

「気持ち……い、いいっ」

上擦った声を出すと、中にある男根がずんっと大きくなる。

「あっ……また、おっきくなった？」

「ユリアナが、気持ちいいと俺も気持ちいいんだっ」

余裕を失くした声を出しながら、レオナルドは速度を緩めない。きゅうきゅうと締めつけると、「うっ」と苦し気に呻きつつも、熱い楔を抜き取ることはない。

蜜口から抜けるギリギリのところで止め、すぐに最奥を目指して突き入れる。肌の接着面を減らさないように注意しながら、レオナルドは己の欲望に忠実になっていた。

愉悦は鋭い刺激となり、つま先から脳天まで走り抜けていく。

ユリアナが達する直前に、レオナルドは一気に奥に熱杭を打ち込んだ。

「はああっ……！」

あまりの衝撃に身体中が揺さぶられ、目の前がチカチカとする。

はっ、はっと彼の余裕のない呼吸が聞こえてきたかと思うと、これまでにない速さで楔が抽送された。

「あっ、あっ、ああっ……！」

激しく揺さぶられたユリアナは、我を忘れるほどの快感に全身が震えてしまう。動く方の片足を彼の腰に巻きつけると、余計にレオナルドの動きが速くなる。

レオナルドは最後とばかりに背を反らし、「くっ」と低く呻いた瞬間に膨れ上がった楔で最奥を突いた。

同時にユリアナも快楽の頂に登り、目の前が白くなる。

彼は息を止めると腰を震わせて、白濁した欲望をどくどくっとユリアナの中に吐き、二度三度と腰を動かして擦りつけた。

「はっ、はっ、はぁっ……、すまない。激しくしすぎたか？」

ユリアナは絶頂の余韻にぽうっとしつつも、顔を横に振る。さすがに声を出す余裕はない。

「そうか。俺は……最高に良かったよ」

息を整えながらレオナルドは、雨のように顔中にキスを降らせてくる。そして濡れた布巾を引き寄せると、ユリアナの身体を優しく拭き始めた。

「ユリアナ……、身体の方は大丈夫か？」

「っ、もう、凄かった……」

はぁはぁと浅い呼吸を繰り返す。今朝からの疲れもあり、ユリアナは身体に力が入らない。

「疲れさせたか」

「うん。でも……嬉しい」

胸を上下にしながら、ユリアナは下腹の辺りを手で撫でた。この奥に、彼が子種を放っているはずだ。

「ね……赤ちゃん、来てくれないかな」

いつか、許されるなら、彼の子を身ごもりたい。そう伝えると、布を置いたレオナルドが隣に寝ころんだ。

「ユリアナは、気が早いな」

「そう？　前の時も、こうして撫でると、あなたが子どもを残してくれるんじゃないかって。でも、赤ちゃんができても絶対に知らせないって思っていたから……」

「なんだ、俺はユリアナを諦めるものかと覚悟していたのに」

「え？　あの時から？」

「ああ、もちろんだ。でなければ『抱いて』と言われたからって、簡単に抱くことなんかしない」

「だって……」

あの言葉は、最後の夜だと思っていたからこそ、勇気を振り絞って言うことができた。

あの夜があったから、今の幸せを得ることができた。

二人で裸になって寝台に横になりながら、ユリアナは深く息を吐く。

戸惑いも、悩みも、喜びも、全てのことが今の幸せに繋がっているように思えてくる。

「ありがとう、レオナルドが諦めなかったから……なのね」

レオナルドは寝具を一緒に被ると、腕を伸ばしてユリアナの髪を手で梳き始めた。事後の甘ったるい空気が二人を包み込む。

「君の髪は本当に綺麗だ。柔らかくて……銀糸のようだ」

「私、ずっと私の髪は黒いと思っていたから、まだ信じられないわ」

「自分の髪は黒いと思い込んでいると、いくらヒントがあってもわからないものだ。はっきり伝えてくれた兄の子どもたちに、感謝しないといけないな」

「ええ、今度何か、木でおもちゃでも作りましょうよ。あなたなら得意でしょ？」

「ああ、そうだな。木彫りの熊でも贈ろうか」

「もう！　熊を彫るならもっと可愛いものじゃないとだめだよ」

くつくつと笑ったレオナルドの胸を軽く叩くと、彼はその手を引き寄せた。すると頬が厚い胸板に触れる。

レオナルドがユリアナの額に唇を落とせば、触れた先から彼の深い愛情が染み込んでくる。

――温かい。

これまで眠る時は、冷たいシーツの上に横たわるだけだった。レオナルドが恋しくても、諦めるしかないと思い、声にならない悲鳴を闇の中に放り込むだけだった。

でも、これからは違う。

いつでもレオナルドが傍にいて、彼の温もりを感じながら眠ることができる。もう、不安な未来に怯えなくてもいい。

――私の光《レオナルド》。

暗闇の中にいても、レオナルドの大きな愛が光となって導いてくれる。

ユリアナは胸の中に溢れる幸せを噛みしめながら、ゆっくりと瞼を閉じるのだった。

番外編　アーメント侯爵夫妻の訪問

初夏となり、緑が湧き立つように葉が茂っている。最近のお気に入りは、レオナルドの愛馬に乗せてもらい遠出をすることだ。

「ね、今日はどこまで行くの？」

「雨が降るかもしれないから、湖までにしておこう」

彼の返事に頬が緩む。森の入り口にほど近い湖は、いつ行っても新鮮な気持ちになれる。緑の増えた森の空気を吸い込むと、まるで心まで洗われるようだ。

今日は曇り空なのか、空気がしっとりとしている。

澄みきった湖に近づくと、レオナルドは馬の歩みを止めた。

「ユリアナ、ここで下りよう」

レオナルドは腰に佩いた剣をカチャリと鳴らしながら、ユリアナの細い腰を持ち上げる。ふかふかの葉と草の生い茂った地面に足を下ろし、彼の腕に摑まって歩いていく。

ここからは鳥たちのさえずりがたくさん聞こえる。足元は草が露を含んでいるのか、少し冷たいくらいだ。

湖畔に到着すると、レオナルドは立ち止まって隣に寄り添った。

「アーメント侯爵が、夫人と一緒に訪ねてくる予定だ。その、俺たちの結婚祝いに」

「まぁ、お父様とお母様が？　お母様だけならともかく、お父様も一緒だなんて。お仕事は大丈夫なのかしら」

何といってもセオドアは、貴族院の議長として毎日忙しくしている。たまの休みも、侯爵家の領地のことで忙《せわ》しない。

そんな彼が森の屋敷に来るなんて、と思うけれど。でも末娘の結婚を祝いたいと言われると、断ることなどできない。むしろ嬉しい。

「そのことだが、驚かないで聞いて欲しい」

「どうしたの？」

「閣下はこの度、貴族院の議長職を辞任した。副議長であったジェルバ公爵へもう引き継ぎを済ませたようだ。夫人と一緒に、ゆっくりと旅をしたいと手紙には書いてあった」

「そうなの……」

先見の聖女の監督責任を負っていたセオドアにも、非難する声が上がったのだろう。驚きもあるけれど、やはり、と思う気持ちの方が強い。

「他にはお父様に罰はなかったの？　私が聖女でなくなったことで」

「罰金があったと聞いているが……アーメント侯爵家を揺るがすほどの額ではなかったようだ」

森の屋敷にいると、どうしても情報が限られる。レオナルドから聞かされなければ、ユリアナが知ることはない。

それでも彼は、いいことも悪いことも、こうして教えてくれるから信頼している。

「だったら、お父様たちを歓迎しないといけないわね」

「ああ、俺も何か仕留めておくよ」

「まぁ？　今度は何を狙っているの？」

レオナルドは地元の猟師と知り合いになり、時折森の奥へ動物を狩りに行っている。自分たちの食料にもしているが、身体を動かしたいのだろう。

騎士団を辞めたといっても、毎朝の鍛錬は続けている。何かあった時に、ユリアナを守れないといけないからと言っているけれど、だんだん筋肉の量が増えているような気がする。

彼はセオドアが来るとあって、新鮮なジビエ料理を振る舞おうとしているようだ。

「猪《いのしし》用の罠《わな》を仕掛けておこう。あとは、当日の朝にキジを仕留めることができるといいが」

最近のレオナルドは、高貴な身分であったことなどみじんも感じさせない。このまま猟師になってしまいそうな感じもする。

──お母様が、驚かないといいのだけれど……。

ユリアナは一抹の不安を胸に抱きつつも、初夏の美しい風景を肌で感じるのだった。


そして、アーメント侯爵夫妻が訪問する日がやってきた。晴れ渡った空には雲ひとつなく、雨の多い季節にしては爽やかな天気だ。

けれどユリアナは、朝から気分が優れないでいた。夜明け前にレオナルドは猟に出かけてしまい、一人で朝食を食べようとするが何も口にできないでいる。

「奥様、お水を用意しました」

「うん、ありがとう……。そこに置いてくれる？」

着替えの補助を侍女に頼んでいる。今日ばかりはしっかりとした服装で両親を迎えたいのに、コルセットで締めつけられると、吐き気までする。

それでもアーメント侯爵家の娘として、みすぼらしい姿を見せたくない。結婚したからには、レオナルドの伴侶としての矜持《きょうじ》もある。けれど。

「大丈夫ですか？　お顔の色も良くないので、今日はドレスではなく、こちらのワンピースの方がよろしいかもしれません」

侍女は衣装棚から肌触りの良い生地のワンピースを取り出した。ユリアナが一人で着替えられるように、シンプルなものだ。

「そうね……そうしてもらえるかしら」

久しぶりに両親に会えるのに、気分が盛り上がるどころか胸の辺りがむかむかとしている。

おかしいと思いつつも、緊張のせいかと思い準備を整える。

そうしているうちに予定よりも早く彼らが到着したことを聞き、ユリアナは玄関に出迎えに行った。

「まぁユリアナ、久しぶりね。元気にしていた？　って、え、ユリアナ？」

「おっ、お母様……っ」

シルフィの声を聞いた途端、ユリアナの涙腺が崩壊した。

いきなりのことで自分でも混乱してしまう。手を伸ばすと、父親のセオドアの硬い手がユリアナを支えてくれた。

「ユリアナ、大丈夫か？　顔色も悪いが」

「うっ……ううっ、お、お父様……っ！」

二人の声と、セオドアのつけている清廉な香りを嗅ぐと、懐かしさが胸いっぱいに広がっていく。まるで子ども時代に戻ったかのように、セオドアに縋《すが》りついて泣いてしまう。

「どうしたんだ、ユリアナ。そんな粗末な服を着せられて……殿下は何をしているのだ！」

「ちっ、違う……う、ううっ」

服装を選んだのは自分であって、彼は関係ない。今は二人を歓迎するために、狩猟に行っていると言いたいのに、涙が言葉の邪魔をする。

セオドアの胸を借りるように泣きじゃくってしまう。おかしいと思いつつも、止められない。

「……わかった、ユリアナ。お前がこんなに泣くほど、殿下との結婚生活が辛いんだな。早く様子を見に来なくて悪かった。私たちが来たからには、安心するんだ」

「お、お父様……」

違う。レオナルドは何も悪くない。悪いのは気分であって、彼は関係ない。それなのに。

「あっ……ああっ……」

涙が溢れ止まらない。何も悲しくないのに、むしろ両親と会えて嬉しいのに、感情の波が激しく胸を締めつけてくる。

「ユリアナ、一緒に帰りましょう。もう、何も我慢することはないわ」

シルフィの温かい手が背中に添えられる。二人を心配させているのが心苦しい。

しゃくりあげながらも顔を上げ、セオドアに「違う」と伝えようとしたところで、馬のいななく声が庭に響く。あれはレオナルドの愛馬だ。

するとドタバタと音がするのと同時に、レオナルドの叫ぶ声が耳に届く。

「ユリアナッ！」

「きゃあああっ！」

彼が近づいた気配と共に、シルフィが甲高い声で叫び声を上げた。淑女の鑑《かがみ》と言われる母からは聞いたこともない声だ。

同時にセオドアはユリアナの腕を解き、ふらりと倒れ込むシルフィを抱き留める。気絶するほどの何があったのだろうかと、ユリアナは訝しんで眉根を寄せると、涙は一瞬で止まってしまう。

「殿下っ！　な、何事ですか！　そのような姿で……！」

シルフィを抱きかかえたセオドアが叫ぶ。

「あ、ええと、これは」

「それに！　殿下にはほとほと呆れました。ユリアナにこのような仕打ちをするとは……娘はこのまま、連れて帰ります」

「か、閣下！　それは一体どういうことですか。私はただお二人を歓迎したいと」

レオナルドが説明しようと近寄るのと同時に、獣の生臭い血の匂いが漂ってくる。きっと、猟から帰ってきた姿のまま玄関に来たのだろう。

「うっ」

今度はユリアナの胃がもたなかった。吐き気をもよおし、口を手で覆う。

「ユリアナッ」

慌てたレオナルドが近寄ろうとするけれど、匂いがきつくてたまらない。来ないで、とあいた方の手を振るけれど、今の彼には通じなかった。

玄関は混乱を極めた。

一人は気絶し、一人はうずくまる。

とにかく二人が落ち着くまでと、アーメント侯爵は屋敷の中に入ると主《あるじ》として采配を振るった。

◇　◇　◇

「かたじけない」

水を浴びて髭を剃り、さっぱりとした服装に着替えたレオナルドは、セオドアを前にして頭を下げた。

白髪の交じる髪を後ろに撫でつけたセオドアは、腕を組みながら厳しい目をして、背中を見せた彼を見下ろしている。

猟の途中で獣を切りつけた時、血を浴びてしまった。屋敷に戻ると、もう侯爵夫妻が到着したと聞き、着替えようかと思ったがユリアナの泣き声が耳に入り、そのままの姿で玄関に走っていく。

慌てたレオナルドが彼女に近づくと、顔にも返り血を残したままの姿にシルフィが驚き叫び声を上げて気絶した。

ユリアナも血の匂いがだめだったのか、口に手を当てたままうずくまってしまった。

先ほどの失態を思い出し、レオナルドは再び謝罪する。

「申し訳ありませんでした、閣下」

「いや、殿下が猟をされると聞いていなかったこちらの落ち度もある。頭を上げてくれ」

セオドアはそう言うけれど、かなり怒っている。

レオナルドとしては、どうしてこうなったのかと自問するがわからない。とにかくユリアナが泣いていた原因がわからなかった。

ゆっくりと頭を上げた彼は、騎士団仕込みの直立不動の姿勢となり思考する。

——幸せそうにしていたが、やはり両親が恋しかったのか？

だが、ユリアナは五年も前から家族と離れ、この屋敷に住んでいる。今さらと思わなくもない。

それに今日はドレスを着ると昨夜も言っていた。久しぶりに盛装を楽しみにしていたのに、普段使いのグレーのワンピースを着ていた。

あれでは、セオドアたちが誤解しても仕方がない。侍女によると、今朝から気分が悪くドレスを着ることができなかったと言っていたが……。

今、ユリアナは医師の診断を受けている。シルフィも同じ部屋にいるため、近くに寄ることは憚られた。だが、やはり傍に行って様子を見たい。

ちらりとセオドアを見ると、彼は静かに怒りをまとったままだ。

義父をこのまま部屋に待たせて、自分だけが妻を見に行くことは許されないだろう。

レオナルドは額から汗をひと筋垂らしながら、ひたすら待つのであった。

ユリアナの診断が終わると、医師が結果を伝えるために二人の待つ部屋に入ってくる。

レオナルドを見た初老の医師は、朗らかな声で説明した。

「若い奥方様は妊娠されていらっしゃいます。まだ初期段階なので、匂いの強いものを避け、安静にすれば気分も晴れるでしょう。感情の起伏が激しくなることもありますが、つわりの症状のひとつです」

レオナルドは息を止めた。

思いもしなかったことだった。いや、いつかは授かって欲しいと思っていたが、結婚してまだ半年も経っていない。

それなのに、もう。

パチパチと瞬きをして、思わずセオドアの方を振り返る。すると彼は予想していたのか、それほど驚いていない。

「先生、私の妻はいかがでしたか」

「侯爵夫人でしたら、もう目が覚めて気がついておられます。娘が妊娠したと聞き、早速世話をしたがっておりました」

「では、もう会いに行ってもよろしいか？」

「大丈夫です。ただ、しばらくは安静にした方がよろしいかと」

「わかりました」

すると医師は、説明は終わったとばかりに帰ろうとする。レオナルドは焦って彼を引き留めた。

「あ、あの。妊娠とは、子どもを授かったということか」

「その通りですが」

「いつ頃、生まれるんだ」

「まだ初期なので、順調に生まれるとしたら冬になるのかと」

「そうか……。冬か」

呆《ほう》けた顔をしたレオナルドの肩を、セオドアが叩く。その手はもう怒ってはいなかった。

「殿下、まずは顔を見に行きましょう。詳しくは話を聞いてからだ」

「は、はい」

三人の子の父親であるセオドアは、レオナルドを促すようにして部屋に向かう。まだ実感も何もないレオナルドは、誘導されるままであった。


ユリアナの休んでいる部屋をノックすると、彼女の機嫌の良い声が聞こえてくる。

「はーい、レオナルドかしら？」

「ああ、閣下も一緒に入ってもいいか？」

「お父様も？　ええ、いいわよ」

どうやらもう吐き気もないようだ。ホッとひと息吐いて部屋に入ると、ユリアナは窓から入る日差しを受けながら、寝台のヘッドボードにもたれかかるように座っている。ゆったりとした白い寝衣の上に、大判のショールをはおっていた。

「もう大丈夫なのか？」

同室にアーメント侯爵夫人がいるにもかかわらず、レオナルドは目もくれないでユリアナに近寄っていく。寝台の傍に来ると腰を屈め、彼女の細い手を握る。少し冷たい。

「レオナルド、もう聞いた？」

「ああ」

「……驚いた？」

「ああ」

「嬉しい？」

「ああ」

「もうっ、全部ああ、じゃない！」

「ああ」

自分でも呆れてしまうが、本当に言葉が見つからない。ただ、彼女の手をゆっくりと握りしめることしかできない。

「今朝から気分が悪かったの。どうやらつわりだったみたい。情緒も不安定になりやすいから、お母様の声を聞いたら泣いてしまって」

「ああ」

「お父様にも心配かけてしまったみたいで」

「……ああ」

アーメント侯爵にはこってりと絞られたことは、伝えないでおく。

あともう少し屋敷に到着するのが遅くなっていたら、二人に彼女を連れ戻されていただろう。そう思うと、恐ろしさで背筋が凍りつく。

どうやら機嫌の良いユリアナの姿を見て、安心した様子でセオドアとシルフィが隣に立った。

「ユリアナ、もう大丈夫なのか?」

「その声はお父様?」

「ああ、そうだよ」

ユリアナは顔を上げると、頬を淡く染めて微笑んだ。玄関で泣きじゃくっていた人物とは思えないほどだ。

「子どもができたようだな」

「……はい」

俯き加減で答えた彼女は、とても美しい。思わず握りしめていた手の力を強めてしまう。

「どうやら父親は頼りないが、お前は私たちの立派な娘だ。産み育てるのは大変だろうから、使用人を増やしておこう。何なら、都に戻ってくるか?」

「それではレオナルドと離れないといけません。それは嫌です」

彼はまだ謹慎中のため、都に入ることは自粛している。

「そうか……それは仕方がないな。どんなに情けない男でも、お前の夫だからな」

「か……、閣下」

頼りないと、情けない。どうやらアーメント侯爵の心証はすこぶる悪くなってしまったようだ。

だが、ユリアナがそれを弁護する。

「そんなことを言わないでください。彼は私の光です。見えないところにも、いつも連れていってくれるの。だからお父様。喜んでください、今日はお祝いですよ。ね、あなた」

「あ、ああ」

その言葉に嬉しさが込み上げる。いつも彼女の愛に助けられている。感謝しながら額に顔を近づけ、軽くキスを落とす。

「ありがとう、ユリアナ。君の方こそ、俺の灯《ともしび》だ」

うっとりとした顔で彼女を見つめていると、後方で侯爵がゴホンと咳する。

「……仕方がないな」

呆れながらも嬉しさを含んだ声が聞こえる。どうやら夫婦としてここで過ごすことを、許されたようだ。

その後は仕切り直しとばかりに食事の用意がされる。気分も良くなったと言い、ユリアナも一緒に食卓につくことになった。

◇◇◇

晩餐《ばんさん》のテーブルには、庭につくった菜園で採れたきゅうりとレタスを使ったサラダから始まり、猪の肉をほろほろになるまで煮込んだ赤ワインのシチューと、にんにくをたっぷりとすり込んだキジのもも肉のステーキが並べられた。

今朝から何も口にできなかったユリアナも、肉の焼けた匂いを嗅ぐと忘れていた食欲が戻ってきたようだ。

「うん、やはり新鮮な食材が使われると、味わいが違うようだ」

「喜んでくだされば何よりです」

セオドアとレオナルドは二人でワインを飲み交わしながら談笑している。今度、一緒に狩りに行きましょうと誘っていた。どうやら、誤解はなくなったようで安心する。

「本当に、殿下がこのような動物を狩るとは思いもしませんでしたわ」

「こちらこそ、シルフィ殿を驚かせてしまい、申し訳なかった」

「いいえ、私も驚きすぎてしまって。失礼しました」

ふふ、とシルフィは上品に微笑んでいるけれど、目が笑っていないのが声からわかる。

——お母様は相当驚いたのね。まぁ、血の匂いが凄くしたから、かなり汚れていたのだろうな……。

都では淑女の鑑と言われたシルフィにとって、あまりにも衝撃的すぎたのだろう。

聖女であった時は、先見をしてしまう恐れから直接会うことを控えていたけれど、これからは頻繁に会いに来たいと言っている。

それなのに、最初に凄い洗礼を受けさせてしまった。

「お母様も、これに懲りずに来てくださいね。いつでも歓迎しますので」

「そうね、ユリアナの出産もあることだし、楽しみが増えたわ。ねぇ、あなた」

「うむ、そうだな」

セオドアが返事をしたのに合わせ、レオナルドがワインを勧める。普段はお酒を飲まない彼も、今日はどうやら杯が進んでいるようだ。

きっと上等なワインに違いない。ちょっとだけ興味が出てくる。

「私も少し、ワインをいただこうかしら」

「だっ、だめだ！　妊婦はアルコールを控えた方がいいと医師が言っていた」

ちょっと口にしたいだけなのに、もの凄い勢いで否定される。そうなんだ、と思っているとレオナルドは、執事に一冊の本を持ってくるように頼んだ。

「ユリアナ、これは妊娠した人が読む本のようだ。今日診察してくれた医師が持ってきてくれたよ。これを一緒に読んで、出産に備えよう」

そう言って手に乗せてくれたのは、ずっしりと厚みと重さのある本だ。音読してもらうだけでも、大変そうだ。

「そ、そうね……」

彼は音楽のことになると妥協を許さないところがある。どうか、その癖が出ませんように。と心の中で祈るけれど――後にユリアナは、過保護になりすぎたレオナルドに手を焼くことになるとは、この時はさすがに気がつかなかった。


食事も終わりが近づいたところで、ユリアナは心にかかっていたことを尋ねることにした。

「ところでお父様。貴族院の議長を辞任されたと聞きましたが、やはりそれは、私のことが原因だったのでしょうか」

レオナルドに話を聞いた時から、父親に対し申し訳のない気持ちを抱えていた。

「そのことか。確かにお前のこともあるが……まぁ、政治的判断だ。そうだな、わかりやすく言えば痛み分けだ」

「痛み分け、ですか？」

「ああ、神殿が聖女を失い、王家が王子を失った。なら、貴族院は議長を失うことでバランスが取れるというものだ」

「そういうものでしょうか」

「我が国の政治体制は独特だからな。常にバランス感覚が問われる。それに、まぁ、私は長く議長席にいたから、この辺りが引き際だ」

セオドアの説明の通り、責任問題が大きかったのだろう。あれほど議長職を誇りにしていた父が辞任するとは、よほどのことだったに違いない。

セオドアには思うことがたくさんあるけれど、父もひとつ、大切にしていたことを失った。

――お父様も、辛かったでしょうね……。

食卓がしんみりとし始めたところで、レオナルドが声を和らげて話しかけた。

「そういえば閣下、それにシルフィ殿も。そろそろ敬称ではなく、レオナルドとお呼びください。私はもう、お二人の息子です」

すると一瞬だけ目を見開いたセオドアだったが、すぐに口元をくっと上げる。

「っ、……これはずいぶんと身体の大きい息子ができたな」

「あなた、そんなこと言って」

シルフィがたしなめるけれど、彼女も同じように思ったのだろう。セオドアが笑うと共に、シルフィも同様に喉の奥で笑いだす。

「……ええ、器も大きいことを、お忘れなく」

レオナルドの冗談めいた言葉に、今度こそセオドアは声を上げて笑いだした。普段は食事のマナーに厳しい彼らが笑顔になっている。

セオドアもシルフィも、そしてレオナルドも。ユリアナもそこにいる全員が幸福感に包まれる。

辛かった過去をようやく、洗い流すことができた。

特別に用意されたハーブティーを口に含むと、少し苦味が残る。でも、それが美味しい。

ユリアナは心を新たにされたようだった。


それから、出産までの日々。レオナルドの過保護ぶりが火を噴いた。

「ユリアナの部屋は、一階に移そう。万が一、階段で躓くと危ないから」

「でも、慣れているのはこの部屋なのに」

「だったら、階段を上り下りする時は俺を呼ぶように。君を抱き上げるから」

「え、ええ？」

「階段だけは心配なんだ」

結局、ユリアナが折れることとなる。日当たりの良い部屋を子ども部屋にすると言われると、否とは言えない。

つわりの症状も酷い時は水さえ口にできなくなる。するとわざわざ都から医者を呼び寄せ、診察してもらう。

セオドアも愛娘《まなむすめ》のことになると、執事を通じて資金を提供し、レオナルドのしたいようにさせていた。

ついには家中に手すりが設置され、いつの間にか使用人も増えている。

ユリアナの食べられそうなものがフルーツだけとなると、各地から取り寄せたものがテーブルに置かれた。

もちろん、ユリアナが座るのはレオナルドの膝の上だ。食べるものは全て彼が手ずから渡してくる。そこまでしなくても、と抗《あらが》うけれど今の彼には無駄だった。

最後は抵抗することを諦め、大人しく座り心地の悪いイスに行儀悪く座っている。

お腹が大きくなってくると、散歩の時まで抱えられそうになる。

さすがにそれでは運動にならないからと伝えてようやく、嫌々ながらも手を握るだけで済むようになった。説得してみるものである。


深夜から雪が降り積もる日の朝、ユリアナは男の子を産んだ。泣き声の強い、美しい赤ちゃんだった。産後の疲れがまだ残る中、布にくるまれた息子を抱いたレオナルドに語りかける。

「ね、髪の色は？」

「黒と、茶色の中間のような……俺の色だ」

「瞳の色は？」

「君に似たんだな、紫色をしている」

「まぁ、そうなのね」

ユリアナは産んだ子が二人の色を受け継いでいることに、言いようのない感動を覚えた。男の子だから、将来はレオナルドに似て強くなるのだろうか。赤子にしては大きな足をしていると、とりあげた医師が言っていた。

「抱いてみるか？」

「……ええ」

レオナルドは腕の中にいる産まれたばかりの息子を、ユリアナの胸元にそっと返した。寝ているのか、もう泣き止んでいる。

ユリアナは清められた赤ちゃんを胸に抱くと、ずっしりとした重さを体感する。不思議な匂いがして温かい。

ユリアナの目が見えていた時にはいなかった存在が、ここにいる。自分は母親となり、これからこの子を育てていく。そんな、当たり前のことができるのか、不安がよぎる。

それに、この子の顔を見ることができない。自分は母親なのに、この子の嬉しい顔も、悲しい顔も、初めて歩く時も見ることはできない。

ユリアナの胸がきゅうと萎《しぼ》み、ほんの少し切なくなった。

でも、こんな気持ちになったことは、夫には言わないでおこう。

自分一人では、この小さな子を守り育てることは難しい。けれど今は傍にレオナルドがいて、屋敷には侍女も執事もいて、助けてくれる。

「ねぇ、レオナルド。この子が大きくなったら、綺麗な風景をたっくさん見せてあげて。そして、私にそれを教えてね」

「もちろんだ」

力強く答えたレオナルドは、涙を拭ったことを知られないように、反対の手でユリアナの手を握りしめた。夫婦の絆が、また一段と深くなる。

「君も一緒に、外に出て見に行こう」

「……ええ」

ユリアナにはできないことが多いけれど、レオナルドの愛がそれを感じさせることはない。

そうして過ごすうちに、また冬がやってきては通り過ぎていった。

エピローグ

　結婚してから四年目の春が訪れる頃には、ユリアナは二児の母になっていた。

　男の子に続いて、次の年には女の子を出産し、今ではすっかり子ども中心の生活だ。子どもたちが成長するに従い、森の中にいても毎日が賑やかになっていた。

　朝から客人の対応をしていたユリアナは、ようやく帰ってきたレオナルドの気配を感じると、杖をついて出迎えに行く。

「レオナルド、おかえりなさい。今日はどこまで行っていたの？」

「ああ、湖の近くだよ。今日は鹿がとれた。今吊《つ》るして血抜きをしているから、後で皮をはいでおくよ」

「まぁ、今日は大切な方が来るって、言っておかなかった？　もう来られているのよ」

　レオナルドは「そうだったか？」と言いながら近寄ってきた息子の頭を大きな手で撫でた。

「いい子にしていたか？」

「うん、とーたんおかえり」

「よしよし、後でいっぱい遊ぼうな」

　すっかり父親の顔になった彼は、息子を抱きしめた後で客室に向かう。

するとそこには、都からやってきたエドワードが座っていた。彼はレオナルドを見るなり立ち上がると、驚いたように声を上げる。

「お前、なんだその顔は！　髭を剃れ、髭を！　全く、しばらく見ない間にお前は何をしているんだ」

「何って、森に入って狩りをしていただけだ。あぁ、今日は鹿鍋ができるぞ。兄上も食べていくか？」

「鹿だと……！　猟師の真似をしているとは何事だ」

「そうは言っても兄上。家族を養うには食料が必要だ。全てを義父に頼るのも気が引けるから、狩りをして家族の食費分くらいはだな」

「レオナルド……三年だと言っただろう。三年経っても音沙汰がないから、わざわざ私がこうして来てみれば、お前は猟師になっているとは。全く」

エドワードは立ち上がるとレオナルドの近くに来て、身体全体を見回した。三年前よりも肉がつき、一回り大きくなっている。

「身体をもう少し絞るんだ。今のままではお前の贈ってきた木の熊のような威圧感しかないからな」

「兄上、俺はこれで別に何も困らないが」

「これから困ることになるから言っているんだ！　都に戻ってこい」

一人で憤っているエドワードを横目に見ながら、レオナルドは腕を組んだ。

「頼まれても騎士団には戻らないぞ。俺はユリアナより先に死ぬわけにはいかないからな」

「それはわかっている。私が言いたいのは、王室が持っている領地と公爵位を継ぐ準備に入れということだ」

「いや、それはさすがに無理だろう。貴族院が許すとは思えない」

レオナルドは飄々としながら、身体についていた木の葉を落とすと、いいことを思いついたとばかりにぱっと笑顔になった。

「それより兄上。狩りは面白いぞ、俺もずいぶんと上達したから今度一緒に森に入ってみないか？」

「お前は全く、何をのん気なことを言っている。私がお前を推薦し、貴族院も了承している。これからは公爵として貴族院の議長を目指せ」

「ふざけたことを」

「ふざけていないさ。元々お前には公爵位を与える予定だったんだ。もう三年も経ったのだから、禊《みそぎ》は済んでいる」

「だが、陛下が許してくれるのか？」

レオナルドは驚きを隠せなかった。

「陛下も、それにアーメント侯爵も賛成している」

「本当なのか？」

二人の結婚は認められているが、レオナルドが爵位を持つかどうかは別の話だ。王族の身分を捨てた彼が、貴族となって都へ戻ることが許されるのかわからない。

それなのに、いきなり公爵位と言われても戸惑ってしまう。

「それに子どもたちの教育を考えると、そろそろ戻った方がいいだろう」

「なぜ」

「子どもは子ども同士で学び合うものだ。ここでは難しいだろう。都に戻り、私の子どもたちと遊ぶといい。いとこ同士であれば、お互い気遣うことなく楽しいだろう」

「それはそうだが……ユリアナ、どう思う？」

「あなたが求められているなら……戻りましょうか。都に」

ユリアナはレオナルドの腕に寄りかかったまま、彼の顔を見上げた。

「私も神殿のお手伝いを頼まれているの。なんでも聖女の相談役にならないかって。スカラ様が言っていたわ」

「なにっ？　そんなことを……なぜ？」

「なぜかしら。ほんと不思議。でも、私たちの結婚式の司式をした時に、なんでもするって約束しちゃったから、断るのも気が引けるのよ」

ついでに買い物を頼まれたかのように答えるユリアナを見て、レオナルドもエドワードも驚きを隠せない。

言葉を失った二人に、ユリアナはにっこりと微笑んだ。

「私は目が見えないから、人には見えないものが見えるんじゃないかって。聖女にも選択の自由を増やしたいってこの前来られた時にスカラ様が言っていたわ」

神殿長になったスカラは、休暇の度に都から離れ静かな時を持ちたいと言い、森の屋敷を訪れていた。

普段は訪れる人の少ない屋敷で、ユリアナはスカラと語り合う時を持っていた。他では話せないような神殿の内部のことも、奥深い教義のことも、彼女から教わっている。

「聖女の奇跡がなくても、神殿の教義をきちんと教えていけば、自《おの》ずと信仰は継承されるはずよ」

そのため意外としっかりとした考えを持っているユリアナを見て、レオナルドは驚きつつも片方の眉を上げた。

「だが都に行くと、この屋敷を離れることになる。新しいところは不安じゃないか？」

「それもあるけど……新しい場所には新しい幸せがあるというわ」

「でも君が心配だ」

「まぁ！　レオナルドったら、私が王宮の庭を駆けまわっていたことを忘れたの？」

冗談めかすように明るい声を出したユリアナは、そっと手を伸ばしてレオナルドの頬に触れた。

「それに……あなたが元の地位を少しでも取り戻せるなら、そうしたいの。このままあなたを森の中に押し込めておくのは、どうかと思っているのよ」

レオナルドは頬に触れている白く細い手の上に、未だに剣だこの残る大きな手を添えた。

「ユリアナ、俺のことはいいんだ。君は屋敷が変わると生活が大変にならないか？」

「あら、私には優秀な杖がいるでしょ？」

ユリアナはくすりと笑うと、レオナルドの頬を引っ張った。

「ああ、そうだったな」

レオナルドもつられたように笑顔になり、ユリアナの頭をくしゃりと撫でる。

「まぁ、元々ユリアナはお転婆だったからな。神殿で働きたいなら、力になろう。兄上、神殿に関わることになるが、いいだろうか？」

「もちろん、大丈夫だ。それに面白い。お前が貴族院を押さえ、ユリアナ殿が神殿を把握する。そして私が王位に就けば、国が変わると思わないか？」

壮大な野望を語り始めたエドワードの話を聞いて、ユリアナは思わずくすっと笑ってしまう。

白い雪が庭の片隅に残っている。窓の近くにいた小さな白い鳥がピチチと鳴くと、羽を広げて大空へ飛び立っていった。

セイレーナ国の第十三代エドワード国王の在位は三十五年の長期にわたった。賢王と名高い彼は、数多くの改革を行い、高く評価されている。

その治世を支えたのは、実の弟で貴族院議長を務めた公爵と、その妻で晩年に神殿長となった公爵夫人と言われている。

夫人の傍には、常に夫が寄り添い盲目の彼女を支えていたという。

あとがき

はじめまして、あるいはこんにちは。季邑《きむら》えりです。

本作品『沈黙の護衛騎士と盲目の聖女』をお読みくださり、ありがとうございます。

こちらはウェブ上に投稿したところ、第四回ジュリアンパブリッシング恋愛小説大賞で大賞をいただくことができました。この場を借りて、選んでくださった選考委員の皆様、コメントなどで応援してくれた読者の皆様に感謝申し上げます。

書籍化にあたり、編集担当様に鋭い指摘をいただきながら構成を見直し、わかりやすく、ドラマチックになるように加筆しました。楽しんでいただけましたら幸いです。

またイラストを担当してくださった小島《こじま》きいち先生。描かれた二人を拝見した時、胸が熱くなりました。作中では辛いことの多かった二人が、幸せに寄り添う姿を見ることができました。言葉では言い表せないほどの感謝でいっぱいです。

そして表紙にひっそりと書かれたラテン語。ぜひ意味を探してみてください。

普段はシリアスなお話だけでなく、お腹を抱えて笑ってしまうようなラブコメディーや、現代作品も書いています。これからも胸を締めつけられるようなキュンとするお話を創作し、皆様に楽しんでもらえるひと時を届けたいと思います。

またどこかの作品でお会いできることを願って。

季邑えり

沈黙の護衛騎士と盲目の聖女

著者　季邑えり
イラストレーター　小島きいち

2025年1月5日　初版発行

発行人　藤居幸嗣

発行所　株式会社 J パブリッシング
〒102-0073　東京都千代田区九段北3-2-5 5F
TEL 03-3288-7907　FAX 03-3288-7880

製版所　株式会社サンシン企画

印刷所　中央精版印刷株式会社

ISBN：978-4-86669-735-2
Printed in JAPAN